KB058894

구치 렌 지음
uthor Ren Eguchi
사 일러스트
ustration Masa
신 옮김
터무니없는
스킬로
이세계 방랑 밥
1
돼지고기 생강구이
× 전설의 마수

페르
『크으읏,
그렇게 부르지 마라.』

무코다
"풉……
아, 아저씨…………."
『주인. 스이
페르 아저씨랑
얘기했어.』
스이

닌릴
“그 인간에게
가호를 내려주마.
다만…….”

터무니없는 스킬로 이세계 방랑 밥 1

돼지고기 생강구이
×
전설의 마수

에구치 렌 지음
author • Ren Eguchi
마사 일러스트
illustration • Masa
이신 옮김

목 차

7 × 장

3 × 한 담

1 × 번 외

다음 ▶

제 1 장 용사 소환에 휩쓸렸지만 수상쩍어 도망 나왔다

정신을 차리고 보니 중세 유럽 같은 검과 마법의 판타지 세계였다.

내 이름은 무코다 츠요시.

27세, 독신, 일본의 지방 도시에 사는 별 볼 일 없는 샐러리맨이었다.

그런 내가 어째서 이런 세계에 있는가 하면, '용사 소환' 의식에 휩쓸렸기 때문이다.

심심풀이 삼아 인터넷 소설을 자주 읽은 터라 이런 이야기는 질릴 정도로 익숙하지만, 설마하니 그런 일이 실제로 일어나리라고는 생각도 못 했었다.

그것도 용사가 아니라, 단순히 휩쓸렸을 뿐이라니…… 농담이 아니라고.

그 농담도 안 되는 '용사 소환' 의식을 집행한 것은 레이세헬 왕국이라는 나라였다.

세 명의 용사를 소환했는데 네 명이 나타나는 바람에 그 자리에 있던 높으신 분들이 모두 곤혹스런 표정을 지었다.

하지만 말이지, 제일 곤혹스러운 건 갑자기 이세계에 소환된 우리들이라고.

갑자기 '용사 님'이라잖아.

인터넷 소설을 자주 읽은 나는 단박에 이세계 소환이라는 걸 눈치챘지만.

용사님이라고 부르기에, 솔직히 아주 살짝 기대했었다고.

그 기대는 빗나갔다는 사실이 금세 판명되었지만…….

소환된 우리들은 곧바로 감정(鑑定)의 마도구인가 하는 걸로 스테이터스를 감정 받았다.

그 스테이터스 감정 결과, 나 이외의 사람들(모두 교복 차림이었으니 고등학생이리라)은 직업란에 '이세계에서 온 용사'라고 되어 있는 반면 나는 '휩쓸린 이세계인'이라고 되어 있었다고.

게다가 다른 세 사람은 체력이나 마력 등이 700~800 정도인 반면, 나는 전부 겨우 100 정도였다. 그 정도도 이 세계의 평균을 웃도는 것인 모양인지 그럭저럭 힘은 있는 것 같다는 말을 들었다.

하지만 다른 세 사람과 비교하면 크게 부족한 것이 틀림없는지라 전혀 위로가 되지 않았다.

스킬 수도 나와 나머지 세 명은 전혀 달랐고 말이지.

공통 스킬인 감정과 아이템 박스 외에도 그들은 성검술이나 성창술(聖槍術)이나 성(聖) 마법 같은, 그 자리에 있던 높으신 분들이 경악할 정도의 스킬을 갖고 있었다. 거기에 더해 불, 물, 흙, 바람, 빛, 번개, 얼음 같은 마법 스킬도 갖추고 있었다.

바로 치트라는 것이다.

반면 내 것을 보자면, 고유 스킬이 '인터넷 슈퍼'였다.

아니 아니, 그게 뭐여? 라는 느낌이라고.

물론, 인터넷 슈퍼가 뭔지는 안다. 여러 가지로 신세를 지기도

했으니까.

하지만 스킬이라고, 스킬.

다른 마법적인 무언가가 있을 텐데?

이세계인들은 인터넷 슈퍼가 무슨 뜻인지 전혀 모르는 상태인데다, 직업 용사 세 명에게는 웃음거리가 되는 등, 이 고유 스킬 덕분에 바로 쓸모없는 존재 취급을 받았다고.

그래도 '용사 소환'으로 이쪽 세계에 소환된 것은 틀림없으니 나도 왕을 알현하는 자리에 입회할 수 있게 되기는 했는데, 그 왕이 하는 말이 어찌나 수상쩍던지.

왕이 말하길,

• 마왕이 이 나라를 지배하려 꾀하였고, 이 나라를 여러 번 공격해 왔다.

• 지금은 어찌어찌 막아내고 있지만, 그것도 언제까지 버틸 수 있을지 알 수 없다.

• 그런 상황 속에서 이 나라의 국민은 괴로워하고 있다.

• 매달리는 심정으로 고대의 용사 소환 의식을 행했다.

• 이쪽 형편만으로 소환해놓고 제멋대로인 부탁이지만, 부디 이 나라를 구해주었으면 한다.

• 원래 세계로 돌아가는 방법은 이 나라에 전해지지 않지만, 오랜 시간을 살아왔고 마법 실력이 뛰어난 마왕이라면 알고 있을 터다.

뭐, 이런 느낌의 내용이었다.

명백하게 수상쩍잖아. 특히 원래 세계로 돌아갈 방법 부근이 말이야.

그리고 왕의 한 말대로라면 이 나라는 위기 상황에 처해 있다는 건데, 이 자리에 함께한 사람들은 전부 비장감이 없거든. 게다가 왕은 뚱뚱하게 살찐 아저씨에, 얼마나 돈을 들인 거냐 싶은 번쩍번쩍한 보석을 덕지덕지 단 망토를 걸치고 있잖아. 왕 옆에 앉은 왕비도, 두 사람의 옆에 있는 공주 쪽도 온갖 사치를 다 부린 듯한 화려한 드레스를 몸에 걸치고 있다고.

백성들의 괴로움에 고뇌한다는 사람들이, 이런 식으로 여봐란 듯이 마음껏 사치를 부릴까?

그러한 여러 가지 것들을 종합하여 판단한 결과, 이 상황은 글러먹은 타입의 이세계 소환이라는 결론에 이르렀다.

용사라고는 해도 결국 이 나라의 영토 확장을 위한 전쟁에 끌려 나간다든가, 아무튼 이 나라에 좋을 대로 이용될 뿐이리라. 게다가 나는 용사도 아니니 제대로 된 취급을 받지 못할 테고, 최악의 경우에는 처형될 가능성도 있다.

나는 지금 당장 성에서 나가는 편이 좋겠다고 판단했다.

그래서 일단 왕의 아래로 나아가 이렇게 말했다.

"저는 용사도 아니니, 여기 있어봐야 여러분에게 폐를 끼칠 뿐입니다. 그래서는 제 마음이 무척이나 괴로우니, 직업을 구할 때까지 두세 달 정도 생활할 수 있는 돈을 좀 주신다면 제 스스로 어떻게든 해나가 볼려고 합니다."

그랬더니 예상대로라고 할까, 귀찮은 존재를 쫓아낼 수 있게 되었다고 생각했는지 금화 스무 닢을 주고 성 밖으로 추방했다.

왕도 거리를 걸어 지금에 이른다.

금화 스무 닢이 큰 액수인지 작은 액수인지 알 수 없지만, 아무튼 잠시 동안은 살아갈 수 있는 돈을 얻었다.

화폐 가치도 포함하여 이 세계에 관해 서둘러 알아볼 필요가 있겠다.

그리고 가능한 한 서둘러 이 나라를 나가자. 왕을 보고 내린 판단에 따르자면, 이곳이 좋은 나라일 리 없어 보였고, 여기 있어본들 좋은 꼴을 당할 것 같지 않은 느낌이다.

좋아, 그렇다면 바로 행동 개시다.

왕도(王都)의 거리는 중세 유럽 같은 모습이었다.

나는 우선 이 근처에 무리 지어 있던 거리의 아이들에게 말을 걸었다.

"잠깐 괜찮을까? 시골에서 막 올라온 참이라 이 나라에 관한 걸 잘 모르거든. 저기 있는 가게의 꼬치구이를 사줄 테니까 그 대신에 이것저것 가르쳐주지 않을래?"

맨 처음에는 의심스러워했지만, 식욕을 이기기 힘들었는지 부탁을 받아들여 주었다.

아이들에게 노점의 꼬치구이를 두 개씩 건네고 이야기를 들었다.

우선은 제일 중요하다 해도 과언이 아닌 화폐 가치부터. 여러 가지를 물어보고 판단한 결과, 다음과 같은 느낌이라는 것을 알았다.

철화 한 닢 → 10엔
동화 한 닢 → 100엔
은화 한 닢 → 1,000엔
금화 한 닢 → 10,000엔
대금화 한 닢 → 100,000엔
백금화 한 닢 → 1,000,000엔

아이들에게 사준 노점의 꼬치구이 하나가 철화 다섯 닢.

금화 여섯 닢이면 4인 가족이 최저한으로 한 달 동안 생활할 수 있다는 모양이다.

그 외에도 나라에 의존하지 않는 모험가 길드와 상인 길드가 있으며(이건 판타지 계열 소설에서는 당연한 설정이지) 그중 어딘가에 소속되어 있으면 나라에서 나라로, 도시에서 도시로 이동하기가 쉬워진다.

요컨대 쓸데없는 돈이 들지 않는다는 뜻인 것 같다.

모험가 길드나 상인 길드의 길드 카드 이외의 신분증을 가진 경우나, 신분증이 없는(시골 출신이나 자신들 같은 거리의 아이들은 신분증이 없다고 한다) 경우는 나라와 도시에 따라서 다르기는 하지만 출입을 위한 통행세를 내야 한다고 한다. 이 부분은 전형적이라 하겠다.

그리고 이 나라에 관해서도 물어보았다.

이야기에 따르면 마족과 다툼이 있는 것은 사실이지만, 아무래도 이 나라 쪽에서 먼저 덤빈 모양이다.

인간을 적대하는 마족을 멸망시키겠다는 것이 표면적인 이유인 듯하지만, 결국은 마족 나라의 영지를 노리고 있는 것 같다. 또한 인간이 다스리는 주변 나라들과의 사이에서도 전운이 감돌고 있기 때문에 이 나라에서 도망치는 사람도 조금씩 나오고 있다고 한다. 자신들도 전쟁으로 부모를 잃은 고아라고 했다.

아이들은 의외로 척척박사였다. 여러 잡일을 맡아 하면서 하루하루 먹고살기 때문에 다양한 것들을 보고 듣는가 보다. 거리의 아이들, 듬직하구나.

아무튼, 오늘 밤은 이곳의 숙소에서 묵고 내일 이 나라를 떠나도록 하자.

왕도에서 이웃 나라와 국경을 접하고 있는 키루스 마을까지 가는 승합마차가 매일 운행되고 있다는 아이들의 말에 따라 그걸 타고 왕도를 탈출하기로 했다.

그 후 이웃 나라로 가서, 그다음 일을 생각하기로 하자.

아무튼 이 레이세헬 왕국을 벗어나는 것이 우선이다.

그러기 위해서는 밑천이 필요한데, 그 점에 관해서는 생각이 있다.

게다가 나에게는 이 나라에서 지급한 금화 스무 닢이 있으니까 말이지.

한 사람 몫치고는 약간 넉넉하게 준 이유는, 어찌 되었든 자신들의 사정 때문에 유괴나 다름없는 소환을 한 사죄의 뜻을 다소나마 담았기 때문이리라.

이 수상쩍은 나라가 돈을 이만큼이나 내준 것은 나에게는 잘된 일이다.

일단 당장은 이걸로 견뎌보자.

나는 아이들에게 물어 알아두었던 가격이 적당한 양심적인 옷 가게에 와 있다.

지금 나는 소환되었을 때의 양복 차림 그대로라서 너무나도 눈에 띄기 때문이다.

거리를 걷는 사람들과 같은 수수한 색의 셔츠에 갈색 바지를 샀다.

옷은 생각보다 비싸서 은화 일곱 닢이나 했지만, 내가 입고 있던 양복과 와이셔츠와 서류 가방을 가게에서 금화 세 닢으로 사주었기 때문에 차액으로 금화 두 닢과 은화 세 닢이 내 주머니로 들어왔다.

서류 가방에 들어 있던 필기도구와 서류와 스마트폰 등의 잡다

한 물건을 아이템 박스에 넣을까 했지만, 이 세계에서 아이템 박스가 어떤 취급을 받는지 모르는 상황이기 때문에 이 자리에서 안이하게 보여주지 않는 편이 좋으리라 판단했다.

소설 중에는 아이템 박스가 귀중한 스킬인 패턴도 있기 때문이다.

고맙게도 가게 주인이 어깨에 멜 수 있는 천 가방을 덤으로 주어서 그 물건들을 거기에 담기로 했다.

신발은 신고 온 가죽 구두 그대로 괜찮으리라.

옷가게를 나서기 전에 근처에 적당한 가격으로 묵을 수 있는 숙소가 있는지 물었다. 여기에서 건물 세 채 건너에 있는 숙소를 추천하기에 그곳으로 향했다.

옷가게 주인이 추천한 숙소는 1박에 식사까지 포함하여 은화 네 닢이었다.

저녁 식사 후에 방으로 돌아가 확인해야 할 것들을 확인했다.

우선은 이것부터지…….

"스테이터스 오픈."

【이름】초요시 무코다

【나이】27

【직업】휩쓸린 이세계인

【레벨】1

【체력】100

【마력】100

【공격력】76
【방어력】80
【민첩성】75
【스킬】감정, 아이템 박스
【고유 스킬】인터넷 슈퍼

성을 나오기 전에 설명을 들었던 대로 스테이터스 오픈이라고 외자, 내 눈앞에 스테이터스가 쓰인 반투명한 윈도가 나타났다.

아무래도 감정 스킬을 가진 소환 용사는(이라고 말해도 나는 용사가 아니지만) 언제든 자신의 스테이터스를 확인할 수 있는 것 같았다. 보통은 마을의 스킬 지부나 신전에 갖추어진 스테이터스 확인 마도구로 자신의 스테이터스를 확인한다고 들었다.

그러고 보니, 이 스테이터스를 확인하는 마도구는 이 나라의 마도구 장인이 심혈을 기울여 개발했다든가 하는 말을 하며 자랑했었지.

뭐 그런 건 제쳐두기로 하고, 이 세계 일반인의 스테이터스 수치가 70 전후라고 했으니 나는 일반인보다 약간 강한 정도려나.

스킬 감정과 아이템 박스는 다른 세 명도 빠짐없이 갖고 있었으니, 소환된 자의 특전 같은 것이리라. 아이템 박스는 소환된 자의 경우 그 용량이 큰 모양인지, 과거에 소환되었던 자는 마물을 1,000마리 이상 넣었다는 이야기가 전해진다는 소리를 언뜻 들었다.

그리고 언어에 관해서도, 소환된 자는 이 세계에 소환된 시점부터 이 세계의 언어를 이해할 수 있게 된다고 한다.
이것도 소환된 자의 특전 중 한 종류이리라. 이세계물의 전형이지.
제일 큰 문제는 내 고유 스킬인 인터넷 슈퍼다.
이게 무엇인지는 물론 안다. 나는 휴일이면 집에 틀어박혀 있고 싶어 하는 타입이라 많이 이용했었으니까.
요리하는 건 싫어하지 않는 터라 배송받은 재료로 요리했고, 그것을 먹으며 녹화해둔 드라마를 보거나 맥주를 마시며 인터넷 소설을 닥치는 대로 읽거나 하며 지냈다. 그게 내 휴일의 정해진 일과였다.
다만 지금은 이 고유 스킬인 인터넷 슈퍼를 어떻게 사용할 수 있느냐가 문제다.
"인터넷 슈퍼."
소리 내 말해보아도 변화 없음인가.
그렇다면 만져보면 어떨까?
고유 스킬 인터넷 슈퍼라는 문자에 손을 대보자 화면이 변했다.
"인터넷 슈퍼 사이트 그대로잖아?"
자주 이용했던 에온의 사이트 그대로였다.
일단 철화 여덟 닢짜리 500밀리리터 물과 한 개에 은화 한 닢인 단과자빵 두 개를 장바구니에 넣어보았다.
아무래도 가격은 일본에서의 가격이 반영되는 것 같다. 구매 수속 화면으로 넘어가자 '잔액이 부족합니다. 체인지해주세요'라고 표시된 아래에 사각 틀이 나타났다.

"돈을 체인지하라는 거겠지? 이 네모난 거려나?"

조심스럽게 은화를 그 사각 틀에 갖다 대자…… 틀 안으로 은화가 스륵 빨려 들어갔다.

그리고 주문을 확정하자, 눈앞에 은색 입자가 모여들더니 서서히 그 모습을 드러냈다.

주문하면 배송되어 오는 종이 상자였다.

종이 상자를 열어보니 안에는 방금 주문한 물과 단과자빵이 들어 있었다.

"오오, 이건 꽤 쓸 만하겠는데!"

왕국의 높으신 분들로서는 전투 스킬이 아니라는 것 이외에는 인터넷 스킬에 관해 아무것도 알 수 없었을 테고, 함께 소환된 용사 세 명은 웃고 있었지만, 이것은 무척 유용하고 좋은 스킬이다.

돈만 있으면 먹는 것에 곤란할 일이 없고, 그 돈도 이 스킬로 벌 수 있을지 모른다. 용사 같은 치트는 아니지만, 이 스킬이 있으면 나는 이 세계에서 부자가 될 수 있을지도 모른다고.

내가 아이들에게서 얻은 정보에 따르면, 소금 같은 경우 바다와 접해 있지 않은 나라에서는 고가라고 하며, 후추 같은 향신료 종류와 단맛을 입에 댈 수 있는 것은 귀족 정도라고 한다.

나는 이 인터넷 슈퍼로 소금이나 후추나 설탕 등을 일본에서 사던 것과 같은 가격으로 쉽게 손에 넣을 수 있다. 그 소금이나 후추나 설탕 등은 이쪽 세계에서는 고가로 팔리는 것이다.

그렇게 되면 나에게는 꽤 큰 이익이 생긴다.

찾아보면 그 외에도 이익을 낼 수 있는 상품이 있을 터다.

여하튼 지금의 인터넷 슈퍼는 식재료만이 아니라 생활용품부터 의류까지 폭 넓게 다루고 있기 때문이다.

그런 점을 생각하면 상인 길드에 등록하고 싶지만, 이 나라에서 등록하는 건 좋지 않을 것 같다. 일이 잘못되어 내 스킬에 관한 내용과 돈벌이가 된다는 사실이 알려질 경우, 이 나라에서 간섭해올 가능성이 있기 때문이다

등록한다면 옆 나라에 도착한 다음이다.

아무튼 내일부터 시작이다. 어서 이곳에서 벗어나 이웃 나라로.

내일부터는 여행길에 오르니 한동안은 침대에서 잠들 수 없을 것이다.

나는 내일을 위해 잠자리에 들었다.

아침 식사를 한 후에 숙소를 나섰다.

그리고 승합마차의 정류소로 가서 요금과 출발 시간을 확인했다.

요금은 금화 한 닢이며 키루스 마을까지는 나흘 정도 걸린다고 한다. 출발 시간까지는 아직 시간이 있었기 때문에 그 사이에 나흘 치 식량과 무슨 일이 있을 경우를 대비하여 무기 조달을 해두기로 했다.

사람들 앞에서 쉽사리 인터넷 슈퍼를 사용하는 것은 당연히 곤란하고, 아이템 박스도 레어 스킬일 경우 소란이 일어날 가능성이 있으니 쓰지 않는 편이 좋으리라.

나는 물이 든 가죽 주머니, 육포, 흑빵과 조금 커다란 나이프를 구입했다.

이것으로 준비 완료. 다음은 승합마차를 타고 이 왕도를 벗어나면 된다. 승합마차의 손님은 나 외에 행상인 아저씨, 젊은 부부와 자녀 둘인 4인 가족, 30대 중반 정도의 여성이 있었다.

그리고 승합마차의 호위인 모험가가 네 사람 붙어 있었다.

승합마차가 출발한 후, 옆에 앉은 행상인 아저씨와 이야기를 좀 나누어보았다.

"키루스에는 어떤 장사를 하러 가십니까?"

무난한 이야기부터 시작한다.

"아, 어떤 연줄을 통해서 비누를 입수해서요. 키루스의 아는 가게에 매입해달라고 할까 하는 중입니다."

오호, 비누라. 이 세계에도 있구나.

더 자세히 물어보니, 비누가 있기는 있으나 역시 귀족들이 쓴다고 한다.

귀족에게 팔 때는 비누 한 개에 은화 세 닢 정도는 받는다고 했다.

은근슬쩍 아이템 박스 이야기를 꺼내보니 귀족과 커다란 상회라면 그런 스킬을 가진 사람을 고용하고 있다는 사실을 알려주었다.

아이템 박스 스킬을 가진 사람은 1,000명에 한 명 정도의 비율이고, 그 크기는 마력에 따라 다르며 아이템 박스의 크기가 어느 정도 되지 않으면 귀족과 큰 상회에 고용될 수 없다고 한다.

"아무리 작아도 제가 가진 지게의 세 배 정도는 들어간다고 하니, 저로서는 아이템 박스 스킬을 갖고 있는 것만으로도 부러운 일입니다."

행상인 아저씨는 그리 말하며 웃었다.

과연, 아이템 박스 스킬을 가진 사람이 없지는 않구나. 아이템 박스 스킬을 갖고 있지만 용량이 작다는 설정으로 하면 써도 별 문제 없을지도 모르겠군.

"감정 스킬이 있으면 상인으로 크게 성공할 수 있겠죠?"

아이템 박스에 관해서 알아냈으니, 감정에 관한 것도 슬쩍 이야기를 꺼내보자.

"아~ 그건 상인이라면 누구라도 꿈꾸는 거죠. 하지만 감정 스킬을 가진 건 옛날이야기에 나오는 이세계에서 소환된 용사 정도인걸요. 감정 스킬이야말로 용사가 아니라 상인이 가져야 할 스킬이라고 생각하지만요. 감정 스킬, 장사를 하는 사람들의 꿈이죠. 감정 스킬까지는 아니더라도, 감정 마도구가 더 보급되면 좋겠습니다. 그것도 고대 유적에서 드물게 나오는 것이라 눈이 튀어나올 정도로 비싸다 보니 국가나 길드가 아니면 가질 수가 없답니다."

오오, 잘됐다. 감정 스킬은 소환 용사만 가진 스킬인가.

게다가 감정 마도구라는 것도 있구나. 하지만 그건 엄청나게 고가라서 개인이 소유할 수 있는 것도 아닌 모양이다. 고대 유적, 즉 난이도가 높은 던전 같은 장소에서 드물게 나오는 물건이라 그 수도 적은 것 같고. 물어보길 잘했군그래.

이걸로 내가 감정당할 위험은 거의 없다는 사실을 알았다.

그런 식으로 이런저런 대화를 나누는 동안에 행상인 아저씨도 이웃 나라로 가려 한다는 사실을 알아냈다. 아저씨가 여기서만 하는 말이라며 작은 목소리로 털어놓았다.

"이 나라도 여러 가지로 뒤숭숭해지고 있거든요. 가족이 있으면 그럴 수도 없겠지만, 다행히도 저는 혼자 몸이라 서둘러 이 나라를 떠나려고 하는 거죠. 소문에 따르면, 조만간 국경도 봉쇄될지도 모른다고 하니까요."

국경 봉쇄라고? 진짜 위험하고만, 이 나라. 얼른 마음 접고 움직이길 잘했군.

키루스로 가는 도중, 고블린과 늑대 마물이 나타났지만(역시라고 할까, 검과 마법의 판타지 세계라서 마물이 있었습니다) 호위인 모험가들이 무난하게 토벌했고, 승합마차는 순조롭게 나아갔다.

키루스에 도착한 후, 행상인 아저씨에게 들었던 이웃 나라로 향하는 승합마차 정류소로 향했다.

"말도 안 돼……."

정류장에는 '승합마차 운행 정지 중'이라는 간판이 걸려 있었다.

정지 중이라니 어찌 된 거야?

행상인 아저씨가 조만간 국경이 봉쇄될지도 모른다고 했는데, 그건가? 하지만 국경 봉쇄 같은 상황이 벌어졌다면 마을도 이렇게 차분할 리 없잖아?

일단 정보 수집이다. 허기도 채울 겸, 여러 나라에 오갈 터인 모험가가 많이 모여 있는 식당에 들어가기로 했다.

카운터석에 앉아 마침 옆에 있던 모험가 두 사람에게 말을 걸었다.

"잠시 실례해도 될까요?"

"어, 무슨 일이지?"

"실은 방금 막 이 마을에 도착한 참이라 여러 가지로 이야기를 여쭙고 싶습니다만……."

나는 곧바로 점원을 불러 두 사람 몫의 에일을 주문했다.

그러자 모험가는 "뭘 좀 아는군" 하고 기분 좋게 이런저런 이야기를 들려주었다.

"그렇군요. 승합마차가 정지된 건 국외로 인구가 유출되는 걸 막기 위해서군요."

"그래. 인구가 줄면 그만큼 병사 수도 세금도 줄어드니까. 지금은 이 정도로 그치지만, 조만간 국경이 봉쇄될지도 몰라. 이 나라는 마족과 싸우고 있는 데다, 마르베일 왕국과도 전쟁을 시작할 생각인 것 같거든."

"맞아, 맞아. 전쟁이 벌어지는 것도 시간문제지."

술이 들어간 탓인지 모험가 두 사람은 수다스럽게 이야기를 해 주었다.

마족의 나라는 이 나라의 북쪽에 면해 있으며, 마르베일 왕국은 이 나라의 서쪽에 접해 있는 나라다.

내가 가려고 하는 곳은 남동쪽에 있는 페넨 왕국이다.

"우리도 얼른 이 나라를 뜰 생각이야."

"우리로서는 전쟁보다 마물 사냥 쪽이 성미에 맞으니까. 당신도 어서 이 나라를 떠나는 편이 좋을 거야."

서둘러 이 나라를 떠나고 싶은 마음은 굴뚝같지만, 도중에 마물이 나타나기라도 하면 일반인보다 조금 센 정도인 나로서는 어떻게도 할 수 없으니 말이지.

이거 큰일이네 하고 걱정하다가 모험가들을 보고 문득 깨달았다.

내가 모험가 길드에 의뢰하면 되는 거 아닌가 하고.

돈은 들겠지만, 여기서 아껴봐야 별수 없다.

국경이 봉쇄되기 전에 어찌 되었든 이 나라를 나가는 게 우선이다.

나는 모험가 길드에 옆 나라까지의 호위를 의뢰하기로 결심했다.

다음 날 아침——.

그럼 모험가 길드에 의뢰하러 가볼까.

모험가 길드는 큰길가에 있어 바로 찾았지만, 이른 시간이라서 그런지 모험가들로 붐볐다.

전형적인 전개대로 뚫어져라 바라보는 모험가들의 시선을 받았지만, 아무것도 모르는 얼굴을 했다.

이쪽은 의뢰인이라고.

창구에서의 대화로 의뢰인이라는 것을 알게 되면 시비를 걸어오지는 않겠지. 아마도.

잠시 줄을 서서 기다리자 내 차례가 되었다.

"실례합니다. 의뢰를 하고 싶은데요."

"의뢰 말씀이죠. 어떤 의뢰이신가요?"

"페넨 왕국까지 호위 의뢰입니다. 그리고 마차가 없으니, 도보로 이동해야 합니다만……. 처음 모험가 길드에 의뢰하는 거라 그런데, 이런 의뢰의 경우 보수는 어느 정도가 됩니까?"

"도보로 이동하는 호위 임무 의뢰라고 하셨죠? 호위 임무는 C랭크 이상의 모험가에게 의뢰하도록 되어 있고, 거기에 도보가 되면 날짜도 며칠 걸릴 테니, 최소로 잡아도 금화 일곱 닢은 필요할 듯합니다."

내 소지금을 생각했을 때 금화 일곱 닢이면 꽤 큰 액수인데 하는 생각을 하고 있으려니, 접수원이 이런 말을 덧붙였다.

"다만 아시는 대로 지금은 승합마차가 정지 중이라 이런 종류의 호위 임무 의뢰가 늘고 있습니다. 그 점을 생각하면 금화 여덟 닢은 예상하시는 게 좋으리라 봅니다."

이런 종류의 의뢰가 늘고 있다고 한다면 모험가로서는 보수가 많은 쪽에 달려들 테니까 말이지.

금화 여덟 닢이라, 으음~.

큰 지출이기는 하지만, 일단 발등에 떨어진 불부터 끄고 봐야겠지.

"알겠습니다. 금화 여덟 닢으로 의뢰하겠습니다. 그리고 식사도 이쪽에서 제공하는 조건으로 부탁드려도 되겠습니까?"

접수원의 말투로 보면 여덟 닢으로도 힘들 것 같았으므로 식사 제공이라는 점을 덧붙여 보았다.

요리하는 건 싫어하지 않는 데다, 나에게는 그 스킬이 있으니 싼 식재료를 고르면 어떻게든 될 것 같았다.

"그럼 잘 부탁드립니다."

나는 보수금인 금화 여덟 닢을 맡겨두고 모험가 길드를 뒤로했다.

◇ ◇ ◇ ◇ ◇

다음 날 모험가 길드에서 연락이 와서 가보니, 놀랍게도 내 의뢰를 받아주겠다는 모험가가 있다고 했다.

이렇게 빨리 찾으리라고는 예상하지 못했지만, 이 나라를 서둘러 떠나고 싶은 몸으로서는 정말 고마운 일이었다.

모험가 길드에서 소개해준 것은 C랭크 모험가 파티 '아이언 윌

(철의 의지)'였다.

"나는 아이언 윌의 리더 베르너다. 잘 부탁하지."

"무코다라고 합니다. 저야말로 잘 부탁드립니다."

귀족들만 성(姓)을 쓴다고 들었었기 때문에, 이상한 의심을 사는 일이 없도록 일부러 이름을 다 밝히지 않고 성만 댔다. 서양풍으로.

베르너 씨는 30대 초반으로, 190센티미터는 되는 장신에 다부진 체격이었다. 커다란 방패를 등에 지고 허리에는 검을 차고 있다. 두꺼운 팔뚝에 새겨진 수많은 상처 자국과 어우러져 한눈에 봐도 역전의 모험가 같은 느낌이 들었다.

베르너 씨가 소개한 멤버는 가죽 갑옷을 입고 허리에는 장검을 찬 검사로 보이는 빈센트. 흉갑을 하고 허리에 단검을 단 척후로 보이는 어린 여자아이 리타. 마법사로 보이는 로브를 걸치고 백발이 성성한, 분위기 있는 아저씨 라몬 씨. 수도복처럼 보이는 흰 옷을 입은 회복 담당 같은 20대 초반의 여성 프랑카(참고로 엄청나게 가슴이 크다).

꽤나 밸런스가 잡힌 파티 같았다.

모험가 길드로서도 의뢰 달성 불가능한 패거리를 소개하지는 않을 테니, 이대로 부탁을 하도록 하자.

베르너 씨와 이야기를 나누고, 내일 아침 일곱 시에 모험가 길드 앞에서 만나 출발하기로 정했다.

숙소로 돌아가는 도중에 여행 중에 필요한 것들을 사기로 했다.

우선은 망토. 이건 방한구도 되고 잘 때도 이걸 뒤집어쓰고 자면 되니 반드시 필요하다고 한다.

그리고 잡화점에서 자잘한 식기류를 샀다.

그때 이것저것 구경하면서 괜찮은 물건을 발견했다.

마도(魔導) 풍로라는 것이다.

그 이름대로 마력을 보내면 불이 나오는 풍로. 1구짜리와 2구짜리가 있었는데, 양쪽 모두 가격이 비쌌다.

그러다 문득 생각이 미쳤다. 이거 인터넷 슈퍼에서 휴대용 버너를 사서 써도 되지 않을까? 하고. 겉보기도 똑같고, 모험가들에게도 마도 풍로라고 말해두면 들키지 않을 것 같다.

좋아, 그렇게 하자. 인터넷 슈퍼에서 휴대용 버너를 사는 편이 훨씬 쌀 테고 말이지.

그러면 남은 건 인터넷 슈퍼에서 살 물건뿐이니 서둘러 숙소로 돌아가기로 했다.

숙소에 돌아온 다음에는 인터넷 슈퍼에서 이것저것 부족한 것들을 사서 채웠다.

휴대용 버너와 가스, 냄비와 프라이팬, 식칼, 도마, 그리고 제일 중요한 식재료.

식재료는 모험가 다섯 명에 나까지 6인분이니, 넉넉하게 여러 가지를 구입했다.

감자, 당근, 양파 등의 채소류에 치즈, 햄, 소시지, 달걀. 그리고 바로 낼 수 있는 부식품 종류도 구입했다. 나머지는 소금과 고형 수프를 비롯한 조미료 종류를 다양하게 구입했다.

이러저러하여 금화 두 닢 넘게 써버렸다.

내 남은 소지금은 금화 여덟 닢과 은화 다섯 닢에 동화와 철화가 몇 닢 정도.

점점 주머니 사정이 심각해져가고 있지만, 이것도 페넨 왕궁에 도착할 때까지만 견디면 된다.

페넨 왕국에 도착하면 상인 길드에 등록해서 이것저것 마구 팔아주마.

그리고 돈을 확보한 다음, 정세를 살피며 또 이동하자.

안전하고 편안한 삶을 위해서라면 나는 열심히 할 수 있다고.

◇ ◇ ◇ ◇ ◇

만나기로 한 시간에 모험가 길드 앞으로 가니 이미 아이언 월의 멤버가 전부 와 있었다.

"늦어서 죄송합니다."

"아니, 우리가 너무 일찍 왔을 뿐이니 신경 쓰지 말게."

리더 베르너 씨가 웃으며 말해주었다.

아무래도 미리미리 행동하는 것이 몸에 밴 모양이다. 좋은 마음가짐이다.

"그럼 출발하도록 할까."

나는 고개를 끄덕이고 페넨 왕국을 향한 여행길에 올랐다.

키루스 마을을 출발한 후, 여행은 순조롭게 진행되었다.
아이언 윌의 포진은 빈틈이 없었다.
나를 중심에 두고 선두에는 척후인 리타, 나의 우측과 좌측이 각각 검사인 빈센트와 마법사인 라몬 씨, 내 후방 우측이 회복 역인 프랑카, 후방 좌측이 베르너 씨다.
만일의 경우에 의뢰주인 나를 우선하여 지키기 위한 배치라고 한다.
"슬슬 쉬도록 할까."
베르너 씨의 말에 점심시간을 갖기로 했다.
나는 약속대로 식사 준비를 시작했다. 말은 그렇게 해도 시간이 많지는 않으니 간단한 것이다.
우선은 인터넷 슈퍼에서 산 휴대용 버너를 아이템 박스에서 꺼냈다.
"어라? 무코다 씨는 아이템 박스 소유자구나. 게다가 마도 풍로, 엄청난 걸 갖고 있네."
빈센트의 말에 끄덕이며 "용량은 작습니다만"이라고 대꾸했다.
아이템 박스 스킬을 가진 사람들이 있다고 들었으니, 스킬은 갖고 있지만 용량은 작다는 설정으로 쓰기로 했다.
그편이 늘어난 짐을 가지고 다니기 편리하고, 괜히 감추는 것보다 나으리라는 판단도 있었다.
"이 마도 풍로는 지인에게 넘겨받은 겁니다. 이제 쓸 기회도 없을 거라면서 무척 싸게 넘겨주더라고요."

휴대용 버너에 관해서도 미리 생각해두었던 이유를 술술 말했다.

거짓말도 하나의 수단이라는 거다.

빈센트와 이야기를 나누며 인터넷 슈퍼에서 산 식빵에 치즈와 햄을 끼워서 간단한 샌드위치를 만들었다. 그리고 나무로 만든 컵에 인스턴트 콩소메 수프 블록을 넣었다. 물론 그 모습을 들키지 않도록 몰래몰래 했다.

그 컵에 휴대용 버너로 끓인 뜨거운 물을 붓는 것으로 점심 식사 준비 끝.

"여러분, 식사 준비가 다 되었습니다."

모험가들에게 수프가 담긴 컵과 샌드위치를 얹은 나무 접시를 건넸다.

"그럼, 먹어보도록 할까."

베르너 씨의 신호에 모두가 음식을 먹기 시작했다.

"마, 맛있어."

"이 빵, 엄청 부드럽고 맛있는걸."

"응응. 이 빵 엄청 부드럽고 맛있어. 게다가, 이 수프도 맛있어."

"이건 맛있군."

"맛있어……."

빈센트, 프랑카, 리타, 베르너 씨, 라몬 씨가 차례로 말했다.

그거 다행이네. 하지만, 엄청 대충 만들었는데 말이지.

특히 빵에 놀란 모양이다. 이런 부드러운 빵은 귀족이나 먹을 수 있다고 한다. 분명히 여기 와서 먹은 빵은 검거나 갈색인 딱딱한 빵이었지.

나는 얼버무리듯 "그건 제 고향의 요리법으로 만든 빵인데, 고향을 나올 때 잔뜩 사서 아이템 박스에 넣어 왔습니다"라고 말해두었다.

그런 귀한 걸! 하며 모두 송구스러워했지만, 먹을 걸 먹지 않고 둬서 뭐하겠냐고 말해주었다. 식빵은 인터넷 슈퍼에서 언제든 보충할 수 있으니까.

"그건 그렇고, 여행 중에 따뜻한 걸 먹을 수 있다니 감사한 일이야."

베르너 씨의 말에 다들 고개를 끄덕였다.

"정말요. 이 임무를 맡은 게 정답이었네요."

여행길의 식사라고 하면, 육포나 딱딱한 빵 등의 무미한 것들이 많아서 내가 내놓은 식사는 여행 중에 먹는 것치고는 진수성찬인 모양이다.

맛있는 음식이 있으면 그 자리의 분위기가 부드러워지는 것은 어디든 마찬가지인지, 이야기도 활기를 띠었다.

아무래도 아이언 월도 이 나라의 불온함을 눈치채고 멤버들끼리 다른 나라로 이동하자는 이야기를 나누던 참이었던 듯했다.

그때 내 의뢰가 눈에 띄었고, 마침 잘됐다 싶어 임무를 받아들였다고 한다.

실제로는 더 높은 보수를 받을 수 있는 호위 임무 의뢰가 있었는데, 지금은 돈에 그다지 궁한 것도 아니니 여행 중의 식사를 제

공해주는 쪽이 좋겠다 싶어 내 의뢰를 받아들인 것이라고 했다.

멤버 다섯 명분의 식비면 결코 무시할 수 없기도 하고 말이다.

"저야말로 의뢰를 수락해주셔서 정말 살았습니다. 저도 이 나라를 얼른 떠나는 편이 좋을 거라 생각해서 키루스까지 왔는데, 승합마차가 운행 정지라고 해서 한순간은 어찌할 바를 모르고 당황했었거든요. 그러던 참에 여러분 덕분에 이렇게 페넨 왕국으로 갈 수 있게 되었습니다. 이래 봬도 요리는 잘하는 편이니 앞으로의 식사도 맡겨주십시오."

그렇게 말하자 다들 미소 지어주었다.

이런 여행 중의 즐거움이라고 해봐야 식사 정도다.

할 수 있는 한 최선을 다할 테니 부디 무사히 페넨 왕국에 갈 수 있게 해주세요.

제 2 장 생강구이를 만들었더니 어째선지 전설의 마수가 사역마가 되었다

키루스 마을을 출발한 지 사흘 째.

승합마차라면 지금쯤 페넨 왕국에 도착했을 터다. 그리고 반나절쯤 더 가면 페넨 왕국의 국경 지역 마을인 파리엘에 도착한다.

하지면 현재 상황은 도보. 겨우 그 절반 정도의 거리를 지난 참이었다.

도보인 만큼 시간은 걸리지만, 여행길에 특별히 큰 문제는 일어나지 않았다.

아이언 윌은 꽤 우수해서 튀어나온 고블린과 늑대 마물 등은 곧바로 베어버렸다.

역시 C급, 이 정도 마물은 실력 확인거리도 안 되는 모양이다.

"조금 있으면 해가 지겠어. 오늘은 여기까지다."

베르너 씨의 말에 각자가 야영 준비에 돌입했다.

나도 저녁 준비를 시작한다.

메뉴에는 살짝 신경을 쓴다.

너무 기발하거나 공을 들인 음식은 이 세계의 식사 기준으로 생각하면 큰일이 벌어질 수 있으므로 가능한 한 단순하게 만들도록 늘 주의하고 있다.

오늘은 구운 소시지와 포토푀(Pot-au-feu, 고기와 채소를 넣은 프랑스식 수프 요리)와 빵으로 할까 한다.

다들 고기는 좋아하는 것 같으니 불만은 나오지 않으리라.

우선은 달군 냄비에 베이컨을 잘라 넣고, 그 다음에는 채소와 소시지를 투입. 그리고 잠시 볶아주다가 다음에 물을 붓는다. 끓기 시작하면 고형 수프 블록을 넣고 약불로 다시 한소끔 끓여주면 된다.

"응, 괜찮게 됐네."

맛을 보니, 베이컨과 소시지의 짠맛도 더해져서 간을 더할 필요도 없이 그대로도 괜찮을 것 같았다. 다음은 소시지를 살짝 굽는다.

"저녁밥 다 됐습니다."

포토퓌를 담은 나무 그릇과 구운 소시지와 빵을 얹은 나무 접시를 모두에게 건네주었다.

"아, 맛있군. 무코다 씨 요리는 여전히 맛이 좋아."

빈센트가 밥을 우걱우걱 먹으며 말했고, 그 말에 리타가 응응하며 고개를 끄덕였다.

"정말 맛있어. 맛있는 밥을 먹는 덕분인지 평소보다 몸 상태가 좋은 느낌이야."

"저도 무코다 씨가 주는 음식을 먹기 시작한 다음부터는 평소보다 힘이 넘치는 느낌이 들어요."

프랑카가 리타의 말에 맞장구를 치듯 그렇게 말했다.

"사람에게 먹는 건 가장 중요한 일이야. 그 음식이 맛있으면 사람의 마음가짐도 달라지지."

평소에는 말이 별로 없는 라몬 씨가 진지하게 말했다.

응, 라몬 씨도 내가 만든 식사가 마음에 들었나 보네. 감사한 일이군.

"확실히 그렇지. 사람은 먹지 않으면 살 수 없어. 그렇다면 맛없는 것보다 맛있는 걸 먹는 쪽이 당연히 좋지. 여행 중에 이런 맛있는 밥을 먹을 수 있는 우리는 행복한 거야."

마지막으로 베르너 씨가 그렇게 마무리했다. 뭐랄까, 그렇게까지 절찬을 받으면 부끄러워지는데요. 일본 식품 산업의 승리라고 해야 하려나?

하지만 리타와 프랑카가 말했던 몸 상태가 좋다든가, 힘이 넘친다는 건 무슨 뜻일까?

그렇게 대단한 건 만들지 않았는데…….

안 좋은 영향을 주는 건 아닌 것 같지만, 어쩐지 신경 쓰이는데.

살짝 감정해볼까?

【이름】리타
【나이】16
【직업】척후
【레벨】18
【체력】135 (+27)
【마력】64 (+2)
【공격력】119
【방어력】107
【민첩성】138

【스킬】단검술, 청력, 발소리 죽이기

"푸헉."

"잠깐, 갑자기 왜 그래?"

"쿨럭쿨럭쿨럭, 아, 아뇨, 수프가 잘못 넘어가서 사레가 들린 겁니다. 괜찮아요. 쿨럭쿨럭……."

뭐, 뭐야 +27이나 +2라니.

무심코 뿜어버렸잖아.

내가 만든 밥을 먹어서야? 그런 건가? 그런 거야?

나는 손에 든 포토푀를 감정해보았다.

【포토푀】

이세계의 식재료로 만들어진 포토푀. 체력을 한 시간 동안 약 20퍼센트 향상시킨다.

Oh…………. 내 요리가 그 원인이었군.

잠깐, 기다려봐. 포토푀가 체력을 높인 원인이라면 마력은 뭐지? 소시지인가? 빵인가?

【소시지】

이세계의 소시지. 마력을 10분 동안 약 2퍼센트 향상시킨다.

【식빵】

이세계의 식빵. 마력을 10분 동안 약 1퍼센트 향상시킨다.

응, 소시지도 빵도 원인이었군.

이거, 곰곰이 생각해보면 위험한 거지?

먹는 것만으로 체력이나 마력이 올라가는 거니까.

누가 알게 되면………… 우웃, 오싹했어.

절대로, 절대로, 절대로 알려지면 큰일이 날 거야.

다행스럽게도 감정 스킬은 소환 용사만 갖고 있고, 감정 마도구도 국가나 길드 규모가 되어야 갖고 있다. 게다가 다들 자신의 스테이터스를 알기 위해서는 스테이터스 확인 마도구로 확인을 해야만 하니, 일단 들킬 리는 없을 터.

지금은 내가 입 다물고 있으면 절대로 들키지 않을 것이다.

입에 자물쇠를 달자. 이 일에 관해서는 절대 한 마디도 하지 않을 테다.

키루스 마을을 출발한 지 5일째.

"오늘은 이 부근에서 야영하지."

해가 저물기 시작할 무렵, 평소처럼 베르너 씨의 한마디에 야영 준비가 시작되었다.

"그럼, 이 레드 보아 고기는 사양하지 않고 쓰도록 하겠습니다."

"그래, 기대할게."

레드 보아는 오늘 이동하는 도중에 아이언 윌 멤버들이 쓰러뜨린, 붉은 털이 특징인 커다란 멧돼지 마물이다.

고블린과 늑대 마물(그레이 울프라고 하는 모양이다)은 그다지 돈이 되는 소재가 없이 때문에 그대로 방치했었지만, 레드 보아는 고기도 가죽도 이빨도 그럭저럭 괜찮은 돈을 받고 팔 수 있다고 한다.

역시 모험가, 해체도 순식간에 훌륭하게 해냈다.

문제는 이렇게나 커다란 건 전부 들고 갈 수 없다는 점이다.

단가가 싼 고기를 절반 버리고 가겠다는 그들의 이야기를 듣고 내가 아이템 박스에 여유가 있으니 고기를 넣어 갈까요? 하고 제안했던 것이다.

그런 연유로, 고기를 식사 준비에 써도 된다는 허가가 떨어졌다.

맨 처음에는 스테이크로 할까 생각했으나, 시간이 걸리는 탓에 각하하고, 오늘 메뉴는 그걸로 하기로 했다.

내가 아주 좋아하는 생강구이다.

우선은 레드 보아 고기를 얇게 저미고, 인터넷 슈퍼에서 사두었던 생강구이 양념에 재워둔다.

고기를 재워두는 동안에 양배추를 얇게 채 썬다. 그리고 재워둔 고기를 구우면 완성이다.

수프는 평소의 인스턴트 콩소메 수프를 척척 만든다.

"저녁 식사 완성입니다. 레드 보아 고기를 제 고향식으로 양념해봤습니다. 여러분 입에 맞으면 좋겠네요."

레드 보아 생강구이와 양배추를 담은 나무 접시, 콩소메 수프, 빵을 나눠주었다.

"오오, 식욕이 도는 좋은 냄새로군."(베르너 씨)
"뭐야 이거, 맛있어어."(빈센트)
"맛있어! 나 이렇게 맛난 거 처음 먹어봐."(리타)
"나, 레드 보아 고기는 별로 좋아하지 않았는데, 이거라면 맛있게 먹을 수 있어."(프랑카)
"캬베트를 생으로 먹는 건 처음인데, 이 고기랑 같이 먹으니 훌륭하군."(라몬 씨)
아아, 절찬이 몰아치는군요.
모 회사의 생강구이 양념으로 구웠을 뿐인데 말이죠. 모 회사 감사합니다.
그리고 이 세계에서는 양배추를 캬베트라고 하는구나.
모두의 칭찬 속에서, 생강구이는 역시 맛있구나 하며 나도 식사를 하고 있을 때였다. 갑자기 목소리가 들려왔다.
『인간이여, 나에게도 그것을 내놓아라.』
목소리의 주인은 지금까지 봐온 늑대 마물과 비교하는 것이 바보 같을 정도로 아름다운 털이 가지런히 난, 성스러운 느낌이 드는 늑대였다.
모험가들은 딱딱하게 굳은 채 미동도 하지 않았다.
『어이, 인간, 들리지 않는 것이냐?』
나는 머뭇거리며 먹고 있던 생강구이가 담긴 나무 접시를 내밀었다.
그러자 소처럼 커다란 늑대가 나무 접시에 얼굴을 박고 그것을 한 입에 삼켜버렸다.

『맛있지만, 부족하군. 더 내놓아라.』
"페, 펜리르다……."
베르너 씨가 식은땀을 흘리며 중얼거렸다.
아이언 윌 같은 경험이 풍부한 모험가들조차 움직일 수 없을 만큼의 마물인 것인가?
어, 어떻게 하면 되지? 조금만 더 가면 페넨 왕국인데.
"무, 무코다 씨. 하라는 대로 해."
베르너 씨가 그렇게 말했지만, 생강구이는 이제 남아 있지 않았다.
사람의 말을 아는 마물 같으니 베르너 씨의 말대로 생강구이를 먹게 해주면 위해를 가하지는 않을지도 모른다.
"저, 저기, 만들어야 하는데, 자, 잠시 기다려주시겠습니까?"
『음, 기다려줄 테니 서둘러 만들어라.』
나는 황급히 레드 보아 생강구이를 만들어 펜리르라는 것에게 내주었다.
펜리르가 내가 만든 생강구이를 게걸스럽게 먹었다.
한 그릇 더, 더, 하고 펜리르는 계속 요구했고, 결국 레드 보아 고기 7~8킬로그램 정도의 생강구이를 만들었다.
『끄응. 맛있었다. 그건 그렇고, 고작 이 정도의 고기로 나를 이렇게나 만족시키다니. 자네, 꽤 하는구나.』
고작 이 정도라니, 당신 7~8킬로그램은 먹었는데.
평소에는 얼마나 먹는 거냐.
『음, 자네와 계약을 해주도록 하겠다.』

…………뭐? 계약이라니, 그게 뭔데?

『어이, 듣고 있는 것이냐? 자네와 사역마의 계약을 맺어주겠다고 말하고 있지 않느냐.』

사역마라니, 인터넷 소설에서 그런 종류의 것들도 슬쩍 본 기억이 있기는 한데, 테이머라는 그건가?

아니아니아니아니아니.

그렇지만 사람 말을 하는 마물인데?

아이언 월 멤버들이 굳어 있을 정도의 마물이라고.

그런 마물을 사역마라니…… 그거, 위험하잖아?

"저기, 그러니까, 거ㅈ『음?』"

"아뇨, 그러니까, 거ㅈㅓ『으음?』"

"………………."

이 자식, 거부하지 못하게 할 셈인가.

『설마 그럴 리 있으랴 싶기는 하다만, 자네 바람의 여신 닌릴 님의 권속이자 펜리르인 이 몸과의 계약을 거절하려는 것인가? 그런 당치도 않은 짓을 하리라고는 생각하지 않는다만, 어떠하냐? 응?』

사람 말을 하는 마물 펜리르? 가 그리 말하자 아이언 월 멤버들이 뭐가 어찌 됐든 승낙하라고 눈으로 신호를 보내왔다.

이거 승낙 안 하면 안 되는 거야?

정말이지, 이래서는 "네"라는 선택지뿐이잖아.

떨떠름하게 "알겠습니다"라고 말하자 펜리르는 만족한 듯『그래』라며 고개를 끄덕였다.

『이쪽으로 오너라.』

펜리르의 재촉에 할 수 없이 가까이로 다가갔다.

『더 가까이. 내 눈앞으로 오거라.』

펜리르의 말대로 눈앞까지 다가갔다.

『그럼 계약의 의식을 행하겠다.』

그리 말하며 펜리르는 자신의 이마를 내 이마에 댔다.

펜리르와 이마가 닿자 내 몸이 한순간 빛났다.

『이것으로 계약은 맺어졌다. 응? 자네, 감정 스킬이 있잖은가? 소환 용사인가?』

어, 어이잇!

나는 무심코 펜리르의 입을 막았다.

『웁웁웁, 어, 어이, 무슨 짓이냐.』

나는 "그, 그 사실은 비밀"이라고 속삭였다.

『아아, 그러한가. 오냐, 알았다. 그럼 스테이터스를 확인해보아라.』

펜리르도 이해한 듯 나에게만 들릴 법한 작은 목소리로 말했다.

펜리르의 재촉에 스테이터스를 확인해보았다.

"스테이터스 오픈."

【이름】무코다(츠요시 무코다)

【나이】27

【직업】휩쓸린 이세계인

【레벨】1
【체력】100
【마력】100
【공격력】78
【방어력】80
【민첩성】75
【스킬】감정, 아이템 박스
사역마(계약 마수) 펜리르
【고유 스킬】인터넷 슈퍼

뭔가 스킬이 늘어났다. 사역마라는 게 생기고, 그 옆에 계약 마수 펜리르라고 되어 있는데.

『음, 괜찮은 것 같구나.』

"뭐? 보이는 거야?"

『이 몸을 무엇이라 생각하는 거냐? 바람의 여신의 권속인 몸이다. 감정 스킬 정도는 갖고 있느니라.』

그러하십니까. 아니, 그보다 계약해서 뭐가 어떻게 되는 건데?

『좋다, 이것으로 이 몸은 자네의 계약 마수가 되었다. 그리 되었으니 주인이 된 자네는 계약 마수인 이 몸을 잘 보살펴야 한다. 그건 알고 있겠지?』

알고 있겠지? 라고? 어? 그런 거야?

보살피라니, 계약 마수(펫)를 돌보라는 거야?

『그럼 하루 세 끼 식사, 기대하마.』

…………어이.

세 끼 식사라니, 너, 설마하니 먹을 거에 낚여서 계약한 거냐?

그런 거냐?

『어이, 거기 있는 자들. 나는 이 녀석과 사역의 계약을 맺었다. 그렇게 겁먹지 않아도 덮치거나 하진 않는다.』

펜리르의 말에 아이언 윌 멤버들은 몸을 움찔했다.

"저기, 여러분, 여기 이 펜리르? 사람 말도 이해하니까 괜찮을 겁니다……."

『오, 잊고 있었구나. 사역마로서 계약을 했으니, 자네는 이 몸에게 이름을 붙이거라.』

"에엑? 갑자기 그런 말을 한들. 음, 그럼, 포치?"

『자네, 이 몸을 바보 취급하는 건가?』

포치라고 하니 어째선지 화를 냈다. 그보다, 이 녀석이 먹을 거에 낚였다는 사실을 알고 나니 무서워하는 게 바보처럼 느껴졌다.

"잠깐, 화내지 말아주세요. 그럼, 고로는?"

그렇게 말했더니 펜리르가 더욱 열 받아 했다. 뭐야, 이 녀석 엄청 제멋대로잖아.

"그럼 펜리르니까, 페르라고 하면?"

『음, 페르라. 좋군. 그걸로 하겠다.』

뭐냐고, 잘난 척 굴기는.

이리하여 펜리르의 이름은 페르로 정해졌다.

그런 중에 드디어 움직이기 시작한 아이언 윌 멤버들.

그중에서 가장 먼저 제정신을 차린 베르너 씨가 주저주저하는 느낌으로 말을 걸어왔다.

"무, 무코다 씨……."

"아, 베르너 씨 괜찮으신가요?"

"아, 저기, 나는 괜찮은데……. 서, 설마 전설의 마수 펜리르를 이 눈으로 보게 될 줄은……."

어? 전설이라니, 이 먹을 거에 낚인 녀석이?

"300년 정도 전에 목격되었다는 전설은 남아 있지만, 그 펜리르와 사역마의 계약을 맺다니 들어본 적도 없다고."

에에――엑.

『뭐, 우리 펜리르는 그 수가 많지 않으니 말이다. 들은 이야기로는, 700년 전에 사역마로서 계약을 맺은 펜리르가 있다고 하더군. 이 몸도 천 년 정도 살았지만, 계약을 맺은 것은 처음이다.』

호, 호오, 천 년이나 살았구나.

『이렇게나 맛있는 걸 먹을 수 있다고 한다면, 수십 년 인간을 섬긴다 해도 손해 볼 것 없다.』

아아아, 이 녀석 제 입으로 말해버렸어.

밥을 노린 거라고 단언해버렸다고.

전설의 마수니 어쩌니 했는데, 이 녀석 정말로 괜찮은 거냐?

이런 엉뚱한 인연으로 펜리르인 페르가 여행 동료가 되었고,

우리는 곧 페넨 왕국에 도착하는 지점까지 와 있었다.
나를 한가운데 두고 선두는 리타, 내 우측과 좌측에 빈센트와 라몬 씨, 내 뒤쪽의 우측과 좌측에는 각각 프랑카와 베르너 씨라는 평소와 같은 포진에 더해, 맨 뒤를 페르가 어슬렁어슬렁 따라오고 있었다.
베르너 씨가 고민에 빠진 얼굴로 한숨을 내쉬었다.
"베르너 씨, 왜 그러시나요?"
"아니, 이제 곧 국경인데 어찌 될까 싶어서."
응? 무슨 말이지?
"아니 아니 아니, 무코다 씨, 이래서는 우리들 절대로 제지당할 거라고."
빈센트가 슬쩍 뒤쪽을 바라보며 말했다.
아, 페르 때문이란 거구나.
"국경 경비병이 전부 몰려나올 거야. 하지만 해를 끼칠 생각이 없다는 걸 알면 물러날 거라고 생각은 하는데……."
"베르너, 물러나느냐 마느냐 이전에 왕국 군대가 전부 쫓아 나와서 대치한다고 해도 펜리르한테는 못 이긴단 말이다."
"뭐, 라몬 말이 맞기는 하지."
"응? 저 펜리르가 한 나라를 멸망시켰다는 옛날이야기가 정말이었던 거야?"
"리타, 그건 옛날이야기가 아니라 역사적 사실이라고들 하더군요."
음, 저기, 내 귀가 이상해진 건가? 나라를 멸망시켰느니 어쩌니 하는 거, 농담이지?

"사역마라고 인정받아서 입국할 수 있게 된다고 해도, 그 다음에는 틀림없이 나라가 나설 테지."

나를 바라보며 베르너 씨가 그런 말을 했다.

어, 나 말이야? 다음에는 뭐라고?

"펜리르와 사역마의 계약을 맺은 무코다 씨를 나라에서 내버려 둘 리가 없어. 무코다 씨를 손에 넣으면 틀림없이 펜리르도 따라올 테니까."

어, 라, 라몬 씨 그거 진짜야?

나라가 이러니저러니 하고 나오면 무지막지 귀찮아질 텐데.

『걱정할 것 없다. 이 몸과 그 녀석에게 해를 끼친다면 맞받아주면 될 뿐이다.』

"아니 아니 아니, 그, 그게 곤란한 겁니다. 펜리르 님『페르다.』……페, 페르 님이 진심으로 나오시면 나라가 망합니다."

『먼저 손을 댄다면, 멸망해도 된다.』

아니 아니 아니, 페, 페르 씨, 그거 좀 지나치게 호전적이지 않은가요?

『그게 싫다면 우리에게 손을 대지 않으면 될 뿐이다. 간단한 일이다.』

페르의 말에 아이언 윌 멤버들은 입을 떡 벌렸다.

『그런 것보다 이제 슬슬 밥시간이지 않느냐?』

페르의 그 한마디에 점심시간이 되었다.

◇ ◇ ◇ ◇ ◇

아, 위험해. 아이언 윌 멤버들이 사냥했던 레드 보아 고기가 위기야.

아무리 써도 괜찮다는 말을 들었다고는 해도 정도라는 게 있는데.

어제 페르 몫의 생강구이와, 아침 일찍부터 고기 고기 고기 노래하는 페르에게 아침밥으로도 레드 보아 생강구이를 내준 탓에 꽤 많은 양을 써버리고 말았다.

『어이, 이 몸은 고기를 원하느니라.』

"아니, 역시 점심도 고기인 거구나. 레드 보아 고기는 내 게 아니니까, 그렇게 고기가 먹고 싶으면 직접 사냥해 와."

『음, 그런가. 바로 잡아 올 테니 기다리거라.』

그리 말한 페르는 길 옆의 숲으로 뛰어 들어갔다.

"무, 무코다 씨, 레드 보아 고기 써도 괜찮다고."

"아뇨 아뇨 아뇨. 그럴 수는 없습니다. 모처럼 여러분이 잡은 사냥감인데, 그러다간 페르가 다 먹어버리게 되잖아요. 게다가 이런 건 받아주면 버릇이 돼서 좋지 않습니다. 앞으로 저를 따라올 셈이라면, 자기 먹을 것 정도는 직접 조달해야죠. 저는 사냥은 못하는 데다, 이렇게나 대량의 고기를 매번 사는 것도 불가능하니까요. 그런 짓을 했다가는 파산해버릴 겁니다. 하하하."

전설의 마수라면 제 먹을 것 정도는 잡아 올 수 있겠지.

"무코다 씨는 대단한 사람이네……."(베르너 씨)

"대단해, 대단하다, 무코다 씨."(리타)

"대단함다, 무코다 씨. 저 펜리르에게 명령을 할 수 있다니, 존경합니다."(빈센트)

"한 나라를 멸망시키는 펜리르에게 명령을 하다니, 용자예요."(프랑카)

"저 펜리르에게 지시를 할 수 있는 자가 있을 줄이야."(라몬 씨)

어, 그런 말씀을 하신들 말이죠. 펜리르가 전설의 마수라고 불리는 대단한 존재일지는 모르겠지만, 저 녀석 페르는 먹을 거에 낚여서 사역 계약을 맺은 녀석이거든요.

먹을 거에 낚이다니, 솔직히 말해서 바보라고밖에 생각할 수 없는데요.

무서우니까 본인에게는 말할 수 없지만.

이러저러하는 사이에 페르가 커다란 새를 입에 물고 돌아왔다.

"로, 록 버드다……."

아이언 윌 멤버가 넋이 나간 얼굴로 새를 물고 있는 페르를 바라보았다.

"록 버드라는 건 페르가 사냥해 온 저 새 말인가요?"

"그래, B랭크 마물이야. 우리가 전력으로 싸워도 이길 수 있을지 어떨지 하는 수준이지."

어이, 그런 걸 잡아 온 거냐?

『잡아 왔다. 어서 밥을 만들어라.』

아니, 그러니까 눈앞에 커다란 새를 내려놓고 밥을 지으라고 해도 말이지.

“페르, 나는 해체 같은 건 못하거든. 이쪽 분들에게 부탁드릴 수밖에 없는데, 그 수고비 대신에 고기 이외의 소재를 드려도 괜찮을까?”

『나는 고기를 먹을 수 있으면 아무 불만 없다.』

“그런고로, 해체를 부탁드려도 될까요?”

그리 말하자 아이언 윌 멤버들이 “아니 아니 아니”라며 고개를 휘휘 저었다.

“해체하는 것만으로 록 버드의 고기 이외 부분을 전부라니, 너무 많잖아.”

그렇게 말해도, 이 녀석의 식사를 위해서 내 주머니의 돈을 쓰고 싶지는 않다.

“아니 아니, 레드 보아 고기도 페르가 먹는 바람에 많이 줄어버렸고, 페르도 저렇게 말하고 있으니까 받아주세요.”

아이언 윌 멤버들은 끝까지 “너무 많이 받는 거 같은데”라고 말했지만, 어찌어찌 납득해주었다. 그도 그럴 것이, 이건 애초에 페르가 사냥해 온 거라 공짜고 말이지.

게다가 입국 때 한바탕 말썽이 벌어질 것 같으니까, 여기서 은혜를 베풀어두는 편이 나중에 도움을 받을 수 있을 테고.

그런 연유로 록 버드는 아이언 윌 멤버들 손에 훌륭하게 해체되었다.

그리고 새라면 이거겠지? 싶은 생각에 인터넷 슈퍼에서 산 데리야키 소스로 록 버드 데리야키를 만들기로 했다.

우선은 프라이팬으로 록 버드 고기의 양면을 노릇하게 굽는다.

이때 고기 자체에서 기름이 나올 경우 키친타월 등으로 닦아주는 편이 좋지만, 여기는 이세계인 데다가 야외인지라 거기까지 할 여유는 없기 때문에 프라이팬을 기울여 기름을 따라 버린다.

그리고 데리야키 소스를 투입. 소스가 끓기 시작하면 그것을 록 버드 고기에 잘 바르는 것으로 록 버드 데리야키가 완성.

수프는 동결 건조된 양파 수프로 해보았다.

이쪽이 건더기도 많고 말이지. 매번 인스턴트 콩소메 수프여서는 질릴 테니까.

완성된 요리를 먼저 아이언 윌 멤버들에게 나누어주었다.

『어이, 내 몫은?』

“페르는 많이 먹으니까, 먼저 다른 사람들 음식을 내준 다음이야. 바로 만들 테니까 잠깐만 기다려.”

『음, 알았다.』

그리고 페르를 위한 데리야키를 열심히 만들었다.

페르는 록 버드 데리야키가 몹시 마음에 들었는지, 우리가 먹은 양 이외는 전부 페르의 배 속으로 들어갔다. 록 버드 데리야키는 맛있었고 나도 마음에 들었지만, 다음에는 더 차분하게 맛볼 수 있었으면 좋겠군.

우리는 페넨 왕국 코앞까지 와 있었다.

국경의 성채가 여기서도 보였다. 어째선지 경비병이 성채에서 드문드문 나오고 있는데 말이지.

하아~ 역시 이렇게 되는 건가.

뒤에서 어슬렁어슬렁 따라오는 페르를 보며 한숨을 내쉬었다.

"뭐랄까, 병사 분들이 잔뜩 나오고 있는데요……."

"페르 님이 계시니까. 먼저 가서 사정을 설명하고 오겠습니다."

베르너 씨는 그렇게 말하고 성채 쪽으로 달려갔다.

폐를 끼치는군요.

성채에 도착해보니 베르너 씨와 경비병이 쭉 늘어서서 우리를 기다리고 있었다.

"나는 페넨 왕국 제4 기사단 대장 에드거 볼고드라고 한다. 이쪽 베르너 님께 이야기는 들었다. 그 펜리르는 당신과 사역 계약을 맺었다고 하는데, 정말인가?"

경비병 중에서도 제일 높은 계급의 대장님(성이 있으니 귀족일지도 모른다)이, 척 봐도 알 수 있을 정도의 긴박한 분위기로 그렇게 물었다.

이거, 페르가 있어서 그런 거지?

경비병들도 언제고 대응할 수 있도록 모두 무기를 손에 든 채 대기 중이고.

썩어도 전설의 마수라고 할까, 뭐라고 할까.

"네, 저는 이 펜리르와 사역 계약을 맺었습니다."

그리 말하자 경비병 사이에서 "오오" 하는 소리가 흘러나왔다.

“그런가. 하지만 나라 하나를 멸망시켰다고 하는 전설의 마수 펜리르다. 정말로 이 나라와 이 나라의 백성들에게 위해를 가하지 않는 것인가?”

국경 경비를 맡고 있는 자로서, 그 걱정은 당연한 것이리라.

“어이, 페르. 여기 여러분은 전설의 마수라고 할 정도로 강한 페르를 나라 안에 들여보내는 걸 매우 걱정하고 계시거든? 나라 안에서 날뛰면 곤란하니까. 페르는 절대로 그런 짓 안 할 거지?”

『음, 이 몸을 머리 나쁜 마물과 똑같이 보지 마라. 주인인 자네와 나에게 위해를 가하려 하지 않는 한, 이 몸 쪽에서 손을 대는 일은 없다.』

“그렇다고 합니다. 대장님.”

나와 페르의 대화를 들은 대장은 어안이 벙벙한 표정을 짓고 있다.

“정말로 전설의 마수를 사역하고 있는 건가……. 눈앞에서 보고도, 여전히 믿을 수가 없군…….”

그렇다니까요, 대장님. 뭐가 뭔지 알 수 없는 사이에 사역 계약을 맺게 되고 말았지 뭡니까.

“지금 모습을 보니, 사역마로서 계약을 맺고 있다는 건 정말인 듯하군. 그렇다면 입국을 허가하지. 하지만 사역마인 펜리르의 단속을 단단히 해주었으면 한다.”

“네, 잘 알겠습니다. 어이, 페르, 부탁이니까 얌전히 있어줘.”

『알고 있다. 조금 전에 말했던 대로 우리에게 손대지 않는 한, 이 몸이 먼저 이러니저러니 할 생각은 없다.』

“정말로, 정말로, 부탁할게. 무슨 일이 생기면 내 탓이 된다고.”
『끈질기구나.』
“아니, 조심에 또 조심해서 주의를 해둬야 하니까. 아, 여러분에게 폐가 되는 행동을 했을 때는 밥 굶게 될 수도 있으니까.”
『크읏…….』
어찌어찌 입국 허가를 받게 되었으니, 이상한 짓은 하지 않도록 세심하게 주의를 해두지 않으면 안 된다. 무슨 일이 생기면 내 죄가 될 것 같으니까.
“과연. 저 펜리르를 이렇게까지 길들였을 줄이야. 걱정했던 그런 사태가 벌어지는 일은 없을 것 같군.”
대장님이 조금 안심한 모습으로 그렇게 말했다.
“대장님, 그런 사태가 벌어지는 일은 결코 없을 거라 봅니다. 저희는 무코다 씨가 페르 님과 사역 계약을 할 때도 함께 있었고 그 후로도 함께 여기까지 왔습니다만, 페르 님이 무턱대고 날뛰거나 하는 일은 없었으니까요.”
“리더가 말한 대로야. 무코다 씨는 페르 님에게 지시를 내려서 사냥해 오라고 시키기도 했었다고. 나는 깜짝 놀랐을 정도야.”
리타, 나도 깜짝 놀랐어. 사냥은 제 먹을 것 정도는 직접 확보해 오라는 의미로 보낸 거였거든.
나를 위해서 사냥해 오라고 했던 게 아니니까, 그 부분은 오해가 없도록 해줘.
“호오, 확실하게 장악하고 있다는 건가.”
잠깐, 대장님. 뭐가 “호오”인 건데? 턱에 손을 대고 뭔가 좋지 않은 생각을 하고 있는 것처럼 보이거든? 하지 마, 귀찮은 짓은.

이러저러하여 어찌어찌 입국 허가도 떨어져서 무사히 페넨 왕국에 입국할 수 있었다.

참고로 길드 카드를 소지하지 않았던 나는 입국세로 은화 다섯 닢을 지불했다.

그리고 사역마에게도 입국세가 부가된다고 하여, 페르 몫으로 은화 두 닢을 지불했다.

페르 몫도 내야 한다니, 소소하게 주머니 사정에 영향이 미친다고.

어서 상인 길드에 가입해야겠군.

페넨 왕국에 들어간 우리들은 목적했던 국경 마을 파리엘을 향해 걷고 있었다.

"무사히 입국할 수 있어서 안심했습니다. 여러분, 고맙습니다."

애초에 마물이 있는 세계를 혼자서 여행하는 것은 무리였으니, 아이언 윌 여러분에게는 정말 감사한다. 모두의 원호 덕분에 페르도 어떻게든 이 나라에 들어올 수 있었고.

"아니 아니, 우리도 덕분에 좋은 경험을 했어. 전설의 마수 펜리르를 실제로 볼 수 있었던 데다 이야기까지 나눌 수 있었으니까."

"리더가 말한 대로야. 나는 모두한테 자랑할 거라고."

"나도 빈센트랑 같이 모두에게 자랑할 거야. 옛날이야기에 나오는 펜리르랑 만났다고 말이지."

"후후후, 리타도 참 어린애라니까. 하지만 이건 확실히 자랑하고 싶어지네요."

"살아 있는 동안에 펜리르를 볼 수 있을 줄이야…… 모험가로서 과분한 영광이야."

역시 모두에게도 페르라는 존재는 충격이었던 거구나.

"하지만, 무코다 씨는 이제부터 바빠질지도 모르겠네."

베르너 씨, 바빠진다니 어째서죠?

"펜리르와 그 주인이 이 나라에 입국했다는 소식은 당연히 이 근처를 다스리는 린델 변경백에게 전해질 테고, 국왕에게도 알려질 테니까."

켁, 역시 그렇게 되는 거구나.

"게다가 그 대장, 무코다 씨와 페르 님의 관계를 보고 어떻게 하면 이 나라에 끌어들일까 생각하는 것 같았거든."

그 대장, 역시 좋지 않은 생각을 했던 거로군.

"그런 말씀을 하신들, 저는 이 나라에 정착할 생각이 없으니 그때는 그때 가서 페르와 이야기 나누며 대처할 수밖에 없을 것 같습니다."

"하하하, 그렇지. 페르 님이 있으면 무리한 짓은 못할 테고 말이야."

페르를 의지하는 게 되지만, 그 점은 어쩔 수 없다. 이세계에 온 이상 나도 이 세계를 여기저기 보고 싶으니까.

이번 여행을 하면서, 나에게는 인터넷 슈퍼가 있으니 그걸로 이익을 얻으며 이 세계를 여행해보는 것도 괜찮겠다는 생각이 들기 시작했다. 이세계를 여행하다니, 로망이잖아.

"이 나라에 정착할 생각이 없다니, 여행이라도 하려는 건가?"

베르너 씨의 물음에 고개를 끄덕였다.

"이 세계를 여기저기 보고 싶다는 생각이 들었거든요."

"과연. 그렇다면 무코다 씨는 모험가 길드에 등록하는 편이 좋겠군."

네? 모험가 길드? 나 모험가가 될 생각은 없는데.

"모험가 길드요? 저로서는 상인 길드 쪽에 등록할까 합니다만. 요리가 가능하니까, 여행을 하다 마을에 도착하면 노점을 열어 돈을 벌 수도 있는 데다, 연줄도 좀 있어서 물건을 싸게 사서 팔 수도 있거든요."

"그런가, 하지만 말이지……."

베르너 씨는 페르를 보며 고민스런 표정을 지었다.

"무코다 씨는 앞으로도 페르 님이 먹을 건 페르 님에게 사냥해 오게 할 셈이지?"

당연한 일인지라 고개를 끄덕였다.

"그렇다고 한다면 페르 님이 사냥해 온 마물의 해체는 어쩔 셈이지?"

아, 그게 있었지.

"게다가 록 버드 건을 생각해보면, 페르 님이 사냥해 온 마물은 모두 하이 랭크겠지. 그렇게 되면, 마물 소재를 팔 수 있는 모험가 길드가 적당하다는 말이야."

확실히 그렇군.

팔 수 있다고 한다면 그렇게 하는 편이 앞으로의 생활에도 도움이 되겠지.

하지만 모험가라, 으음.

“무코다 씨, 뭔가 고민하는 것 같은데 양쪽 모두 등록하면 되는 거 아냐?”

나와 베르너 씨의 이야기를 듣고 있던 빈센트가 그렇게 말했다.

“그건, 그렇겠군요. 하지만 그래도 괜찮은 겁니까?”

“뭐, 수는 적지만 모험가 길드와 상인 길드 양쪽에 등록한 녀석이 있기는 해.”

“호오, 그렇습니까. 그렇다면 저도 양쪽에 등록하도록 하겠습니다.”

나는 모험가 길드와 상인 길드 양쪽에 등록하기로 결정했다.

여행의 종착지인 국경 마을 파리엘에 도착했다.

성채에서 미리 연락이 와 있었는지, 마을에 들어갈 때는 페르가 있어도 별문제 없이 들어갈 수 있었다. 입국세만큼은 아니지만, 마을에 들어가는 데 또 세금(내가 은화 두 닢, 페르가 은화 한 닢)을 내야 하는 건 조금 아까웠다.

문을 지나자 그곳에서는 베르너 씨가 말했던 린델 변경백의 사자가 기다리고 있었다.

“무코다 님이십니까? 저는 린델 변경백님의 사자인 에드몽이라고 합니다. 부디 잘 부탁드립니다. 실은, 린델 변경백님께서 무코다 님과 꼭 만나 뵙고 싶다고 말씀하셔서.”

아, 왔나. 자기 아래로 들어오라는 권유로군요. 하지만 저는 만나고 싶지 않습니다. 이 나라에도 그리 오래 있을 생각은 없거든요. 이 이야기는 정중하게 거절해두자.

“아뇨, 아뇨. 저 같은 일개 여행자가 린델 변경백님과 만나다니 너무 송구스럽습니다.”

“아뇨, 아뇨. 린델 변경백님께서 부디 꼭 좀.”

“아뇨 아뇨 아뇨.”

“저야말로, 아뇨, 아닙니다, 아니에요. 부디 함께.”

나와 에드몽이 입씨름을 하고 있는데, 거기에 페르가 끼어들었다.

『어이, 네놈. 주인이 만나지 않겠다고 말하고 있는 것이 들리지 않는 게냐?』

“이, 이건, 페, 펜리르 님. 페, 펜리르 님도 부디 함께.”

에드몽은 겁에 질려 딱딱한 미소를 지어 보이면서도 갑자기 등장한 페르에게 그리 말했다.

『흥, 잔꾀를 부리는군. 이 몸도 변경백 따위와 만날 생각은 없다. 어차피 이 몸의 힘이 목적이겠지? 과거에도 그런 어리석은 인간은 있었으니까.』

“아, 아뇨 아뇨 아뇨 아뇨, 그, 그런 생각은…….”

『거짓말 마라. 이 몸의 힘을 이용하려 했던 어리석은 인간이 어찌 되었는지 알고 싶은 것이냐? 으응?』

"히, 히이이이익!"

이빨을 드러낸 페르의 모습에 공포를 느낀 에드몽 씨가 비명을 지르며 도망갔다.

"페르, 너무 지나쳤어."

『저런 바보 같은 놈은 이 정도 해주지 않으면 포기하지 않는다.』

예이예이, 그러하십니까.

"린델 변경백님의 사자에게 그런 짓을 해도 괜찮은 건가? 귀족이란 건 체면을 대단히 중요하게 여기니까, 혹시 무슨 짓을 할지도 모른다고."

베르너 씨의 걱정은 매우 지당하다.

나도 페르가 저정도로 할 줄은 생각도 못했으니.

『걱정할 것 없다. 뭔가를 해 온다면 맞받아칠 뿐이다.』

오오, 믿겠습니다 페르 님.

"뭐, 페르 님이 계시니까, 그 점은 괜찮으려나."

베르너 씨가 그리 말하자 아이언 윌의 다른 멤버들도 응응 하며 고개를 끄덕였다.

"귀족의 사병만으로 페르 님에게 당해낼 수는 없겠죠."(프랑카)

"프랑카가 말한 대로야. 나도 그렇게 생각해."(리타)

"그보다 페르 님을 상대하다니, 그건 그야말로 에이션트 드래곤(고대룡)정도일 거야."(빈센트)

"그 말이 맞다."(라몬 씨)

판타지 세계에는 반드시 등장하는 드래곤, 역시 있구나.
절대 만나고 싶지 않지만.
『에이션트 드래곤인가. 분명 이 몸과 대등하게 겨룰 수 있는 건 그 녀석뿐이겠지.』
"네? 페르 님, 에이션트 드래곤과 싸운 적 있으신 겁니까?"
빈센트가 흥분한 기색으로 그 이야기에 달려들었다.
『400년 정도 전에 말이지. 그때는 비겼지만, 다음엔 지지 않는다.』
"우오옷 대단하다! 전설의 두 마수의 싸움이라니, 보고 싶다."
"나도 보고 싶어."
어째선지 빈센트와 리타가 흥분해 있는 반면, 그 모습을 보며 프랑카와 라몬 씨는 쓴웃음을 짓고 있는데.
"어이 어이, 너희들 진정해. 무코다 씨에게 임무 완료 사인을 받으면 모험가 길드에 보고하러 가야 하니까."
베르너 씨가 내민 임무 완료 보고서에 사인을 했다.
그리고 맡아두었던 레드 보아 고기를 돌려주려 했더니, 록 버드 소재 대신으로는 터무니없이 부족할지도 모르지만 부디 받아 달라는 말을 들었다.
"마지막에 레드 보아 고기까지 받아버리다니, 정말로 여러분께는 신세를 졌습니다. 고맙습니다."
아이언 윌 멤버가 없었다면 여기까지 올 수 없었다.
"아니 아니, 우리도 좋은 경험을 했고, 맛있는 밥도 먹을 수 있었으니까 불만 없는 좋은 의뢰였어."

그리 말해준다면 감사한 일이다.

"정말 감사했습니다. 그럼 여러분 건강하세요."

"무코다 씨야말로."

아이언 월 멤버들은 손을 흔들며 멀어져갔다.

자 그럼, 처음 목적은 달성했으니 이제부터는 어떻게 할까.

이 나라에 너무 오래 머물 생각은 없지만, 일단 여기서 길드 등록만은 해두도록 할까.

베르너 씨의 말에 따르면 모험가 길드에도 등록하는 편이 좋다고 했지만, 일단 내 제1 지망이었던 상인 길드를 먼저 가도록 하자.

"어이 페르. 상인 길드로 가자."

『음, 자네 상인이 되려는 건가?』

"일단 지망은. 하지만 모험가 길드에도 등록할 생각이야. 앞으로도 페르한테는 본인이 먹을 고기는 직접 사냥해 오라고 할 건데, 나는 해체 같은 건 못하니까. 게다가 페르가 사냥해 오는 마물의 소재를 팔 수 있으면 생활비도 충당할 수 있고. 마물 소재, 팔아도 괜찮지?"

『이 몸에게는 필요 없으니 상관없다. 그보다 밥만큼은 맛있는 걸 먹고 싶다.』

"네네, 알고 있습니다."

정말이지 이 녀석은 전설의 마수가 아니라 그저 먹보 캐릭터일 뿐이잖아.

◇ ◇ ◇ ◇ ◇

나와 페르는 상인 길드에 도착했다.

페르를 데리고 들어가자 모두 놀란 탓에 살짝 소동이 벌어졌지만, 사역마라고 필사적으로 설명한 끝에 겨우 그 소란이 수습되었다.

지금은 창구에서 상인 길드에 관한 설명을 듣고 있다.

나를 담당해주는 사람은 금발 벽안의 엄청난 미인인 미카엘라 씨다.

미카엘라 씨에게 설명을 받은 내용은 이러하다.

• 상인 길드는 나라를 초월한 조직이다.

• 상인 길드에는 다섯 개의 랭크가 있다.

아이언 랭크 → 행상인, 노점(점포 없이 장사를 하는 사람)

브론즈 랭크 → 개인 상점(마을의 정육점이나 채소 가게 등의 개인 상점)

실버 랭크 → 소규모 상회(마을에서는 비교적 큰 상회)

골드 랭크 → 중간 규모의 상회(몇 개의 지점을 가진 상회)

미스릴 랭크 → 대규모 상회(많은 지점을 가진 상회)

• 랭크에 따른 등록비, 연회비, 세금이 다르다.

아이언 랭크 → 등록비 은화 다섯 닢 → 연회비 금화 한 닢 → 세금 금화 두 닢

브론즈 랭크 → 등록비 금화 한 닢 → 연회비 금화 두 닢 → 세

금 금화 네 닢

실버 랭크 → 등록비 금화 두 닢 → 연회비 금화 다섯 닢 → 세금 금화 열 닢

골드 랭크 → 등록비 금화 네 닢 → 점포 수에 상응하는 금액 → 점포 수에 상응하는 금액

미스릴 랭크 → 등록비 금화 여덟 닢 → 점포 수에 상응하는 금액 → 점포 수에 상응하는 금액

• 연회비와 세금은 가입한 날부터 1년 이내에 지불할 것.

• 등록한 당일을 기준으로 1년마다 회원 자격이 갱신된다. 연회비와 세금이 미지불된 경우는 갱신되지 않는다.

• 징수된 세금은 상인 길드가 책임을 지고 각국에 납부한다.

• 각 랭크의 길드 카드를 분실한 경우, 재발행 수수료는 랭크에 따라 달라진다.

• 위법한 거래를 한 경우에는 상인 길드에서 제명 처리될 수 있다.

• 처음에는 아이언 랭크로 등록하고 점차로 랭크를 올리는 방법도 가능하다.

• 점포와 설비 투자, 상품의 매입 등으로 곤란한 일이 있으면 상담할 수 있다.

역시 상인 길드.

내가 알고 싶었던 부분을 친절하고 꼼꼼하게 설명해주었다.

"그럼 무코다 씨는 어떤 형태의 장사를 하실 생각이십니까?"

그러니까 페르도 있고 나도 이 세계를 여기저기 보고 싶은 마음이니까, 지금 단계에서 점포를 가질 일은 없지. 그렇다면 아이언 랭크일라나.

“저는 사역마도 있고 해서 지금은 점포를 가질 예정이 없으니, 아이언 랭크가 적당할 듯합니다. 아이언 랭크로 등록하겠습니다.”

“감사합니다. 등록비 은화 다섯 닢을 받게 되는데, 이대로 등록 수속을 진행해도 괜찮으시겠습니까?”

지출이 크지만, 은화 다섯 닢이라면 내지 못할 것도 없으니 그대로 수속을 진행하기로 했다.

“그럼, 이쪽이 무코다 씨의 아이언 랭크 길드 카드입니다. 조금 전에도 설명드린 대로 분실하시면 재발행에 수수료가 듭니다. 아이언 랭크의 경우는 은화 여덟 닢이 되므로, 모쪼록 분실하지 않도록 주의해주십시오.”

은화 여덟 닢이라, 꽤 드는구나. 잃어버리지 않도록 조심해야겠다.

아, 그러고 보니 물어보고 싶은 게 있었지.

“저기, 여쭙고 싶은 게 있습니다만, 이쪽에서 매입을 해주기도 하시나요? 실은 여행 도중에 손에 넣은 게 몇 개 있어서…….”

“매입 말씀인가요? 어떤 물건인가에 따릅니다만, 하고 있습니다.”

물건에 따라서라, 역시 상인 길드다. 감정사도 있을 것 같네.

내가 팔려고 하는 것은 소금과 후추다.

이거라면 아마 문제없겠지.

"그럼 내일, 팔 물건을 가지고 다시 오겠습니다."

"기다리고 있겠습니다. 저희 길드에 등록해주신 것에 감사드립니다."

정중한 대응에 좋은 기분으로 상인 길드를 뒤로하려다가 기억이 났다.

오늘 묵을 숙소, 사역마도 함께 머물 수 있는 곳을 묻는 걸 잊었다.

나는 서둘러 창구로 돌아가 미카엘라 씨에게 물어보았다.

사역마도 함께 묵을 수 있는 숙소 중 추천하는 곳은 '사나운 말 여관'이라고 했다.

장소도 상세하게 가르쳐주어서 바로 페르와 함께 '사나운 말 여관'으로 향했다.

'사나운 말 여관'은 미카엘라 씨가 말한 대로 페르가 있어도 숙박이 가능했다.

다만, 사역마 동반으로 숙박 요금이 은화 일곱 닢이나 했지만.

점점 주머니가 가벼워져가는구나.

페르는 건물 뒤편의 축사에서 머물러야 한다고 해서 그쪽으로 갔다.

『어이, 점심은 참아줬지만, 이제 배가 무척 고프다.』

그러고 보니 점심을 먹지 않았구나. 페르도 밥 얘기를 안 했고 말이지.

어울리지 않게 신경을 써준 것일지도 모르겠다.

"미안 미안. 그럼 조금 일찍 저녁을 먹을까?"

축사 앞이지만, 지금은 페르밖에 들어가 있지 않으니 여기서 요리해도 괜찮겠지.

그 김에 나도 먹어두자.

아이언 윌에게 받은 레드 보아 고기가 있으니, 오늘은 그걸로 스테이크를 만들기로 하자.

페르 몫은 두툼하게 썰어서 레어로 하는 것도 괜찮을 것 같다.

그리고 내 저녁밥은, 이제 슬슬 그게 먹고 싶다.

그거란 바로 쌀이다. 역시 일본인이라면 쌀밥이지.

하지만 지금은 휴대용 버너가 하나밖에 없으니 말이지.

밥을 지으려면 시간이 조금 필요한데…… 음, 어떻게 할까.

내일은 상인 길드에 소금과 후추를 팔 예정이니 미리 사두기도 해야 하고, 그걸로 돈도 들어올 테니까, 갖고 있어서 곤란할 것 없으니 사버리기로 할까.

주머니 사정이 힘들어지지만, 역시 쌀밥이 먹고 싶다고.

그런고로, 인터넷 슈퍼에서 쌀과 뚝배기와 휴대용 버너, 그리고 내일 팔 분량의 소금 5킬로그램과 후추 100그램을 구입.

쌀은 저쪽에 있을 때도 자주 먹었던 고시히카리를 샀다. 소금과 후추는 얼마 정도의 금액으로 팔 수 있을지 모르기 때문에 일단 이 정도만 준비해두었다.

합계 약 은화 여덟 닢이었다. 점점 주머니 사정이 어려워져가고 있지만, 내일 장사를 기대해보자.

그럼 조리 개시다.

우선은 쌀을 씻어서 30분 정도 물에 불려둔다.

그 사이에 페르의 스테이크를 만든다.

레드 보아 고기에 소금과 후추를 뿌리고 프라이팬으로 양면을 굽는다.

살짝 레어지만 이 정도면 괜찮겠지.

스테이크를 접시에 담고 그 위에 스테이크 소스를 뿌리면 완성이다.

"자, 페르."

페르에게 내어주자 우걱우걱 날름 하고 한 장을 먹어버렸다.

꽤 두껍게 썰었다고 생각하는데.

『맛있구나. 더 다오.』

페르를 위해서 레드 보아 스테이크를 더 구웠다.

이번 스테이크에 뿌리는 스테이크 소스는 이걸로 하자.

"우걱우걱, 음, 아까 거랑 맛이 다르구나. 하지만 이것도 맛있다."

후후, 눈치챘구나.

스테이크 소스는 여기저기 쓸 수 있으니까, 각 종류별로 갖춰두었단 말씀.

맨 처음 스테이크는 마늘 맛 소스였고 다음은 갈은 무가 들어간 소스였다.

이 스테이크 소스는 갖고 있으면 꽤 편리하다.

채소 볶음에 넣어도 맛있고, 마늘 맛 소스는 밥을 지을 때 함께 넣으면 갈릭 라이스가 된다.

불고기 소스, 데리야키 소스, 스테이크 소스는 다양하게 활용할 수 있어서 집에도 전부 갖춰두고 썼었다. 지금 것은 여행 전에 이것저것 준비할 때 인터넷 슈퍼에서 사두었다.

페르를 위해 스테이크를 계속해서 구웠다.

그럼 다음은 양파 소스로, 또 그 다음은 버터 소스.

이런, 슬슬 밥을 지어볼까.

뚝배기를 버너에 올리고 약간 센 불에 약 10분 정도 끓인 다음 약한 불에서 5분. 그리고 불을 끄고 약 20분 정도 뜸을 들인다. 세 홉 지었는데, 남은 밥은 아이템 박스에 넣어두면 갓 지은 상태 그대로 보존할 수 있다.

그렇다. 내 아이템 박스는 소환 용사님 사양으로 거의 무한 수납에 가까우며, 시간 정지 기능이 있다고 한다. 이것만은 소환 용사님이라 다행이라고 생각해.

밥을 짓는 사이에도 페르를 위한 스테이크를 구워댔다.

『다음은 맨 처음에 먹었던 맛으로 해다오.』

"마늘 맛이었지? 자."

『마늘 맛이라고 하는 건가, 이건 맛있군.』

"이 맛이 마음에 들었어?"

『음, 전부 맛있지만, 이 몸은 이게 제일 좋다.』

호오 호오, 그런가 그러한가. 나는 양파 소스가 제일 좋으려나.

그리하여 슬슬 밥도 다 지어졌으니 그걸 해보도록 할까.
우선 갓 지은 따끈따끈한 밥을 그릇에 담는다.
레드 보아 스테이크를 한 입 크기로 잘라서 밥 위에 얹고, 거기에 양파 맛 스테이크 소스를 뿌리면 완성.
레드 보아 스테이크 덮밥이다.
그럼 먹어볼까.
"마, 맛있어어어."
우걱우걱, 맛있어 이거.
레드 보아 스테이크도 맛있지만 이 스테이크 소스가 배어든 쌀밥이 또 맛있다.
역시 일본인은 쌀이지. 쌀밥 최고.
『음, 맛있어 보이는구나. 나에게도 그것을 다오.』
뭐? 페르도 먹는 거야?
여기서 주지 않으면 주지 않았다고 시끄러울 것 같다.
어쩔 수 없네. 그렇게 되면 남은 밥은 페르 배 속으로 들어가는 건가. 풀썩.
페르를 위해 스테이크 덮밥(마늘 맛)을 만들어주니 곧바로 먹기 시작한다.
『음, 맛있군. 곡물 따위 이 몸이 먹을 것이 못 된다고 여겼다만, 이건 꽤 맛있구나.』
"그렇지? 역시 쌀밥이 제일이야."
빵도 싫어하진 않지만, 역시 쌀밥이 먹고 싶어진다니까.
이렇게 이세계에 있으면서도 쌀을 먹을 수 있는 건 '인터넷 슈퍼' 덕분이네.

하아, 맛있었어. 만족 만족.

페르도 털 손질을 시작한 것을 보면 만족한 모양이다.

아, 새삼스럽지만 개랑 고양이한테는 맛이 너무 강한 걸 주면 안 좋다고 들었는데.

게다가 개한테 양파는 안 되는 거 아니었나?

페르는 맛있게 먹었는데, 음, 괜찮은 것 같네.

애초에 페르는 이세계의 마물이니까.

딱 보기에도 쌩쌩하고 아무렇지 않은 것 같으니 걱정할 필요 없겠다.

"그럼, 내일 준비도 해야 하니까 나는 방으로 갈게."

『알겠다.』

방에 들어간 나는 내일 상인 길드에 팔 예정인 소금과 후추를 준비하기 시작했다.

인터넷 슈퍼에서 종이봉투에 담긴 5킬로그램 소금과 비닐 팩에 담긴 후추(20그램×5)를 샀는데, 아무래도 이대로 가져갈 수는 없는 노릇이니까. 옮겨 담아볼까.

소금은 여행 전에 잡화점에서 식기류를 살 때 따라온 마대에 넣기로 했고, 후추는 제대로 뚜껑이 있는 나무 그릇을 사두었으니 그거면 충분하다.

좋아, 이걸로 준비 완료다.

여러 일이 있어서 지치기도 했으니 일찌감치 잠자리에 들도록 할까.

나는 내일 거래가 잘되기를 바라며 오랜만에 침대에서 잠들었다.

◇ ◇ ◇ ◇ ◇

오늘 아침은 페르가 어제와 같은 스테이크를 먹고 싶다고 말했기 때문에 아침부터 대량의 스테이크를 만드는 꼴이 되었다.

역시 육식. 고기의 소비량이 장난 아니라고. 오늘 아침은 레드보아 고기가 아직 남아 있어서 다행이었지만, 그것도 페르의 아침 식사로 바닥을 드러냈다.

이래서는 당장에라도 페르에게 사냥해 오라고 하지 않으면 안 되겠네.

그렇게 되면 모험가 길드에도 등록해야만 할 것 같다.

상인 길드에 가서 소금과 후추를 팔고 나면 모험가 길드에 가 보도록 할까.

오늘도 바빠질 것 같다.

참고로 내 아침 식사는 햄과 치즈를 넣은 간단한 샌드위치와 양파 수프다.

아침부터 스테이크는 사양하고 싶으니까.

그리고 예정대로 상인 길드로 향했다.

이후에 모험가 길드에 등록하러 갈 생각이라 페르도 함께했다.

창구에는 어제 담당해주었던 미카엘라 씨가 있었다.

"미카엘라 씨, 안녕하세요."

"안녕하십니까, 무코다 씨."
"어제 이야기했던 매입을 부탁드리러 왔습니다. 이걸 부탁드리고 싶은데."
그리 말하며 소금이 든 마대와 후추가 담긴 그릇을 아이템 박스에서 꺼냈다.
"확인해보도록 하겠습니다. 이건…… 잠시 실례하겠습니다."
미카엘라 씨는 후추를 보고 자리에서 일어섰다.
어라? 역시 후추는 안 되는 거였나? 지구에서도 옛날에는 같은 무게의 금과 후추를 거래했다고 하니까 100그램은 너무 많았던 것일지도 모르겠다.
잠시 후 미카엘라 씨가 돌아오더니 다른 방으로 안내하겠다고 한다. 페르에게는 기다려달라고 하고 미카엘라 씨의 뒤를 따라갔다.
방 안에는 50대 정도의 풍채 좋은 아저씨가 있었다.
"자, 이쪽으로 앉으십시오. 저는 이 길드의 길드 마스터를 맡고 있는 로벨이라고 합니다. 처음 뵙겠습니다."
오오, 길드 마스터가 나타났다. 역시 후추는 큰일인가 보구나.
다른 직원이 내 소금과 후추를 가져다 두고 나가자, 길드 마스터는 "한번 보도록 하겠습니다" 하고 말하더니 검사를 시작했다. 역시 상인 길드의 길드 마스터를 맡은 사람답다. 날카로운 시선으로 맛과 향을 확인한다.
"저도 오랫동안 장사를 해왔습니다만, 이렇게나 질이 좋은 소금과 후추는 처음입니다. 탁함 없이 새하얀 데다 잡맛이 없는 소금에 강렬한 향기와 맛의 후추. 훌륭하다고밖에 표현할 말이 없습니다."

그렇습니까, 하지만 그거 인터넷 슈퍼에서 산 것으로, 소금은 5킬로그램에 동화 다섯 닢 정도였고 후추도 100그램에 비슷한 가격이었는데요.

"꼭 저희에게 팔아주셨으면 합니다만, 이건 어디서 입수하셨습니까?"

네, 인터넷 슈퍼입니다. 이세계산 소금과 후추라서 품질은 보증합니다.

라고 말할 수 있겠냐.

"여행 도중에 좀……."

말끝을 흐리자 길드 마스터는 "제가 눈치 없는 소리를 했군요. 상인이 옜다 하고 매입처를 밝힐 수는 없겠지요"라고 말하며 웃었다.

"그럼, 금액 쪽 얘기를 해보죠. 소금이 금화 네 닢에 후추가 금화 열 닢이면 어떻겠습니까?"

"…………네?"

거, 거짓말이지? 원래 가격이 두 개 합쳐서 은화 한 닢 정도인데, 소금이 금화 네 닢? 후추가 금화 열 닢?

어, 어, 어, 이 세계에서 소금과 후추 가격이 비싸다는 건 알고 있었지만, 그렇게까지 비싸지는 거야?

"역시 너무 낮습니까……. 그럼 두 개 합쳐서 금화 열다섯 닢이면 어떠시겠습니까?"

우오옷, 매입 금액이 올라갔어. 입 다물고 있던 걸 떨떠름해 하는 거라고 생각한 건가?

아니, 그저 단순히 놀라고 있었을 뿐이었는데.

"크음…… 그럼 두 개 합쳐서 금화 열일곱 닢으로 하죠. 이 이상 더 드릴 수는 없습니다."

길드 마스터가 무슨 착각을 했는지는 모르지만, 또 매입 금액이 올랐다.

"네, 네엡. 그, 그거면 충분합니다."

그, 금화 열일곱 닢이라니…….

원래 가격이 은화 한 닢이라고, 근데 그게 금화 열일곱 닢.

이거 대박이로구먼.

직접 들고 와서 매입을 부탁하는 이 방법은 여러 번 쓸 수는 없겠지만.

몇 번이고 들고 오면 아무래도 의심을 받을 테니까 한 길드 지부에 한 번이 한계라고 봐야겠지.

그래도 어느 정도의 금액을 입수할 수 있는 수단이 생긴 것은 감사한 일이다.

나는 금화 열일곱 닢을 받자마자 아직 지불하지 못했던 아이언 랭크의 연회비와 세금을 내기로 했다.

이런 건 낼 수 있을 때 내두는 편이 좋거든.

기한이 임박했을 때 돈이 없는 상황이 되면 큰일이니까.

"아이언 랭크의 연회비 금화 한 닢과 세금 금화 두 닢, 분명히 받았습니다."

후우, 이걸로 1년 동안은 괜찮다.

연회비와 세금을 지불하고도 금화 열네 닢이 내 주머니로 들어왔다.

남아 있던 소지금과 합하면 금화 열아홉 닢과 은화 다섯 닢, 동화와 철화 여러 개씩.

이제 어떻게든 될 것 같다.

뭐, 부족할 때는 또 생각이 있고.

상인 길드의 길드 카드가 있으면 다른 가게와 거래할 때도 신용을 얻기 쉽다고 들었다.

나한테는 인터넷 슈퍼도 있으니, 팔 수 있는 물건은 잔뜩 있다는 말씀.

상인 길드에 들어가길 잘했다니까.

그럼, 다음은 모험가 길드에 등록하러 가볼까.

나는 소금과 후추를 판 돈으로 주머니가 두둑해진 상태로 상인 길드를 뒤로했다.

모험가 길드에 와 있다.

상인 길드와 마찬가지로 이쪽 건물도 마을 안에서는 꽤 큰 편이었다.

역시 모험가 길드. 무기를 든 우락부락한 이들이 많다.

무기를 가진 전투계가 4, 마법사가 1 정도의 비율이려나?

어느 쪽이든, 모험가 같은 인과 많은 직업을 잘도 갖고 살아가는구나. 아니, 나도 지금부터 그걸 등록해야만 하지만.

뭐, 모험가가 할 법한 전투 행위는 절대 할 생각 없지만. 그런 식으로 이런저런 생각을 하며 신경을 돌려보려 했으나, 접수창구 앞에 줄을 섰을 때부터 모험가들의 시선이 어마어마하단 말씀.

그것도 '너 따위가 모험가라고? 웃기지 마, 이 자식아'라는 느낌의 전형적이라 할 수 있는 시선이었는데, 내 옆에 페르가 있어서인지 손은 대지 못하는 모양이다.

페르가 펜리르라는 것을 알고 그러는지는 알 수 없지만, 페르에게 손을 대면 위험하다는 것만은 본능적으로 아는 것이리라.

페르가 있어 다행이야.

이거 페르가 없었다면 엄청 시비를 걸어왔을 장면이라고.

이런 곳은 얼른 벗어나고 싶어요.

하아, 얼른 줄이 줄어들었으면.

잠시 후 드디어 내 차례가 되었다.

"등록 부탁드립니다."

"그럼 이쪽 등록 용지에 기입 부탁드립니다. 쓸 수 없는 부분은 공란으로 두셔도 괜찮습니다."

모험가 길드의 접수 담당자는 미인이기는 했으나 쌀쌀맞은 느낌이 들었다.

역시 상인 길드 쪽이 친절하구나.

소환 용사이기 때문인지 문자도 문제없이 쓸 수 있었고, 쓸 수 있는 부분을 채워나갔다.

이름과 무기(그다지 쓸 예정은 없지만 이 정도는 갖고 있는 편이 좋겠다고 생각했던 쇼트 소드로 했다)와 사역마가 있다는 내용만 써서 건넸다.

“등록비는 은화 다섯 닢입니다. 그럼 이 카드에 피를 한 방울 떨어뜨려 주세요.”

등록비 은화 다섯 닢을 건네자 청동색 카드와 바늘을 주었다.

하라는 대로 손끝을 콕 찔러서 카드에 피를 떨어뜨린다.

“이걸로 등록 완료입니다. 제일 아래인 G랭크부터 시작됩니다. 수락할 수 있는 의뢰는 G랭크와 F랭크의 것들이니 양해 바랍니다.”

어? 모험가 길드에 관한 설명 같은 건 없는 거야?

“용건이 더 있으십니까?”

“설명 같은 건 없는 건가요?”

창구 직원이 ‘뭐? 들으려고?’라는 느낌으로 명백하게 귀찮아하는 표정을 지었다.

들을 거야. 엄청 열심히 들을 거라고. 역시 이런 건 제대로 들어두지 않으면 규칙을 미처 몰랐습니다, 같은 식으로 나중에 혼쭐이 난다고.

접수창구 직원은 어쩔 수 없다는 분위기로 설명을 시작했다. 모험가 길드의 창구는 태도가 좋지 않군그래.

상인 길드의 접수창구와는 하늘과 땅 차이이다. 미카엘라 씨는 시종 웃는 얼굴로 친절하고 상세한 설명을 해줬다고.

모험가 길드의 마지못해 하는 느낌이 가득한 설명에 따르면.

• 모험가 길드는 나라를 초월한 조직이다.

• 모험가 랭크는 다음과 같이 G부터 S까지 있다.

(낮음) G → F → E → D → C → B → A → S (높음)

• 모험가가 받을 수 있는 의뢰는 자신의 랭크 및 한 단계 위 랭크의 의뢰뿐이다.

• 의뢰에 실패했을 때는 위약금이 발생한다.

• 모험가 랭크에 따라 정해진 일정 기간 내에 의뢰를 받지 않으면 모험가 길드에서 등록이 말소된다. 다시 모험가가 되려 할 때는 신규 등록해야 하며 G랭크부터 시작하게 된다.

G → 1개월 이내

E, F → 3개월 이내

D, C, B → 6개월 이내

A, S → 1년 이내

• 살인, 약탈 등의 죄를 범했을 경우에는 모험가 길드에서 제명 처분된다.

• 모험가끼리 사적인 전투는 금지한다.

• 모험가의 행위에 관하여 모험가 길드는 일절 책임을 지지 않는다.

• 모험가의 부상과 사망에 관해서 모험가 길드는 일절 책임을 지지 않는다.

그렇다고 한다. 모험가는 무슨 일이든 전부 자기 책임인 모양이다. 나는 랭크를 올릴 생각이 전혀 없으니까 관계없지만.

나는 갓 등록한 햇병아리니까 G랭크다.
G랭크면 한 달 이내에 의뢰를 받지 않으면 등록 말소가 된다고 했지?
그러면 모처럼 낸 등록비도 날아간다.
그렇다면 지금 여기서 의뢰 한 개를 해내는 편이 낫겠지.
페르에게도 사냥을 다녀오게 해야 하고.
태도가 좋지 않은 창구에서 일단 벗어나 게시판을 살펴보았다.
한 개 위 랭크의 의뢰를 받을 수 있다고는 해도 나는 이제 막 등록했으니 역시 내 랭크인 G랭크의 의뢰를 수행해야겠지.
G랭크, G랭크라………… 아, 이거랑 이게 좋을 것 같네.
너무 뻔하기는 하지만, 약초 채취 의뢰다.

- 키아유 풀×5 : 은화 한 닢
- 마쥬 풀×5 : 은화 한 닢과 동화 세 닢

일단 이 두 개가 후보이긴 한데, 마쥬 풀 쪽이 보수가 높은 것을 보면 발견하기 어렵다는 뜻이리라.
흔히 그렇듯 의뢰를 수락할 때는 게시판에 붙어 있던 의뢰 용지를 가져가야 하는 것 같은데, 한 번 떼어내면 반드시 그 의뢰를 받아들여야만 한다고 한다.
그렇다면 키아유 풀로 해야겠다.
나는 키아유 풀 의뢰서를 들고 창구로 향했다.
참고로 모험가 길드에 관한 설명을 해주었던 직원이 아니라 다른 창구 직원에게로 향했다.

약간은 태도가 괜찮아졌지만, 역시 상인 길드와는 하늘과 땅 차이였다.

키아유 풀이 나는 장소만을 묻고 곧바로 모험가 길드를 나왔다.

페르가 있어준 덕분에 어떻게든 시비에 휘말리지 않아 안심했다.

키아유 풀이 자라나는 장소는 동문에서 나가 바로 보이는 초원이라고 한다.

문을 나가 바로라고 하니 그리 위험하지는 않으리라 생각하지만, 쇼트 소드 정도는 장비하는 편이 좋겠지. 모험가 길드에 등록할 때도 무기에 쇼트 소드라고 썼으니, 키아유 풀을 따러 가기 전에 사두자.

"페르, 잠시 무기 가게에 들렀다 갈 거야."

『음, 무기 따위 준비하지 않아도 내가 있으니 괜찮다.』

"페르가 사냥하러 갔을 때는 어쩌라고? 나 혼자 있어야 하니까, 뭔가 무기가 없으면 너무 무방비하잖아."

『결계를 펼쳐두면 문제없다.』

…………뭐?

"겨, 결계라니, 너, 그런 마법도 쓸 수 있는 거냐?"

『물론 쓸 수 있다.』

물론 쓸 수 있다니, 그런 소리 처음 듣는데.

그보다 지금 깨달았는데, 나 페르를 감정하지 않았었구나.

새삼스럽지만, 페르를 감정해보자.

【이름】 페르

【나이】 1014

【종족】 펜리르

【레벨】 906

【체력】 9843

【마력】 9481

【공격력】 9036

【방어력】 9765

【민첩성】 9684

【스킬】 바람 마법, 불 마법, 물 마법, 흙 마법, 얼음 마법, 번개 마법, 신성 마법, 결계 마법

발톱 베기, 신체 강화, 물리 공격 내성, 마법 공격 내성, 마력 소비 경감, 감정

【가호】 바람의 여신 닌릴의 가호

………………….

지나치게 대단해서 한순간 말문이 막혔다.

레벨이나 체력이나 마력 같은 거 말인데, 이거 만렙에 가까운 거 아냐?

나이가 1,014세라니, 페르가 천 년 정도 살았다고 말하기는 했지만, 그게 정말이었을 줄이야. 천 년 걸려서 만렙에 가까울 정도가 됐다는 건가?
평소에는 먹보 캐릭터인데, 페르는 생각했던 것보다 대단하구나.
"페르, 지금 네 스테이터스를 감정해봤는데, 너 대단한 녀석이었구나."
『무슨 당연한 말을 하는 것이냐.』
아, 예이예이. 그러십니까.
그럼, 문을 나서면 바로 결계를 펼쳐주세요.
그래도 쇼트 소드는 보험 삼아 사두겠지만.

모험가 길드 근처에 무기 가게가 여럿 있는 것이 보여서 그중 한 곳으로 들어갔다.
초심자라도 다루기 쉬운 것을 추천해달라고 가게 주인에게 부탁하고, 은화 여덟 닢으로 쇼트 소드를 구입했다
자 그럼 약초를 채취하러 가볼까요.
모험가 길드의 의뢰로 마을을 나가기 위해 동문에서 모험가 길드의 길드 카드를 보여주었다. 동문을 나와 페르와 함께 터벅터벅 20분 정도 걸어가자 휑뎅그렁한 초원이 보이기 시작했다.
약초가 난다는 곳은 여기인 모양이다.
"그럼 나는 약초를 채취할 테니까 페르는 사냥해 와."
『알았다. 자네에게 무슨 일이 있으면 나도 곤란하니, 자네 주위

에 결계를 펴두겠다.』

오, 그러고 보니 페르는 결계 마법을 쓸 수 있었지.

『좋아, 이제 됐다. 이거면 어느 정도의 마물과 마주치더라도 괜찮을 터.』

고맙소, 감사하오.

『그럼 다녀오마. 점심 식사는 준비해둬라.』

그리 말하고 페르는 숲 쪽으로 시원스레 달려갔다.

잠깐 존경했었는데, 먹보 캐릭터는 건재하구나.

그럼, 약초 채취를 해볼까.

말은 그렇게 했지만, 그저 감정을 해나갈 뿐이다.

감정, 감정, 감정, 감정, 감정.

잡초뿐이네.

감정, 감정, 감정.

키아유 풀.

오, 찾았다. 이 키아유 풀이란 건 겉보기엔 엉겅퀴랑 닮았구나. 키아유 풀을 나이프로 뿌리에서 잘라냈다. 구입한 이후로 쭉 쓸 일이 없었던 나이프가 드디어 제 몫을 했다.

다시 감정, 감정, 감정, 감정, 감정.

역시 눈에 띄는 것은 잡초들뿐.

감정, 감정, 감정.

키아유 풀.

오, 또 찾았다. 이제 앞으로 세 포기 더 발견하면 의뢰는 달성되는 건가.

좋아, 이 상태로 계속 찾아보자.

감정, 감정, 감정, 감정, 감정.

마쥬 풀.

아, 이건 의뢰에 있던 거잖아.

마쥬 풀은 겉보기엔 들국화랑 비슷하네. 뭐라더라, 봄 어쩌고, 으음. 아, 봄망초였다. 이것도 일단 꺾어 가자.

그 후에도 감정을 계속했고, 키아유 풀은 총 열여덟 포기, 마쥬 풀은 일곱 포기 발견할 수 있었다.

좋아, 이제 슬슬 페르가 돌아올 때가 된 것 같은데.

페르 점심 준비를 시작해볼까.

그렇게 말은 했지만, 고기가 떨어진 지금 페르를 배불리 먹일 고기를 인터넷 슈퍼에서 샀다가는 돈이 얼마나 들지 모르니 일단 싸게 먹힐 수 있는 걸로 해야 한다.

그런고로 점심 메뉴는 이걸로 정했다.

우선은 인터넷 슈퍼에서 장보기다.

양파와 고형 수프는 전에 사두었던 게 있으니, 구매하는 것은 간 고기 1킬로그램과 파스타 한 봉지에 700그램짜리를 다섯 봉지, 그리고 미트 소스 캔을 열 개.

전부 해서 은화 네 닢과 동화 다섯 닢이 들고 말았지만, 소금과 후추를 상인 길드에 팔아서 받은 돈이 있으니 이번엔 뭐 괜찮겠지.

파스타는 끓는 물에서 5분이면 되는 것을 샀지만, 그 페르의 먹성을 생각하면 어서 어서 내놓으라며 시끄러울 테지. 그럴 걸 생각해서 미리 물을 끓여 바로 삶아낼 수 있도록 준비해두자.
그리고 물을 끓이는 사이에 미트 소스를 만든다.
우선 다진 양파를 프라이팬에 올려 투명해질 때까지 볶는다. 그리고 간 고기를 투입.
간 고기가 익기 시작하면 거기에 미트 소스를 주르륵 쏟아 넣는다.
이대로는 수분이 부족해지므로 고형 수프 블록을 풀어둔 뜨거운 물을 함께 넣어 한소끔 끓인다.
마지막으로 소금과 후추를 더하면 간 고기가 듬뿍 들어간 미트 소스 완성이다.
미트 소스가 다 만들어졌을 때 페르가 돌아왔다.
털썩 내 앞에 사냥감을 떨어뜨린다.
『맛있는 냄새가 나는군.』
"이건 록 버드잖아?"
『지난번에 먹은 데리야키라는 게 맛있어서 잡아 왔다. 이것 말고도 사냥한 것들이 있다만, 한 번에 가져올 수 없어서 숲 한쪽에 결계를 펴서 두고 왔다.』
물고 온다고 해도 한 번에 한 마리가 한계겠지.
"그러면 나도 함께 가서 아이템 박스에 담아 오는 게 간단하겠네. 잠깐 기다려."
나는 끓는 물이 들어 있는 냄비, 미트 소스를 볶던 프라이팬, 휴대용 버너 등을 아이템 박스에 챙겨 넣었다. 잊어버리면 안 되는 록 버드도.

"좋아, 가볼까?"

『자네 걸음으로는 시간이 꽤 걸린다. 내 등에 올라타라.』

그럼 사양하지 않겠어. 페르의 말대로 페르의 등에 탔다.

『그럼 출발하마.』

"자, 잠깐 기다려."

점점 속도를 높여가는 페르의 등에 필사적으로 매달린다.

"잠깐 기다리라고 하잖아――――앗!"

…………………….

……………….

…….

『어이, 도착했다.』

"하아, 하아, 죽는 줄 알았네."

『흥, 이 정도로 비명을 지르다니 얼빠진 녀석이로구나.』

이 정도라니, 그런 스피드로 달리면 그야 당연히 무섭지.

"나를 태웠을 때는 스피드를 너무 내지 말라고. 떨어지면 어쩔 셈이야."

『내 알 바 아니다. 떨어진 네가 나쁜 것이다.』

이 자식이.

"아, 그렇게 말한다 이거지? 밥이 필요 없다는 거구나. 게다가 나한테 무슨 일이 생기면 이세계 음식은 두 번 다시 못 먹을 텐데."

『크으읏.』

"얼른 마물들을 회수해서 돌아가자."

숲 끝에는 페르가 잡아둔 마물이 산처럼 쌓여 있었다.

감정해보니 오크×5, 레드 보아, 자이언트 도도, 블랙 서펜트.

뱀은 닭고기 같다고 하니 그나마 이해할 수 있지만, 오크도 먹을 수 있는 거야?

페르에게 물어보니 먹을 수 있다고 한다. 마을에 사는 사람들도 오크는 평범하게 먹는 모양이다.

그, 그렇구나. 이족 보행하는 돼지를 먹는구나.

나는 인터넷 슈퍼가 있으니까 대부분 직접 밥을 해 먹었는데, 그게 정답이었네.

이세계 음식 무서워.

페르가 잡아 온 사냥감을 아이템 박스에 넣어두고, 다시 페르의 등에 올라타 초원으로 돌아왔다.

이번에는 페르도 조금은 신경을 써주었는지 비교적 괜찮았다.

"그럼 점심 먹을까?"

『배가 고프구나. 서둘러라.』

"조금만 기다려. 파스타 삶아야 하니까."

그리고 5분 동안 파스타 삶기. 빨리 익는 면을 사길 잘했구나.

다 삶아진 파스타를 접시에 담고 간 고기를 추가해서 만든 미트 소스를 얹으면 완성.

페르를 위해 면과 소스를 잘 섞어준다.

"페르, 다 됐어."

『음, 이게 무엇이냐?』

"내가 살던 세계의 미트 소스 스파게티라는 음식이야. 맛있다고."

내가 그리 말하자, 페르가 허겁지겁 먹기 시작했다.

『흠, 고기는 적지만 꽤 괜찮구나.』

이런 느낌이라면 아직 한참 더 먹겠군. 다음 파스타를 삶기 시작했고, 그 사이에 나도 점심을 먹는다.

결국 페르를 위해 파스타를 네 번이나 삶았다고.

나도 1인분을 먹기는 했지만, 700그램×4니까, 2.8킬로그램.

그랬건만 페르는『점심은 가볍게 이 정도면 됐다』라는 말을 했다니까.

너무 먹어댄다고.

식사를 마친 후에는 입 주변이 미트 소스로 범벅이 된 페르를 보고 웃음이 터지고 말았다.

꺼내준 물에 허둥지둥 입을 들이박고 닦아냈지만.

점심을 먹고 나서 페르는 다시 사냥을 하러 갔고, 나는 약초 채취를 계속했다.

그 결과 나는 하루 동안 키아유 풀 합계 마흔 포기, 마쥬 풀도 스무 포기를 찾을 수 있었다.

다섯 포기가 한 묶음인 것 같았기에 그 점을 의식하며 채취했다.

역시 감정은 편리하구나. 키아유 풀과 마쥬 풀이 어떤 것인지 알게 된 것과 감정에 익숙해진 것도 있어 점심 식사 후의 약초 캐기는 무척 순조로웠다.

페르도 역시 사냥감을 잔뜩 잡아 왔다.

레드 보아(이것도 두 마리째), 코카트리스×3, 자이언트 디어, 머더 그리즐리.

머더 그리즐리는 이름부터 위험해 보이는데.

못 본 것으로 치고 아이템 박스에 넣어버렸어.

그리고 페르 등에 탄 채 마을로 돌아왔다. 문에 있던 문지기가 페르를 타고 있던 날 뚫어져라 바라봤지만 뭐라 말하지는 않았고, 그대로 페르 등에 탄 채 마을로 들어섰다.

그럼, 모험가 길드로 가볼까.

"페르, 모험가 길드로 가줘."

『알았다.』

모험가 길드에 들어가 보니, 아직 이른 시간이었는지 모험가 수는 많지 않았다.

조금 더 있으면 의뢰를 마치고 돌아오는 모험가로 붐비겠지.

한산할 때 의뢰 달성 보고와 페르가 사냥해 온 것을 돈으로 바꿔둘까.

마쥬 풀도 따 왔으니 게시판에서 마쥬 풀 채취 의뢰도 떼어두자.

나는 제일 줄이 짧은 창구에 섰다.

내 앞에는 두 사람밖에 없으니 바로 차례가 돌아올 터다.

창구 직원에게 길드 카드를 건네자 "키아유 풀 채취인가요?"라고 묻기에 그렇다고 답하고 풀을 꺼내 보였다.

"어머? 오늘 아침에 막 수주하셨는데, 이렇게 많이 채취하신 건가요?"

키아유 풀을 마흔 포기나 꺼내자 직원이 조금 놀랐다.

"어, 아, 우연히 발견해서……."

큭, 마흔 포기는 너무 많았나?

이것도 감정 덕분이기는 한데, 이상하게 주목 받는 것도 그러니까 앞으로는 조심하자.

"군생지를 발견하셨군요. 운이 좋으셨네요."

접수창구 직원이 그리 말하며 뭔가 혼자서 납득하고 있다. 뭐 그런 것으로 해두도록 하자.

"그럼 키아유 풀×5를 한 묶음으로 해서 총 여덟 묶음이니, 은화 여덟 닢이 되겠습니다. 확인 부탁드립니다."

은화 여덟 닢을 받아 든 다음 "그리고 이것도 부탁드립니다" 하고 마쥬 풀 채취 의뢰서도 건넸다.

의뢰 수주 수속을 밟자마자 "마쥬 풀도 있어서요"라고 말하며 이번에는 다섯 포기만 건넸다.

가져온 걸 전부 건네면 또 뭔가 한마디 들을 것 같으니까. 남은 마쥬 풀은 아이템 박스에 보존해두고, 다음 마을에서 의뢰를 받았을 때 쓰면 되겠지.

"마쥬 풀도 갖고 계시군요. 이건 마쥬 풀×5로 한 묶음이군요. 한 묶음이니까 은화 한 닢과 동화 세 닢입니다. 확인 부탁드립니다."

안심이다. 이래도 괜찮구나.

수주하자마자 달성하면 뭐라고 할까 싶었는데, 괜찮은 모양이다.

감정이 도움이 되어준 덕분에 생각보다 더 벌었다.

그럼 다음은 페르가 사냥해 온 것들 차례다.

"그리고 레드 보아 같은 것들이 있는데, 매입해주실 수 있습니까?"

"네? 레드 보아요? 하지만, 당신은 G랭크……."

아무래도 레드 보아는 G랭크인 몸으로는 사냥할 수 있을 법한 마물이 아닌가 보다.

뭐, 척 보기에도 커다란 멧돼지니까. 그런 걸 사냥하라고 해도 절대로 무리지.

"아뇨 아뇨, 제가 아니라 제 사역마가 사냥해 온 겁니다."

내가 그리 말하자 접수창구 직원은 페르를 보고 "아, 그렇군요"라고 말하며 납득했다.

"커다란 마물 등의 매매는 이 옆에 있는 매매 창구에서 하고 있으니 그쪽에서 부탁드립니다."

알겠습니다.

음, 방금 접수창구 직원은 꽤 괜찮았어. 여기는 접수창구 직원에 따라서 대응이 다른 건지도 모르겠군.

뭐 이걸로 의뢰도 해냈고, 서둘러 다음 마을로 갈 예정이기도 하니 이제 여기에 오는 일도 없겠지만.

그럼 옆 창구에서 페르가 사냥해 온 걸 환금하도록 할까.

물론 고기는 전부 내가 받아 가겠지만.

"실례합니다. 매입을 부탁드리고 싶은데요."

"오, 그래. 그럼 여기에 꺼내주게."

전직 모험가였던 듯한 다부진 아저씨가 대응을 해주었다.

"저기, 꽤 수가 많은데 여기에 꺼내놔도 괜찮습니까?"

"수가 많다니, 자네 아이템 박스가 있는 건가?"

"네, 일단은. 그럼 꺼내겠습니다."

일단은 오크×5를 꺼냈다. 다음은 레드 보아×2다.

"자, 잠깐 기다리게. 아직 더 있는 건가?"

음, 아직 한참 더 있는데.

고개를 끄덕이자 아저씨는 "여기는 둘 곳이 없어. 따라오게"라며 나를 재촉했다.

"아, 잠깐만요. 사역마가 있는데 함께여도 괜찮습니까?"

아저씨에게 허가를 받고 페르를 불렀다.

나와 페르는 아저씨 뒤를 따라 매매 창구의 뒤쪽에 있는 창고로 들어갔다.

"그런가, 자네가 소문의 그 녀석이었나."

어? 소문이라니 무슨?

"펜리르를 사역마로 삼은 녀석이 마을에 왔다는 소문이 돌고 있다네."

켁, 일이 그렇게 돌아가고 있는 거야? 페르가 있으니 뭐 눈에 띌 거라고는 생각했지만.

"이것도 사역마가 사냥해 온 건가?"

"뭐 그렇죠. 그럼 남은 걸 꺼내겠습니다."

나는 남은 마물을 꺼내기 시작했다.

록 버드, 자이언트 도도, 블랙 서펜트, 코카트리스×3, 자이언트 디어, 머더 그리즐리.

"이게 전부입니다."

아저씨는 입을 떡 벌린 채 아연하고 있었다.

어이, 아저씨 괜찮은 거야?

전혀 움직이지 않기에 "괜찮으십니까?" 하고 말을 걸었고, 그제야 겨우 퍼뜩 놀라며 아저씨는 제정신을 차렸다.

"이, 이거 참, 엄청나군. 숫자도 그렇지만, 사냥해 온 마물이 또 대단하군그래. 록 버드에 자이언트 도도, 자이언트 디어는 B랭크고, 심지어 블랙 서펜트와 머더 그리즐리는 A랭크 마물이라네."

어? 그렇게 대단한 마물이었던 거야?

쓸데없이 다 커다랗다고는 생각했지만, 전부 그 정도일 줄은.

아, 이름이 불온한 만큼 어느 정도 랭크가 있겠구나 싶기는 했지만.

어찌 되었든 페르가 사냥해 온 거고, 나는 전혀 관여하지 않았거든요.

그보다 나에게는 절실하게 알고 싶은 것이 있었다.

"아, 저기, 이 마물들은 전부 먹을 수 있나요?"

그렇다. 고기다. 나에게 제일 중요한 것은 페르가 먹을 고기의 확보다.

"그럼. 여기 있는 것들의 고기는 전부 먹을 수 있지. 게다가 다 고급품이라네."

오, 만세. 페르가 잡아 온 거니까 일단 먹을 수는 있을 거라고 생각하긴 했지만, 제대로 프로? 한테 물어보는 편이 안심되거든.

"그럼 고기는 전부 제가 받아갈 수 있을까요? 고기 이외의 소재는 팔고 싶습니다."

"응? 고기도 꽤 괜찮은 가격을 받을 수 있을 텐데, 팔지 않아도 괜찮은 건가?"

"네. 엄청 먹어대는 녀석이 있어서요."

페르를 슬쩍 보면서 그리 말하자 아저씨도 "그렇군" 하며 납득한 표정을 지었다.

"이 정도 수가 되면 금방은 좀 무리네. 서둘러서 처리할 테니 내일 아침에 다시 오게. 아, 그래그래. 해체 비용은 제하게 되니까 그 부분은 알아두게나."

네네, 아니 그보다 내일이면 곤란한데. 일단 어느 거든 한 마리 정도의 고기만이라도 줬으면 한다.

"저기, 죄송하지만 어느 거든 상관없으니 한 마리분의 고기만이라도 받아 갈 수 있을까요?"

"응? 아아, 그쪽 사역마의 먹이인가. 그럼 잠시만 기다리게."

그리 말한 아저씨가 레드 보아를 손질해주었다.

아저씨의 해체 실력은 훌륭했고, 잠깐 사이에 가죽과 내장과 살이 나뉘어졌다.

가죽은 소재로, 내장은 폐기 처분, 고기는 내게 주었다.

"자, 여기 있네."

아저씨에게 건네받은 레드 보아 한 마리분의 고기는 200킬로그램 정도는 되는 것 같았다.

이거라면 아무리 페르라도 한동안은 버틸 수 있을 듯하다.

나는 레드 보아 고기를 아이템 박스에 넣고, 아저씨에게 감사 인사를 한 다음 창고를 나섰다.

모험가 길드의 접수창구 앞을 지나가자 그곳에 있던 모험가들이 나를 빤히 바라보았다.

역시 그렇게 많은 수를 팔겠다고 내놓은 건 안 좋았으려나…….

하지만 페르의 밥이기도 하고, 가능한 한 고기는 확보해두고 싶으니까 말이지.

이 마을에 오래 있을 예정도 아니니까 지금은 참자, 참아.

나는 모험가들의 시선을 뚫고 서둘러 페르와 함께 모험가 길드를 나왔다.

숙소에 돌아오자 페르가 『배가 고프다』라는 말을 꺼냈다. 뭐 해도 저물기 시작했으니 그럴 시간대이긴 하지만, 페르의 식사는 양이 많아서 만드는 게 큰일이란 말이지.

하지만 뭐 어쩔 수 없다. 만들어볼까.

오늘은 뭐로 할까.

요즘 들어서는 계속 고기뿐이었으니, 채소도 먹는 편이 좋겠지.

채소와 고기로 간단하게 만들 수 있는 거라고 하면 볶음 요리일라나.

페르 몫은 고기를 많게 해서. 고기가 적으면 이 녀석은 분명히 투덜투덜할 테니까.

어디 그럼, 채소는 전에 샀던 양배추랑 양파랑 당근이랑 피망이 있군.

숙주나 버섯 종류도 넣고 싶지만, 없으니 오늘은 일단 이걸로 참자.

조미료는 그게 있으니 됐다.

자, 우선은 레드 보아 고기를 적당한 크기로 썬다. 페르 기준으로 크게 썬다.

채소도 그렇게 잘게 썰지 않아도 되므로 적당한 크기로 잘라둔다.

먼저 레드 보아 고기에 소금과 후추를 살짝 뿌리고 프라이팬에 넣어 볶는다. 어느 정도 익으면 일단 꺼내둔다.

이때 참기름이 있을 경우에는 함께 볶아주면 풍미가 좋아진단 말씀.

지금은 참기름이 없으니 평범하게 식용유로 볶지만.

그리고 프라이팬에 당근, 양파, 피망, 양배추를 순서대로 넣어서 볶는다.

나는 피망과 양배추가 사각거리는 걸 좋아하기 때문에 이런 순서로 한다.

채소가 어느 정도 익으면 거기에 볶아두었던 레드 보아 고기를 함께 넣어서 가볍게 한 번 더 볶아준다.

그리고 이제 내가 최근 빠져 있는 그게 등장할 차례다.

달달하고 매운 중국식 된장(튜브 형)이다.

이게 어찌나 맛있는지, 요즘은 채소를 볶을 때 이것만 쓰고 있을 정도라고.

그러한 연유로, 이 엄청 맛있는 달달하고 매운 중국식 된장을 채소와 레드 보아를 볶던 프라이팬에 넣어준다.

그리고 살짝 더 볶아서 맛이 배면 완성이다.

"페르, 다 됐어."

『으음, 고기만 있는 게 좋다만.』

"아니, 쭉 고기만 먹었잖아. 조금은 채소도 먹는 편이 좋다고."

『분명히 가끔은 이파리를 먹는 편이 좋다고들 하더라만……. 하지만 먹지 않아도 문제는 없다. 실제로 이 몸은 최근 수십 년 동안 이파리는 먹지 않았다. 어떤 이파리를 먹어본들 하나같이 맛이 없었으니 말이다.』

그렇게 잘난 척하듯이 할 말이 아니지 않니? 그거.

이파리를 먹다니, 고양이가 풀을 먹거나 하는 그런 거냐?

뭐 일단 채소는 몸에 나쁘지는 않을 테니 먹어두는 편이 좋다고.

고봉으로 담은 달달하고 매콤한 중국식 된장 채소 볶음(고기 많음)을 페르 앞에 놓아주자 맨 처음에는 가볍게 한 입.

그 다음은 허겁지겁 평소처럼 먹기 시작했다.

응응, 그렇겠지. 이 중국식 된장은 맛있을 테니까.

그럼 나도 먹어볼까.

응응, 맛있다 맛있어.

……아, 쌀밥이 없다.

밥 미리 지어둘걸.

젠장, 완전히 잊어버리고 있었네. 이건 정말이지 밥에 딱 어울리는 맛인데…… 풀썩.

어쩔 수 없으니 식빵을 오물오물 먹었다. 하지만 역시 이 맛에는 쌀밥이라고.

쌀은 늘 사서 쟁여두어야만 한다는 사실을 실감했다.

달달하고 매콤한 중국식 된장은 페르에게도 좋은 평가를 받았는지, 세 번 정도 더 달라는 말을 했고 그제야 만족한 것 같았다. 역시 페르는 먹보로구나.

내일 고기를 잔뜩 입수할 수 있기를 기대해야겠다.

다음 날 아침, 나는 페르와 함께 모험가 길드로 향했다.

매매 창구로 곧장 가자 어제와 같은 다부진 아저씨가 있었다.

"안녕하십니까."

"오, 준비 다 해놓았네. 고기가 대량이라서 창고에 놓아두었지. 따라오게."

나와 페르는 아저씨의 뒤를 따라갔다.

창고 안에는 고기가 산처럼 쌓여 있었다.

"이게 부탁했던 고기네."

오오, 이만큼이나 있으면 페르가 아무리 많이 먹는다고 해도 한동안은 버틸 수 있을 것 같다.

나는 곧바로 고기를 아이템 박스에 넣었다.

"어제도 생각한 거지만, 자네 꽤 용량이 큰 아이템 박스를 가진 모양이군."

아저씨가 그리 말했지만, 적당히 "네, 뭐……" 하고 대꾸해두었다.

고기 쪽이 중요하니까, 지금은 자중하지 않을 테다. 게다가 이 아저씨한테는 이미 어제 다 들킨 셈이기도 하고.

이제 이 모험가 길드에 오는 일도 없을 테니까, 이 아저씨와도 만날 일 없겠지.

이 마을도 오늘이나 내일 중에 떠날 예정이다. 오래 머무는 건 금물이다.

"그럼 다음은 매입 정산이네."

고기를 아이템 박스에 다 넣고 나자 아저씨가 뭔가 무거워 보이는 자루를 내 앞에 놓았다.

"그러니까, 내역이 말이지, 우선 오크로군. 오크는 고기 이외에 소재가 되는 건 고환인데, 좌우 하나씩×5니까 금화 두 닢과 은화 다섯 닢이군. 다음은 레드 보아야. 소재는 가죽×2와 송곳니×4로 금화 두 닢과 은화 네 닢. 그리고 코카트리스. 이건 고기가 제일 비싼데, 그 이외에는 날개뿐이라네. 그 날개도 약간 상처가 있어서 코카트리스 세 마리분의 날개로는 은화 다섯 닢이 되는군."

이야기에 따르면 오크의 고환은 정력제의 원료 중 하나로, 정력제 한 병을 만드는 데는 좌우 하나의 고환이 필요하다는 모양이다. 아무리 정력이 좋아진다고 해도 나라면 절대 사양하겠지만, 완성된 정력제는 꽤 높은 가격에도 불구하고 무척 인기가 좋다고 한다.

레드 보아 가죽은 신발이나 가방, 벨트의 소재로 인기가 있고, 송곳니는 공예품에 사용된다고 한다.

코카트리스의 날개는 베개에 이용되는 것 같다.

"다음은 록 버드인가. 이건 부리와 날개를 합쳐서 금화 일곱 닢. 다음 자이언트 도도 역시 부리와 날개로군. 그리고 이 녀석한테는 작지만 마석이 있어서 그것도 포함하면 금화 스물두 닢일세. 그리고 자이언트 디어인가. 소재는 뿔이랑 가죽, 그리고 이 녀석한테도 마석이 있으니 그것까지 해서 금화 스물여덟 닢이네. 이 녀석들이 B랭크 마물이기는 하지만, 도도와 디어 양쪽에서 마석이 나오다니 운이 좋았군."

록 버드의 부리와 날개는 화살의 재료가 된다고 한다.

이것으로 만든 화살은 그대로 사용해도 관통력이 꽤 좋은 데다 바람 마법을 싣기 쉬운 성질도 있기 때문에 궁술사에게는 탐이 나는 화살이라고 한다.

날개가 퇴화된 날지 못하는 커다란 새(자이언트 도도)의 부리와 날

개의 경우 부리는 마법 도구(여러 가지 효과를 지닌 펜던트와 팔찌와 반지가 되는 모양이다)의 재료가 되고, 날개는 고급 깃털 이불의 재료라고 한다.

아무튼 커다란 사슴(자이언트 디어)의 뿔은 마법사의 지팡이를 만드는 데 좋은 재료가 되고, 가죽은 중급 모험가가 쓰는 가죽 갑옷 외에 고급 가죽 제품의 재료가 된다고 한다.

자이언트 도도와 자이언트 디어에서 채취한 마석이라는 것은 마력이 담긴 돌로, 그 속성에 따라서 여러 가지로 쓰이는 데가 있단다. 마석은 B랭크 이상의 마물에서만 채취할 수 있기 때문에 고액으로 거래되는 일이 많다고 한다.

그리고 B랭크의 모든 마물이 아니라 약 30퍼센트가 마석을 지니고 있다고 하며, A랭크 이상이 되어야 모든 마물이 크기의 차이는 있지만 마석을 가지게 된다고 한다.

"그리고 A랭크 두 마리지. 나도 A랭크는 오랜만에 봤다네. 블랙 서펜트는 독주머니, 간, 송곳니, 눈, 가죽이라네. 그리고 꽤 좋은 마석이 나와서 그걸 포함하면 금화 예순네 닢이 되는군. 다음이 머더 그리즐리, 간, 발톱, 모피. 이쪽에서는 꽤 커다란 마석이 나와서 금화 일흔여덟 닢이야. 역시 A랭크로군."

검고 커다란 뱀(블랙 서펜트)의 독주머니는 뭐 여러 가지로 쓸모가 있는 모양이고(무서워서 묻지 못했다) 간은 자양강장제의 재료가 된다고 한다. 그리고 송곳니는 마도구의 재료, 눈은 지팡이 재료, 가죽은 높은 랭크의 모험가가 쓸 법한 가죽 갑옷 외에 최고급 가죽 제품의 재료가 된단다. 채취한 마석은 물 속성으로 꽤 커다랬다.

재색의 커다란 곰(머더 그리즐리)의 간은 이것도 약의 재료가 되며, 발톱은 마도구, 모피는 귀족들이 깔개로 전부 매입해준다고 한다.

그리고 마석 말인데, 이건 무척 커다래서 제일 가격이 높았다고 했다.

"전부 해서 금화 이백 하고 네 닢과 은화 네 닢일세. 거기에서 해체 비용, 이번에는 높은 랭크의 마물을 다수 융통해주었으니 약간 할인해서 금화 두 닢과 은화 네 닢이면 되네. 그걸 빼면 딱 금화 이백 하고 두 닢이로군. 많아도 보통은 다들 금화로 원하니까 그렇게 준비했는데, 백금화랑 대금화 쪽이 좋으면 잠시 기다려주게. 준비할 테니."

"아, 아뇨. 금화면 됩니다."

이것저것 장을 보며 마을의 가게들을 구경한 결과, 시정에서는 대금화나 백금화는 쓰이지 않는 것 같았고, 금화 열 닢 이상의 가격인 물건이라도 대금화라고 표시되는 것은 보지 못했다. 아마도 대금화나 백금화는 화폐로서 존재는 하지만, 그다지 쓰이지 않는 것 같다.

그나저나, 금화 이백 닢을 넘을 줄이야…….

나, 아무것도 안 했는데요. 일단 받을 수 있는 건 받아두겠지만.

나중에 페르에게 이세계 고기라도 먹게 해줄까.

"아, 그리고 지인들이 물어봐 달라는 부탁을 받아서 말인데, 자네의 사역마는 펜리르가 틀림없는 거지?"

아저씨가 내 뒤에서 자신과는 관계없는 일이라는 듯 하품을 하는 페르를 보며 물었다.

맞는데요. 뭔가 문제라도?

"실은 말이지, 저 녀석이 그레이트 울프라고 하는 녀석도 있어서."

이야기에 따르면 "펜리르를 사역마로 둔 녀석이 마을에 왔다"는 소문은 다들 들어 알고 있지만, 펜리르 같은 전설의 마수가 사람을 따를 리 없다고 하는 사람도 있어서 펜리르라는 설과 그레이트 울프라는 설이 반반이라고 한다. 그레이트 울프라는 건 A랭크의 마물로, 페르 정도의 몸집에 회색 털을 가진 늑대라고 했다.

"애초에 펜리르를 본 적 있는 녀석이 없으니까 말이지. 하지만 나도 이 일을 하기 전에는 모험가였어. 그런 내 눈으로 보자면, 그 분위기만으로도 펜리르가 아닌 다른 것이라고는 생각할 수 없거든."

펜리르 설과 그레이트 울프 설인가. 좋은 이야기를 들었는데.

지금까지는 페르 때문에도 너무 큰 마을은 가지 않는 편이 좋겠다고 생각했었는데, 반드시 들어가야만 할 때는 그레이트 울프라고 말하는 방법도 괜찮을지도 모르겠다.

그래도 그레이트 울프가 A랭크의 마물이니까 놀라기는 하겠지만, 펜리르라고 말하는 것보다는 낫겠지. 아저씨는 이미 알고 있는 것 같으니 나는 페르가 펜리르라고도 아니라고도 말하지 않고 거래 대금을 받아서 창고를 나왔다.

그리고 오늘도 어제와 같은 모험가들의 시선을 빠져나와, 재빨리 페르와 함께 모험가 길드를 나왔다.

"페르, 이 마을에서 해야 할 일은 다 했으니까, 이제 이 마을을 떠나려고 하는데. 어때?"

『나는 어느 쪽이든 상관없다. 맛있는 밥만 먹게 해주면 말이다.』

아, 그러십니까. 그럼 가볼까요.

그렇게 우리는 파리엘 마을을 뒤로했다.

파리엘 마을을 나서서 페르와 함께 길을 걷고 있다.

페르가 함께 있기 때문인지 마물은 전혀 눈에 띄지 않았다. 레이세헬 왕국의 왕도를 나와 이동하는 길에서는 고블린이나 그레이 울프 따위가 나왔었는데.

나로서는 마물이 나오지 않는 게 제일이지만.

특별히 목적지도 정하지 않은 채 걷는 도중에 나는 페르에게 신경 쓰이던 것을 물어보았다.

"저기, 페르. 페르는 마법을 쓸 수 있지?"

『그래, 쓸 수 있다.』

약초 채취 퀘스트 때에 결계 마법을 써주기는 했지만, 그건 눈에 보이는 형태가 아니기 때문에 그다지 확 와닿지 않거든. 불이나 물 같은 눈에 보이는 쪽이 마법이라는 느낌이 들기도 하고.

"나도 마법을 쓸 수 있게 될까?"

역시 마법이 있는 세계에 왔으니 써보고 싶은 마음이 생기는 것이 당연하지 않겠어?

그게, 마법이라고 마법. 나이도 먹을 만큼 먹어서라는 생각도 들지만, 역시 두근두근한다고.

『마력이 있으면 쓸 수 있겠지.』

호오 호오. 일단 나한테도 마력은 있으니까, 쓸 수 있으려나?

"마력이라는 건 어떻게 하면 쓸 수 있게 되는 건데?"

『어떻게 하면이라니, 쓰겠다고 생각하면 쓸 수 있겠지.』
"쓰겠다고 생각하면이라니?"
『그러니까 바람 마법을 쓰고 싶은 경우에는 바람 마법을 쓰겠다고 생각하면 쓸 수 있고, 불 마법을 쓰고 싶을 때는 불 마법을 쓰고 싶다고 생각하면 쓸 수 있을 거다.』
……이건 글렀네. 페르는 감각적으로 과정을 파악하는 천재인 것 같아.
으음, 쓰려고 생각하면이라는 말은 이미지가 중요하다는 건가?
이미지, 이미지, 이미지.
불구슬, 불구슬, 불구슬, 파이어 볼, 파이어 볼이다.
오른손을 내밀며 "파이어 볼" 하고 외쳐보았다.
잠잠………….
차, 창피해애.
『자네, 뭘 하고 있는 것이냐?』
페르가 어이없다는 듯 나를 보고 있다.
크윽…… 그런 눈으로 보지 말아줘.
『마력을 몸 안에서 순환시키지 않으면 마력은 쓸 수 없다.』
뭐? 그런 거야? 아니, 그러니까 그런 기본적인 걸 알고 싶었던 거였거든.
"마력을 순환시킨다는 건 어떤 식으로?"
마력 자체가 어떤 것인지 잘 모르겠단 말이지.
『말로 전하는 건 어렵구나. 지금, 내 몸에 마력을 순환시켰으니 이 몸을 만져보아라. 그리고 감지해내라.』

감지하라니, 그런 걸 감지할 수 있는 거야?

약간 의심하면서도 페르의 등에 손을 대보았다.

오오……. 어쩐지 알 것 같은데.

따뜻한 무언가가 페르 몸 안에 흐르고 있는 것이 희미하게 느껴졌다.

어렴풋하지만, 뭔가 알 것도 같은 기분이다.

『알겠느냐?』

"응, 이런 건가 하는 정도지만."

『그렇다면 다음은 훈련뿐이다.』

역시 그렇겠지. 좋아, 해보자.

마력, 마력, 마력, 따뜻한 무언가, 마력, 마력……. 응, 뭔가 느껴진다.

몸 안에 순환시킨다, 혈관을 흐르는 혈액처럼, 흐르고 흐른다.

그런 식으로 걸으면서 몸에 마력을 순환시키는 훈련을 했다.

『어이, 배가 고프구나.』

페르의 그 말에 퍼뜩 정신을 차렸다. 벌써 그런 시간인가.

"그럼, 점심을 먹을까?"

길옆의 공터로 이동했다.

자, 뭘 만들어볼까.

그래, 간단하게 폭찹으로 할까.

돼지고기는 아니지만, 비슷한 오크 고기를 써보자. 솔직히 말하자면 정말로 괜찮을까? 하는 생각도 들지만 말이지.

그게, 이족 보행 돼지라고! 하지만 이 세계의 사람들은 평범하게 먹는 모양이고, 모험가 길드의 아저씨도 당연히 먹을 수 있는 데다 최고급인 종류라고 말했으니까.

오크 고기는 잔뜩 있으니, 일단 도전해보지 않으면 고기가 아깝기도 하지.

아니다 싶으면 전부 페르에게 먹게 하자. 응.

우선은 양파를 얇게 썰고, 오크 고기도 얇게 저며둔다. 다음은 케첩과 우스터소스와 설탕, 술, 간장을 섞어 소스를 만든다.

프라이팬으로 오크 고기를 굽고 색이 바뀌면 양파를 넣는다.

고기와 양파를 볶다가 양파 색이 투명해지면 소스를 넣어서 잘 섞이도록 살짝 볶아준다. 이것으로 폭찹 완성이다.

코를 움찔움찔하며 기다리던 페르에게 내주자 허겁지겁 먹기 시작한다.

『음, 이것도 맛있구나.』

그거 다행이네 페르는 오크 고기라도 아무렇지 않구나.

그럼, 나도 먹어볼까. 겉보기는 폭찹이고, 맛있을 것 같은데…….

마음을 먹고 입 안에 넣어본다.

우물우물, 우물우물…………. 어라? 맛있잖아!

전혀 아무렇지 않네. 아니, 평범하게 맛있다고 이거. 브랜드가 붙은 최고급 돈육 같아.

뭐야, 오크 맛있잖아. 그 모습 때문에 기피감이 들기는 했지만, 이거 맛있어.

고급 브랜드 돼지고기라고 생각하면 전혀 아무렇지 않겠어.

응응, 맛있네. 그리고 사도지만, 이 폭찹을 빵에 넣어서 덥석.

응, 괜찮네, 괜찮아.
『어이, 한 그릇 더 다오.』
나는 폭찹 샌드위치를 먹으면서 페르 몫의 폭찹을 추가로 만들었다.
페르가 만족했을 무렵에 식후의 휴식을 잠시 취하고 다시 걷기 시작했다
물론 나는 마력을 몸 안에 순환시키는 훈련을 하며 걸었다.

걸으면서 마력을 체내에 순환시키는 훈련을 한동안 계속했다. 그리고 드디어 형태가 잡힌 듯한 기분이 들었다. 뭔가 이제 슬슬 마법을 쓸 수 있을 것만 같다. 좋아, 오른손을 내밀고 손바닥을 위를 향하게 한다.
"파이어 볼."
퐁.
내 손바닥 위에 촛불의 불꽃처럼 자그마한 불이 떠올랐다.
…………….
『푸흡.』
페르 씨, 바보 취급하듯이 코웃음 치지 말아주세요. 분명 김이 새기는 하지만, 이건 이 나름대로 실패는 아니라고 생각한다. 아무것도 없는 데서 불을 만들어냈으니까.
응, 실패가 아냐. 실패가 아니라고 하면 실패가 아닌 거라고.

……하지만, 원래 생각했던 파이어 볼(불구슬)을 만들어낼 수 있도록 지금부터 훈련을 속행해야겠다.

"페르, 오늘은 이 근처에서 야영할까?"

『음.』

페르가 사냥해 온 마물로 한 몫 벌었으니, 오늘은 맛있는 걸 먹게 해줄까.

이세계의 고기로 진수성찬을 만들어주지.

"저기, 페르. 페르 덕분에 크게 벌었으니까, 내 스킬로 가져올 수 있는 이세계 음식을 대접할게. 뭐가 좋겠어?"

『이세계 음식이라, 역시 고기다.』

역시 그렇게 나오나. 나는 인터넷 슈퍼를 보면서 뭐가 좋을지 고르기 시작했다. 페르가 내 옆에서 기대에 찬 눈빛으로 스탠바이를 하고 있으니, 일단은 바로 먹을 수 있는 게 좋을 것 같다.

그렇다면 부식품 쪽인가.

어느 게 좋을까……. 아, 치킨커틀릿이 있으니 그거랑 고기 완자, 민스 커틀릿도 괜찮겠네.

다음은 햄버그로군. 그거랑 두툼한 로스카츠, 남은 건 프라이드치킨이 있으니 그것도.

톡톡 찍어서 장바구니에 담는다.

『어이, 아, 아직이냐?』

페르 씨, 화면을 보면서 군침을 흘리는 건 하지 말아줄래?

참을 수 없다는 느낌으로 침을 마구 흘려대는 페르를 위해서 부식품 종류를 먼저 계산하기로 했다.

한 메뉴당 여러 개씩 샀기 때문에 전부 해서 은화 네 닢과 동화 일곱 닢. 일단 금화 다섯 닢을 체인지하고 계산을 마쳤다. 돈을 내자, 바로 상자가 나타났다.

종이 상자 안에서 음식들을 꺼내보니, 전부 따뜻한 상태였다.

"오오, 따뜻하잖아. 이거 좋네."

따뜻한 음식들을 팩에서 꺼내 접시에 담아 페르 앞에 죽 늘어놓았다.

"자, 먹어봐."

그렇게 말하자마자 페르는 음식에 달려들어 우걱우걱 먹기 시작했다.

하지만 아직 한참 더 먹겠지. 준비한 부식품 종류만으로는 부족할 테니까 인터넷 슈퍼에서 조금 더 골라 담고 동시에 메인 요리용 고기도 사야겠다고 생각했다.

내용물을 굵게 갈아 넣은 소시지와 불고기(팩에 담긴 것)면 되려나. 소시지는 가볍게 소금과 후추로 간해서 구워내고, 불고기는 페르가 먹을 건 그대로 줘도 되겠지.

남은 건 메인인 쇠고기구나.

메인 요리는 국산 쇠고기 스테이크를 생각해두었다. 이 세계의 여러 고기를 먹어보면서 생각했는데, 예상보다 맛있었단 말이지.

그렇다면 그 이상 맛있는 것이 뭘까 생각한 결과, 역시 국산 쇠고기였다.

비싸지만 힘 좀 내보겠어.

국산 흑우 스테이크용(대접살)이 있어서 그걸로 했다.

스테이크 고기 한 장(250그램)에 은화 한 닢과 동화 다섯 닢이었다. 역시 비싸군.

페르의 먹성을 생각하면 열 장 정도는 먹겠지.

그리고 내 몫으로는, 오오, 이거랑 이게 좋겠다.

소시지와 불고기와 스테이크용 고기, 그리고 내가 먹을 것까지 금화 두 닢이다.

인터넷 슈퍼에서 장을 보는 동안에 페르는 부식품 종류의 음식들을 다 먹어치웠다.

『뭐냐? 다음은 그걸 먹게 해주는 것이냐?』

페르 씨, 너무 빨리 먹는군요.

"잠시 기다려, 익히는 편이 맛있는 것도 있으니까 일단 이걸 먹고 있어줘."

팩에서 꺼낸 불고기감 덩어리를 다섯 개 정도 접시에 담아 놔주었다.

페르가 먹는 동안에 소시지를 소금과 후추로 간해서 살짝 탄 자국이 생길 정도로 구워준다.

"자, 이것도 먹어봐."

소시지를 주자 페르는 기뻐하며 물어뜯었다.

『전부 다 맛있구나.』

그거 잘됐네. 하지만 아직 메인 요리가 남아 있거든.

국산 쇠고기 스테이크 중 맨 처음 두 장은 소금과 후추만으로 간해서 구웠다.

"메인 요리인 국산 쇠고기 스테이크야. 우선 소금과 후추부터."

『흠. 우걱우걱…………. 음, 이 고기는 무척 부드럽고 맛있구나. 이건 맛있다. 맛있어.』

“후후훗, 그렇지? 그렇지? 이 고기는 말이지, 내가 살던 나라에서 맛있어지게 정성들여 키운 소라는 동물의 고기라고.”

『뭐라?! 이세계의 네 나라에서는 먹기 위해 소라는 걸 키운다는 것이냐?』

“어? 여기서는 축산, 그러니까 동물을 키워서 고기를 먹거나 하지 않는 거야?”

『하지 않는다. 이 세계에는 마물이 넘쳐나니, 마물을 사냥해서 그 고기를 먹으면 충분하다.』

과연, 확실히 마물 고기는 꽤 맛있고, 그 마물이 잔뜩 있다고 하면 일부러 축산을 할 필요성도 없을지 모른다.

페르와 이야기하며 추가 스테이크를 굽는다.

이번에는 이전에도 썼던 스테이크 소스다.

마늘 맛, 갈은 무 맛, 양파 맛, 버터 맛 콤보로 계속해서 스테이크를 내놓았다.

『그건 그렇고, 맛있어지게 키운다니. 네가 살던 나라는 꽤나 음식에 정성을 들이는가 보구나.』

“응, 그 말이 맞아. 내가 살던 나라는 먹는 거엔 타협이 없고, 유난히 고집을 갖고 있다고 생각해.”

B급 미식부터 고급 프렌치까지 다양한 가게가 있고, 도쿄 같은 경우에는 외국으로 여행을 가지 않아도 여러 나라들의 요리를 먹을 수 있거든.

『과연. 그래서 자네가 만든 요리도 맛있는 게로군.』

뭐, 인터넷 슈퍼와 다양한 조미료를 만들어주는 식품 회사 덕분이지만.

페르는 국산 쇠고기 스테이크를 실컷 만끽하고 만족한 모양이다.

『음, 맛있었다. 그건 그렇고, 전부터 생각했다만, 네 요리를 먹으면 활력이 넘치는구나. 오늘은 특히 더 그렇다. 지금이라면 과거 비겼던 에이션트 드래곤조차 여유롭게 이길 수 있을 것만 같다.』

어, 설마 그 말도 안 되는 위력을 발휘하고 있는 거야?

아니, 아아아, 오늘은 전부 인터넷 슈퍼(이세계)에서 산 식재료였지! 평소 메인인 고기는 이쪽 거를 썼으니까, 이세계산 식재료는 적은 양만 썼었구나. 그래서 위력을 발휘했다고 해도 페르 정도가 되면 대단한 영향이 없었던 건가.

그런데 오늘 페르가 먹은 건 전부 인터넷 슈퍼의 식재료.

페, 페르 씨, 활력이 넘친다니…….

페르를 감정해보았다.

【이름】페르

【나이】1014

【종족】펜리르

【레벨】906

【체력】9843 (+5118)

【마력】9481 (+4550)

【공격력】9036 (+4518)

【방어력】9765 (+4394)

【민첩성】9684 (+4551)

【스킬】바람 마법, 불 마법, 물 마법, 흙 마법, 얼음 마법, 번개 마법, 신성 마법, 결계 마법

발톱 베기, 신체 강화, 물리 공격 내성, 마법 공격 내성, 마력 소비 경감, 감정

【가호】바람의 여신 닌릴의 가호

…………….

어라? 내 눈이 잘못됐나?

몇 번이고 눈을 깜빡여 본 다음 다시 한 번 페르의 스테이터스를 보았다.

오오…… 페르의 스테이터스가 약 50퍼센트 증가했다고. 이 스테이터스 상승 상태는 먹은 양이나 재료의 질이나 어떤 요리인가 하는 것들이 관계있는 거겠지? 뭐가 어찌 되어 이런 일이 되었는지는 모르겠지만, 인터넷 슈퍼(이세계)의 식재료 탓인 것은 틀림없다.

하지만 분명 괜찮을 거야. 그게 전에 확인했을 때는 시간제한이 있었거든.

페르는 이세계산 식재료를 잔뜩 먹었지만, 늦어도 내일 아침까

지는 원래대로 돌아올 터.

아마도…….

『어이. 활력이 넘쳐서 가만히 있기에는 아깝구나. 사냥이라도 다녀오겠다.』

“자, 자, 잠깐 기다려. 마, 마물이 나를 덮치면 어쩌려고?”

이미 해도 져서 어두워졌는데 혼자 두지 말라고.

『음, 자네 주위에 결계를 쳐두겠다. 지금의 내가 펀 결계라면 드래곤 브레스도 여유롭게 튕겨낼 것이다.』

드래곤 브레스도 튕겨낸다니, 너…….

『그럼 다녀오마.』

그리 말한 페르는 어두운 숲속으로 날듯이 뛰어갔다.

“……하아, 나도 밥 먹을까. 아니, 완전 깜깜하잖아.”

페르가 있을 때는 페르의 은색 털에 덮인 몸이 어슴푸레하게 빛을 발하고 있는 느낌이라(마력이나 그런 것의 영향일까?) 어두워도 그다지 신경 쓰이지 않았는데.

“이런 때야말로 인터넷 슈퍼지.”

나는 인터넷 슈퍼의 화면을 열고 전지가 포함된 손전등을 구입했다. 그리고 손전등을 상자 위에 올려두었다.

“이거면 됐겠지. 밥 먹자.”

쭉 고기만 먹었기 때문인지 이걸 보자마자 먹고 싶어졌다.

반찬이 이것저것 곁들여진 도시락이다.

그리고 캔 커피.

일본에 있을 때는 매일 마셨었다.

"하아, 조금 식어버리긴 했지만 도시락 맛있네. 게다가 캔 커피도 맛있어."

느긋하게 식사를 즐긴 후, 할 일도 없으니 자기로 했다.

망토를 둘러쓰고 자려다가 문득 잠깐만, 하고 잠들기를 잠시 미루었다.

확실히 있었던 것 같은데…….

인터넷 슈퍼 화면을 펼쳤다.

"어디, 오, 있다 있어. 베개랑 이불이랑 모포."

페르 덕분에 돈에 큰 여유가 생긴 지금, 베개와 이불과 모포는 사도 괜찮겠지.

이게 있으면 앞으로는 야영도 꽤 쾌적해질 것이다.

그래, 사버리자. 꾹.

"좋아. 페르의 결계 마법도 있으니까 걱정할 필요도 없고, 이걸로 오늘 밤은 푹 잘 수 있겠군."

야영이라고는 생각할 수 없는 기분 좋은 침구로 몸을 감싼 채 나는 깊은 잠에 빠져들었다.

후아암, 잘 잤다. 역시 침구가 있으니 다르군.

"우와앗, 뭐야 이거."

내 옆에 마물 시체로 된 산이 세 개 정도 만들어져 있었다.

…………….

페르 씨, 활력이 넘친다고는 해도 이건 너무 지나친 거 아닙니까?

당사자인 페르는 마물의 산 너머에서 쿨쿨 자고 있다.

불뚝하게 만들어진 마물의 산 세 개를 보며 생각한다. 이거 어쩐다냐.

역시 일단은 아이템 박스에 처넣어 둘 수밖에 없나.

여러 가지로 써본 결과, 내 아이템 박스는 거의 시간 경과가 없다는 걸 알았으니까.

그게, 일주일도 전에 인터넷 슈퍼에서 산 잎채소가 전혀라고 해도 좋을 만큼 시들지 않은데다, 다른 채소도 싱싱한 상태거든.

양이 양이니 만큼, 아이템 박스에 넣어두고 조금씩 모험가 길드에 가져갈 수밖에 없겠네.

내가 직접 해체하는 법을 배운다는 방법도 있지만, 그로테스크한 것에는 약한지라 익힐 자신이 별로 없다.

그 점은 천천히 생각하도록 하자.

그나저나 이거 대체 몇 마리야. 마물의 산을 감정해보았다.

자이언트 도도와 자이언트 디어, 이건 얼마 전 페르가 사냥해온 것과 같다.

양쪽 모두 예전보다 큰 개체였다.

그리고 록 버드×3인가. 록 버드는 토종닭 같은 느낌이고 맛있어서 여러 마리 있어도 괜찮지.

모험가 길드에서 비싸게 매입해주었던 블랙 서펜트도 있네.

마찬가지로 비싸게 팔았던 머더 그리즐리도 있다.

이것들도 얼마 전 것들보다 더 크니 팔 때 얼마나 받게 될지 겁날 정도다.

그리고 레드 서펜트. 블랙 서펜트를 색만 적갈색으로 퇴색시킨 듯한 느낌의 커다란 뱀이다.

응? 블랙 서펜트보다 레드 서펜트 쪽이 머리가 더 크니 전체적인 크기도 레드 서펜트 쪽이 클지도 모르겠다.

다음은 뭐지? 오크 제너럴×5에 오크 킹.

…………어라? 오크 킹이라니, 오크 집단의 왕인 거지?

오크 킹이 여기에 있다는 건…… 그 오크 집단은 대체 어찌 됐을까?

페르 씨, 당신 뭔 짓을 하신 겁니까?

마침 그런 생각을 하고 있을 때, 페르가 일어났다.

『음, 왜 그러느냐?』

잠에서 막 깨어난 페르를 빤히 바라보고 있으려니 페르가 그렇게 물어 왔다.

"이거는 어떻게 된 거야?"

마물의 산을 가리키며 묻자, 페르는『당연히 사냥해 온 사냥감이지 않느냐』하고 당연하다는 듯이 말씀하셨다.

"아니 아니 아니, 그건 알겠는데. 아무리 그래도 이건 너무 많잖아."

『음, 활력이 넘쳐서 날듯이 움직일 수 있게 되어 그만……. 게다가 전혀 지치질 않으니 사냥이 즐거워서 말이다.』

하아, 그러하십니까.

"여기에 오크 킹이 있던데, 다른 오크는 어떻게 했어?"

『오크 집락을 발견했는데, 이 몸을 깨닫고 이빨을 드러내더구나. 물론 모두 제물로 삼았다만, 오크 제너럴과 오크 킹만은 가져왔다. 마물은 강한 쪽이 맛있으니까.』

…………제물로 삼았다니, 너, 진짜 뭔 짓을 한 거냐?

"참고로 오크 수는 얼마나 됐는데?"

『그건 150 정도는 있었던 것 같다.』

1, 150이라고요……?

페르가 규격 외라는 건 알고 있었지만, 그거랑 인터넷 슈퍼(이세계)의 식재료의 힘이 합쳐지니 장난이 아니구먼. 게다가 어젯밤에는 오크만 상대했던 게 아니라고. 페르가 사냥해 온 마물은 아직 잔뜩 있단 말이다.

다시 마물의 산 쪽으로 시선을 돌리고 감정을 계속했다.

오거×4…… 오거도 먹을 수 있는 거야?

"저기, 페르. 여기에 오거가 있는데, 오거 먹을 수 있는 거냐?"

『오거는 힘줄이 많아서 맛이 없다. 하지만 오거 가죽은 사람들 사이에서 갑옷 재료로 쓰이며 귀하게 여겨진다. 돈이 필요하지 않느냐? 그래서 먹을 수는 없지만 일단 가져왔다.』

아, 그렇구나. 지금은 페르 덕분에 엄청 여유가 넘치니까 그러지 않아도 괜찮았는데 말이지.

뭐, 일단 보관은 하겠지만.

그리고 다음은 블루 오거. 블루 오거는 평범한 오거와 다르게 피부가 파랗군. 이게 아종(亞種)이라는 건가? 페르는 오거가 돈이 될 거라는 이유로 가져왔을 뿐이겠지만.

그리고 어디, 메탈 리저드인가. 그 이름대로 쇠처럼 단단한 은색으로 된 가죽에 말도 안 되게 커다란 도마뱀이다. 페르는 이 단단한 가죽을 가진 도마뱀을 어떻게 쓰러뜨린 걸까?

좀 캐묻고 싶은 기분이 들기도 했지만, 쇠처럼 단단할 터인데도 울퉁불퉁해진 메탈 리저드의 가죽을 보고 있자면 묻지 않는 편이 좋을 것 같다는 생각이 든다고.

이 메탈 리저드는 상상하기에도 비참한 죽음을 맞이했을 것 같다.

명복을 빕니다.

그리고 다음은 뭐지?

으음, 키마이라………….. 뭐? 키마이라라니, 사자의 머리랑 염소의 머리랑 뱀의 머리가 달렸다는 그거? 게임 같은 데서 라스트 보스 같은 그거? 아니 아니 아니, 설마 그럴 리가.

아니, 오오………….. 사자와 염소와 뱀의 머리, 있습니다.

『음, 그건 키마이라구나. 꽤 맛이 좋다. 평소라면 약간 애를 먹었을 테지만, 어젯밤은 일격에 끝장낼 수 있었다.』

일격에 끝장냈다고 잘난 척할 일은 아니라고.

이거 절대로 장난 아닌 놈이잖아. 아마 랭크도 A가 아닐까 싶은데.

이런 걸 모험가 길드에 가져가는 날엔…………, 우오우, 순간 오한이 들었어.

이건 안 돼.

영원히 아이템 박스 안에서 잠들어 있어주셔야겠다. 응. 그게 좋겠어.

먼눈을 하며 그런 생각을 하고 있으려니 페르가 『배가 고프다』고 했다.

어젯밤에 그렇게 먹었으면서. 어쩔 수 없네, 만들어볼까.

그 전에 산처럼 쌓여 있는 마물들을 아이템 박스에 넣어둔다. 그 김에 내 침구도.

그럼 뭘 만들까.

물론 메인으로 쓰는 건 마물 고기다.

어젯밤 일로 페르에게 인터넷 슈퍼(이세계)의 식재료를 지나치게 주는 건 좋지 않다는 점을 확실하게 깨달았으니까.

곁들이는 채소와 조미료 종류라면 영향이 그다지 크지 않다는 것, 인터넷 슈퍼(이세계)의 식재료라도 미트 소스 스파게티 정도라면 그래도 괜찮다는 점은 이전 메뉴들을 통해 알고 있었다.

그런 점을 고려하면서 메뉴를 생각하지 않으면 안 되게 되었다. 뭐든 적당히 해야 한다.

그렇게 메뉴를 고민한다. 닭고기와 비슷한 코카트리스 고기가 있으니까 그걸로 할까.

만들 것은 치킨 소테다.

우선은 코카트리스 고기에 붙은 지방을 제거하고 가볍게 소금과 후추로 밑간을 한다. 프라이팬에 식용유를 약간 두르고(껍데기에서 기름이 나오므로 조금 적게) 껍질 쪽부터 굽는다.

이때 냄비 뚜껑을 눌러주면서 구우면 껍질이 파삭파삭해져서 맛있다.

껍질이 옅은 갈색으로 알맞게 구워지면 안쪽 면을 굽는다.

코카트리스 고기가 다 구워지면 일단 꺼내두고, 그 프라이팬으로 소스를 만든다. 고기의 맛있는 기름이 스며나와 있으므로 프라이팬을 그대로 쓰면 훨씬 맛있는 소스가 만들어지는 기분이 들기 때문에 나는 늘 이 방법을 쓴다.

프라이팬에 버터와 레몬즙(나는 언제나 레몬과즙 100퍼센트인, 병에 담긴 것을 쓴다) 약간과 간장을 조금 넣어서 섞으면 레몬 버터 소스가 완성된다.

일본인의 습성인지 간장은 꼭 넣고 싶어진다.

레몬 버터만으로도 괜찮지만, 나는 간장을 넣은 편이 훨씬 맛있게 느껴진다.

파삭파삭하게 구운 코카트리스 고기에 레몬 버터 소스를 부으면 완성이다.

"페르, 다 됐어."

페르에게 내어주자 배가 고팠는지 치킨 소테에 달려들었다.

나는 치킨 소테를 빵 사이에 끼워서 치킨 소테 샌드위치로 만들어 먹었다.

그리고 어제 사두었던 캔 커피도 함께 마신다.

치킨 소테 샌드위치 맛있어. 캔 커피도 맛 좋아.

그래, 다음에는 인터넷 슈퍼에서 캔 커피를 사 쟁여두자.

그리고 인스턴트커피도. 따뜻한 커피도 마시고 싶을 때가 있으니까.

그럴 경우 내 취향은 설탕과 밀크도 필요하다. 조미료 종류가 꽤 줄었고, 채소류도 보충하고 싶으니까, 오늘 저녁 무렵에는 인터넷 슈퍼에서 장을 보도록 할까.

『더 다오.』

네네.

페르에게 치킨 소테를 더 만들어주면서 장볼 목록을 만들어간다.

페르가 여러 번 더 먹은 다음, 잠시 휴식을 취하고 일어선다.

"슬슬 가볼까."

나는 다시 페르와 함께 걷기 시작했다.

물론 이동 중에도 마법 훈련을 하면서.

나는 노력했다. 요 사흘 동안 마력을 체내에 순환시키는 연습을 한결같이 계속했다.

그러니, 할 수 있을 터다.

간다앗.

"파이어 볼."

불쑥 내민 오른손 손바닥 위에 소프트볼 크기의 불꽃이 생겼다.

하지만 그것만으로는 파이어 볼이라고 말할 수 없다.

이 불꽃을 날려서 폭발시켜야만 파이어 볼이라 할 수 있다.

나는 길 끝을 향해 에잇 하고 파이어 볼을 던졌다.

장보기용 자전거 정도의 속도로 파이어 볼은 날아갔다.

그리고 20미터 정도 앞에서 속도가 떨어지더니 낙하.

“포옹.”

작은 폭발(이라고 말해도 괜찮을까?)이 일어났다.

내 입으로 말하고 싶지는 않지만, 꽤 초라했다. 이래서는 공격의 ㄱ 자도 못 된다.

페르는 페르대로 이번에도 옆에서 비웃듯이 코웃음을 치고 있고.

젠장——.

『훈련뿐이라고 말하기는 했다만, 그렇게까지 하고도 이것밖에 안 된다면 실전을 해보는 건 어떻겠느냐? 긴 훈련보다도 한 번의 실전으로 얻는 것이 많은 경우도 있다.』

“그건 그럴지도 모르지만……, 그 말은 마물이랑 싸우라는 뜻이지? 나는 검도 못 쓰고, 마법도 이런 상태야. 다치기라도 하면 어떡하라고.”

『무슨, 걱정할 필요 없다. 이 몸이 결계를 펴주마. 마물의 공격은 막지만 네가 하는 공격은 막지 않는다. 게다가 내가 옆에 있으니, 겁먹을 것 없다.』

“하지만…… 역시 다치거나 하는 건 싫은데………….”

『에잇, 이 근성 없는 녀석. 어서 내 등에 타거라.』

내 우물쭈물하는 태도에 짜증이 난 페르가 억지로 나를 등에 태웠다.

“자, 자, 잠깐 기다려, 어디에 데려가려는 거야?!”

당황하며 그리 묻자 페르는 『당연히 마물이 있는 곳이다』라고 답했다.

"뭣, 마물이라니, 지금의 나로는 당해버린다고!"

『괜찮다. 자네에게 맞춰 약한 마물을 골라주마. 그리고 이 몸도 있으니, 걱정하지 마라.』

걱정하지 말라니, 걱정된다고오.

얼간이라고 여겨질지도 모르지만, 갑자기 마물이랑 싸울 수 있을 리가 없잖아.

『음, 고블린이 있군. 마침 적당하구나. 눈치채지 못하게 이 몸은 기척을 지울 테니, 너도 조용히 하거라.』

그렇게 말한 페르가 달려 나갔다.

마침 적당하지 않다고.

…………뭐야 이건.

고블린투성이다.

페르에게 끌려온 곳은 고블린 집락이었다.

『고블린이다. 마법을 쏴보아라.』

아니 아니 아니, 이건 아무리 그래도 무리라고. 나보고 이걸 어쩌란거여.

『어서 쏴라.』

"무슨 소리야. 저렇게 많은데, 무리라고."

『음, 결계라면 펼쳐주마. 자, 이제 괜찮다.』

"괜찮다니 전혀 괜찮지 않거든!"

『이 겁쟁이가. 네가 하지 않는다면 내가 하겠다.』

그렇게 말한 페르는 『크——와앙』 하고 소리쳤다.

아니, 여기서 울부짖지 마.

그것 봐, 고블린이 일제히 이쪽을 보잖아. 켁, 눈치챘다.

끄아악, 곤봉과 검과 도끼 등을 가진 대량의 고블린이 이쪽으로 온다——앗.

『흥, 이걸로 너도 싸울 수밖에 없게 되었다. 마법을 날리고 날리고 날려대서 몸으로 기억하는 것이다. 이 몸은 상위 고블린을 사냥해 오마.』

"잠깐, 혼자 두지 마앗!!!"

뭐가 『날리고 날리고 날려대서 몸으로 기억하는 것이다』냐고오.

제엔——장. 기억해두라고, 페르. 으아앗, 고블린이 온다아아앗.

"파이어 볼, 파이어 볼, 파이어 볼."

내 엉터리 파이어 볼이 고블린에게 맞았다.

엉터리라도 불은 불, 고블린에게 대미지가 생겼다.

나는 계속해서 파이어 볼을 날린다. 내 주위는 이미 고블린투성이가 되었지만, 고블린이 곤봉을 휘두르든, 검으로 베어들든, 도끼로 머리부터 쪼개려고 하든, 전부 페르의 결계가 막아주었다. 그렇다고는 해도 덤벼드는 고블린의 군세에 공포심이 피어올랐다.

그것을 떨쳐내려는 듯, 나는 닥치는 대로 파이어 볼을 마구 날렸다.

"파이어 볼, 파이어 볼, 파이어 볼."

페르의 말대로 앞뒤 재지 않고 파이어 볼을 날리고 날리고 날려댔다.

"파이어 볼, 파이어 볼, 파이어 볼."

제길, 아직 멀었어.

"파이어 볼, 파이어 볼, 파이어 볼."

그렇게 파이어 볼을 쏘면 쏠수록 점점 속도도 위력도 더해갔다.

수없이 쏘는 동안에 익숙해졌다고 할까, 감각을 잡아가게 되었다.

나는 더욱 파이어 볼을 날렸다.

"파이어 볼, 파이어 볼, 파이어 볼."

계속해서, 계속해서 쏜다.

파이어 볼을 날려대는 사이에 시간이 얼마나 지났을까.

"하아, 하아……, 파이어 볼!!!"

꽤 빠른 속도로 쏘아진 배구공 정도 크기의 화염구가 고블린들에게 직격하여 폭발했다. 내가 이상으로 여겼던 파이어 볼 그 자체였으며, 마지막 한 발이었다.

"더, 더는, 못 해……."

이게 마력이 다했다는 건가? 힘이 들어가지 않아.

아직 고블린은 남아 있지만, 이제 더는 움직이지 못한다고.

『흠, 하면 할 수 있지 않느냐.』

“페르…….”

오, 돌아와 줬구나.

나는 이제 틀렸어. 뒤, 뒤를 맡기마.

페르의 모습을 확인한 것과 동시에 나는 의식을 잃었다.

“으음………… 으, 으아아아, 고블린!”

벌떡 일어나 주변을 살펴보니 어둠 속이었고, 페르가 옆에 있었다.

벌써 이렇게 어두워졌구나. 꽤 오랫동안 정신을 잃고 있었던 건가…….

『어떠냐? 실전은 도움이 되었지?』

뭐가 도움이 되었지? 라는 거냐. 그런 험한 꼴을 당하게 해놓고.

꾀죄죄한 녹색의 작은 도깨비가 일제히 달려드는 그 모습은 살짝 트라우마가 되었거든.

한동안은 대량의 고블린이 덮쳐드는 악몽을 꿀 거라고.

『맨 마지막에 쏜 파이어 볼은 꽤 괜찮았다.』

그렇게 말하며 페르는 응응 하고 고개를 끄덕였다.

『마법을 쓸 수 있게 된 것도 이 몸 덕분이다.』

“뭐가 이 몸 덕분이냐?! 나는 초심자니까, 우선은 한 마리나 두 마리부터 시작해야 할 거 아니냐고. 그런데 고블린 집락 같은 데로 데려가다니."

분명히 마지막에 쏜 파이어 볼은 꽤 괜찮기는 했다.

하지만 말이지, 갑자기 고블린 집락에 데려가는 건 아니라고 본다.

『네가 그 정도 마법으로 꾸물거린 게 잘못이다.』

크으윽, 이래서 천재는 싫다니까.

"페르같이 할 수 있을 리가 없잖아. 페르도 감정을 할 수 있으니까 내 스테이터스 수치를 알 거 아냐?"

정말이지 페르와 나 사이에는 하늘과 땅 만큼의 차이가 있단 말이다.

『오, 네 레벨이 올랐구나.』

어? 진짜로?

서둘러 스스로를 감정해본다.

【이름】 무코다(츠요시 무코다)

【나이】 27

【직업】 휩쓸린 이세계인

【레벨】 3

【체력】 110

【마력】 110

【공격력】 83

【방어력】 82

【민첩성】 78

【스킬】 감정, 아이템 박스, 불 마법

사역마(계약 마수) 펜리르

【고유 스킬】 인터넷 슈퍼

아자! 레벨이 올라갔다. 체력이나 마력이나 다른 스테이터스 수치도 조금씩이지만 상승했다.

아, 그리고 스킬에 불 마법이 있다.

이걸로 나도 마법사란 말씀. 그런데 직업란은 여전히 휩쓸린 이세계인인 거냐.

이건 대체 언제가 되어야 변하려나? 레벨이 오르거나 스킬이 늘거나면 당연히 바뀌겠지? ……설마 쭉 이대로는, 아니겠지?

아니 아니 아니, 설마야.

『맞다. 그게 있었다.』

스테이터스에 관해서 이것저것 생각하고 있으려니 페르가 느릿하게 일어섰다.

그리고 2미터 반 정도는 될 법한 녹색의 커다란 물체를 앞발로 밀어 내 쪽으로 굴렸다.

"우왓!"

엄청나게 커다란 고블린이었다.

감정해보니 고블린 킹이라고 나왔다.

고블린 킹이라니, 페르 씨…….

분명히 그때 상위 고블린을 사냥해 오겠다며 뛰쳐나가기는 했지만, 그 집락에 킹이 있었던 거냐.

페르는 그런 집락에 날 데려갔던 거란 말이지?

『그 고블린 킹에게는 마석이 있다. 인간들 사이에서 마석은 돈이 되지 않느냐? 고블린 따위는 먹을 수도 없고, 아무런 쓸모도 없지만, 그 고블린 킹에게는 마석이 있는 것 같아서 일부러 가져왔다.』

아, 그런 거야? 그렇다는 건, 고블린 킹은 B랭크 이상이라는 건가?

"고블린 킹은 B랭크야? A랭크야?"

『랭크? 랭크라는 건 모른다만, 이 몸 정도가 되면 마석을 가지고 있는지 어떤지는 보면 알 수 있다.』

호오, 그렇구나. 그럼, 페르에게 마석을 지닌 마물을 우선적으로 사냥해 오게 하면 나 부자가 되겠네. 아니, 그런 짓은 안 하겠지만.

그런 짓을 했다간 분명 성가신 일이 생길 거야.

『네가 정신을 잃고 있었지 않느냐. 자네와 고블린 킹을 등에 태워 이동하는 건, 아무리 이 몸이라고 해도 힘이 들었다. 그래서 여기에서 자네가 눈뜨기를 기다리고 있었던 것이다.』

흐응, 그래서?

어째서 페르 씨는 아까부터 힐끔힐끔 이쪽을 살피는 거려나?

『그 녀석은 마석을 지녔다.』

응, 그래서 뭐 어쩌라는 건데?

『마석은 돈이 되지 않느냐?』

그렇지.

얼마 전에 모험가 길드에 갔을 때, B랭크인 자이언트 도도랑 자이언트 디어도 작지만 마석이 있었다는 것만으로 매매 금액이 껑충 뛰었으니까.

『그렇다면, 이세계의 맛있는 음식으로 이 몸의 노고를 치하해야 하지 않겠느냐?』

뭐어어어어어어?

이 녀석, 국산 흑우 스테이크에 맛을 들였군그래.

"저기 말이야, 그때는 마물이 대량으로 있었잖아?"

『음, 얼마 전에 또 대량으로 사냥해 오지 않았느냐? 그것들은 대부분 마석을 지녔다.』

인터넷 슈퍼(이세계)의 식재료를 먹고, 활력이 넘친다느니 하는 소리를 하면서 사냥해댔던 그것들 말이지?

그건 별개인 게 당연하잖아. 원인이 인터넷 슈퍼(이세계)의 식재료니까.

"저기 말이야, 모험가 길드에 넘겼던 그 고기들이 아직 잔뜩 남아 있으니까, 이번에 사냥해 온 것들은 당분간 환금 안 할 거라고."

『으음, 그러하냐. 그렇다면 이세계의 맛있는 음식은 포기하마. 허나, 배는 고프다.』

정말이지 이상한 걸 배워가지고는. 그래도 고집을 부리지 않아 다행이다.

하지만 나 아직 원래 상태가 아닌 것 같아. 마력이 바닥났다가 일어난 참이라 그런지 몸이 무겁다. 페르의 밥을 지어주기가 귀찮아. 게다가 고블린 집락에 갑자기 던져놓은 복수도 아직 못했단 말이지.

그렇다면 벌로 고기 없는 밥을 줘야겠군.

나는 인터넷 슈퍼의 화면을 열었다.

어디, 지쳤을 때는 단걸 먹어줘야지.

단팥빵이랑 잼(딸기)이면 되려나. 내가 꽤 좋아하는 것들이다.

페르도 같은 걸로 하자. 아, 엄청 먹을 테니까 크림빵도 사둘까.

일단 페르에게는 세 종류를 각각 다섯 개씩.

단팥빵과 잼 빵에는 역시 캔 커피가 함께해야지.

아, 캔 커피는 박스로 살 수 있군. 그럼 이걸로 하자.

캔 커피를 박스로 산다면, 함께 구매하려고 했던 인스턴트커피는 일단 나중에 사도록 할까.

그리고 조미료 종류와 채소류도 보충할 생각이었지만, 잘 살펴보고 사고 싶으니까 다음에 하자.

그럼 계산할까요.

체인지 해두었던 금액이 적었기 때문에 추가로 금화 다섯 닢 정도를 체인지 한 다음에 지불을 했다.

봉지에서 꺼낸 단팥빵과 잼 빵과 크림빵을 접시에 담아서 페르에게 주었다.

『이건 무엇이냐?』

“단팥빵이랑 잼 빵이랑 크림빵이야. 단 빵들이지.”

『음, 고기가 아닌 것이냐?』

“페르는 쓰러졌다가 이제 막 일어난 나한테 식사 준비를 시킬 셈인 거야?"

『크으읏. 알았다, 이거면 됐다.』

페르는 킁킁 냄새를 맡은 다음에 단팥빵을 덥석 물었다.

『으으음, 이건 이것대로 꽤 맛있구나.』

어? 단과자빵도 괜찮은 거야?

다음으로 잼 빵을 먹더니 『오, 이것도 맛있구나』라며 마음에 든 모습이다. 크림빵도 『우유 맛을 진하게 한 것 같은 맛이 나는구나. 이것도 맛있다』고 한다. 전부 마음에 든 모양이다.

저기, 페르 단거 먹을 수 있는 거야?

전혀 복수가 안 되잖아.

『더 다오.』

오히려 좋아하며 더 달라고 요구할 정도고. 아니, 그래도 단과자빵 열다섯 개를 먹었다고. 이 이상 먹으면 과식이야. 당뇨(펜리르에게 당뇨병이 있는지는 모르겠으나)나 충치도 주의해야 한다고. 그러다 고기 못 먹게 된다.

"단걸 너무 많이 먹으면 병에 걸려."

『흥, 이 몸이 병 따위에 걸릴까 보냐. 그보다 어서 더 다오.』

어쩔 수 없이 단팥빵과 잼 빵과 크림빵을 각각 두 개씩 추가해주면서 "병에 걸리지 않는다는 거야? 어떻게?"라고 물어보았다.

『바람의 여신 닌릴 님의 가호가 있기 때문이다. 이 몸의 경우에는 바람의 여신의 가호 덕분에 바람 마법을 잘 쓸 수 있게 되는 것 외에도, 독이나 병은 물론 다양한 상태 이상을 무효화할 수 있다. 참고로 상태 이상의 무효화는 어떤 신의 가호에도 붙어 있다.

신의 가호란 그런 것이다.』
신의 가호가 있는 것만으로, 다양한 상태 이상을 무효화?
어, 뭐야 그 충격적인 사실은.
신의 가호, 약았어.
다양한 상태 이상을 무효화라니, 그것만으로도 치트잖아.
페르는 가호가 없어도 강하잖아.
나야말로 그 신의 가호가 필요하다고.
신이시여, 어느 신이든 좋으니까 나에게 가호를 내려주세요오옷.

◇ ◇ ◇ ◇ ◇

"저기, 페르. 우리들 특별히 목적지를 정하지 않고 이렇게 여행을 하고 있잖아? 어디 가고 싶은 곳 있어?"
나로서는 일단 그 수상쩍은 레이세헬 왕국을 떠날 수 있었으니, 앞으로는 여행을 하며 어느 정도 그 나라와 떨어진 곳에 갈 수 있으면 그걸로 충분한데.
『그렇다면 서쪽은 어떠냐? 서쪽에 있는 심원의 숲에는 맛있는 마물이 많다.』
"서쪽? 서쪽에는 어떤 나라가 있는데?"
『음, 그런 건 모른다.』
모른다니, 너…….
"나라 이름이 뭔지, 어떤 나라인지 하는 건 중요하다고. 전쟁이라도 벌이고 있으면 위험하잖아."

『음, 나라 이름 따위 모른다. 사람이 싸우고 있든 아니든 이 몸에게는 관계없는 이야기다. 그리고 사람은 어디서든 다툼을 일으키니 말이다.』

나라의 이름 따위 모른다니, 페르에게 물어본 게 실수였어.

뭐, 페르같이 강하면 한창 전쟁을 벌이는 중에 뛰어들어도 상처 하나 없을 테니까, 인간들의 나라 이름이나 정세를 알 필요도 없을지 모르겠지만.

하지만 나로서는 그럴 수 없다는 말씀.

사람은 어디서든 다툼을 일으킨다는 건, 이 세계에서도 국가 간의 싸움 같은 것이 끊이지 않는다는 뜻인가. 그 레이세헬 왕국도 이웃 마르베일 왕국과 전쟁을 벌일 것 같다고 들었었지.

아무래도 여행을 하는 이상은 이 세계 나라들에 관한 것과 각각의 정세를 한번 알아둘 필요가 있을 것 같다.

그렇다면 역시 지도를 갖고 싶네. 지금까지는 페르 때문에 도중에 있던 마을들에는 들르지 않고 우회했었다. 하지만 지도가 필요하니 다음에는 들어가 보기로 하자.

『이 앞에 마을이 있다.』

페르는 기척을 감지하는 것이 가능한지, 마물이 있는 곳이나 사람이 있는 곳을 알게 되면 이렇게 가르쳐준다.

『또 우회할 생각이냐?』

"아니, 이번에는 들어갈 거야. 지도가 필요하니까."

마을 입구가 보이기 시작했을 때, 마을 문지기 같은 사람이 "멈춰라"라며 이쪽을 향해 창을 들이밀었다.

"모험가 무코다라고 합니다. 여기는 제 사역마고요."

문지기를 향해서 커다란 목소리로 말했다.

"증거는?"

"길드 카드를 보여드릴 수 있습니다."

그의 물음에 그렇게 대답했다. 상인 길드의 길드 카드를 제시하고 싶지만, 페르가 있기 때문에 사역마가 있다는 사실을 증명할 수 있는 모험가 길드의 길드 카드(이름과 랭크 외에 사역마가 있을 경우 그 사실이 기재된다)를 제시하고 들어갈 수밖에 없었다.

내 대답에 문지기 중 한 사람이 흠칫흠칫하며 이쪽으로 다가왔다.

"이게 길드 카드입니다."

"으, 음, 확실히 사역마인 모양이군. 이, 이, 이 녀석은 그레이트 울프인가?"

문지기는 그레이트 울프라고 착각해주었고, 펜리르라고 말하는 것보다는 낫다고 생각해서 부정하지 않고 "네"라고 대답해두었다.

『어이 "쉿."…….』

페르가 뭔가 말하려는 것을 제지했다. 그레이트 울프라고 해도 이렇게 겁을 먹고 있는데, 펜리르라고 말하면 이 문지기 어떻게 될지 모른다고. 게다가 마을 사람 여럿이 멀리서 이쪽을 보고 있고.

『이 몸은 그레이트 울프가 아니다.』

갑자기 페르의 목소리가 머릿속에 울렸다.

"으와앗!"

"응? 왜 그러지?"

"아, 아뇨 아뇨, 아무것도 아닙니다. 네……."

"그런가. 그건 그렇고 A랭크인 그레이트 울프를 사역하다니, 당신 대단한 모험가로군."

문지기의 그 말에 애매하게 웃어 보인다.

『그러니까 이 몸은 그레이트 울프가 아니다.』

페르의 목소리가 또다시 머릿속에 울렸고, 나는 페르를 빤히 바라보았다.

『음? 이거 말이냐? 이건 염화(念話)다. 사역의 계약을 맺은 자들끼리는 염화가 가능하다.』

호, 그런 거 처음 듣는데.

『음, 이 몸도 사역 계약을 한 것은 처음이었던 탓에 완전히 잊고 있었다.』

페르 씨, 그런 중요한 건 잊으면 안 되잖아. 하지만 사역 계약을 맺은 자들끼리 염화를 할 수 있다는 건, 나도 페르에게 염화로 말을 걸 수 있다는 건가?

『아, 아, 아, 페르 들려?』

『음, 들린다.』

『그레이트 울프라고 말한 건, 그렇게 말해두는 편이 좋아서야. 생각해봐. 그레이트 울프라고 해도 저렇게 겁을 먹는데, 전설의 마수 펜리르라고 말하면 어떻게 될 것 같아?』

『크으읏, 허나…….』

『허나고 뭐고 할 것 없어. 쓸데없는 소란을 일으키는 것보다는 훨씬 낫잖아. 앞으로 인간들 마을이나 도시에 들어갈 때에는 페르는 그레이트 울프라는 설정으로 갈 거야.』

『음, 어째서냐?』

『펜리르라고 알려지면 나라나 귀족들이 움직일 테니까. 그렇게 되면 귀찮아진다고.』

『그건 그렇다만, 나라니 귀족이니 하는 것들이 오면 이 몸이 토멸해버리면 되지 않느냐.』

이 몸이 토멸해버리면 된다니…… 전부터 좀 생각했었는데, 페르는 뇌까지 근육인 거지?

『토멸해버리면 된다니, 오는 녀석들을 전부 그렇게 해버리면 우리가 있을 곳이 없어진다고. 게다가 그런 짓들을 해댔다간 인간들의 나라가 단결해서 "펜리르를 처치하자, 펜리르에게 죽음을" 하는 상황이 될지도 모른단 말이야. 그건 그것대로 귀찮잖아.』

『크음, 확실히 그럴 수도 있겠구나.』

『그렇지? 그러니까 여기는 편의상 그레이트 울프란 걸로 해두자고.』

『자네가 그리 말한다면 어쩔 수 없구나.』

『아, 그리고 마을이나 도시 같은, 사람들이 있는 곳에서는 기본적으로 염화로 얘기하기로 하자. 페르가 말을 하면 펜리르라는 걸 들킬 테니까.』

『음, 그래. 알았다.』

우리의 이런 염화 후에, 무사히 마을에 들어가도 좋다는 허가를 받아서 마을 안으로 들어갔다. 하지만…….

마을 사람들의 시선이 따갑습니다. 게다가 촌장까지 나타났다.

"레덴 마을에 오신 것을 환영합니다. 모험가님이신 듯한데, 무슨 용건으로 이런 아무것도 없는 마을에 오셨는지요?"

"실은 지도가 필요해서 이 마을에 들러본 것입니다만……."

"이런 작은 마을에 지도 같은 고가의 물건은 없습니다. 있다고 하면, 이 마을에서 나흘 정도 더 가면 나오는 라우텔 정도일까요? 그곳이라면 서점도 있고, 공립 도서관도 있으니까요."

이 세계에서 종이는 귀한 데다, 책은 전부 손으로 직접 쓰기 때문에 서점에서 판다고 해도 당연히 고가가 된다.

그런 고가인 물건은 어느 정도 커다란 도시에서만 판다고 하는데, 라우텔은 왕도 다음으로 커다란 도시이니 대부분의 물건은 갖춰두었을 것이라고 한다.

궁금한 것들을 촌장님에게 들었으니 바로 마을을 나가기로 했다. 마을 사람들은 페르 같은 커다란 마수가 있어서 불안한 것 같았고, 촌장님도 어서 나가주었으면 하는 눈치였다.

외부인에게 친절하지 않은 마을이군. 뭐 다음 목적지가 정해졌으니 상관없지만.

라우텔은 레덴 마을을 나서서 있는 길을 따라 나흘 정도 나아간 곳에 있다고 했다.

"그럼, 라우텔이라는 도시에 가볼까. 하지만 나흘이라, 얼른 지도를 갖고 싶은데."

『음? 서둘러 가고 싶다면 내 등에 타겠느냐?』

"태워준다면 감사히 그러겠지만, 그래도 지난번처럼 속도를 내지는 말아줘."

『그 속도로 가면 하루도 걸리지 않아 도착할 수 있다. 아니면 더 빨리 도착하는 편이 좋은 것이냐?』

"아니 아니 아니, 그 속도로도 떨어질 것만 같았는데, 그 이상이면 죽는다고. 나흘 걸리는 거리를 이틀에 가는 정도의 스피드가 좋아. 절대로 속도를 너무 내지 말아줘."

『좀 느린 것 같다만, 자네가 말하는 대로 하겠다.』

그리하여 우리는 라우텔로 향하는 길에 올랐다.

◇ ◇ ◇ ◇ ◇

"어이, 페르. 날도 저물기 시작했으니까 오늘은 이 근처에서 야영하자."

페르의 등 위에서 흔들려가며 말을 걸자 페르가 걸음을 멈추었다.

『그래, 밥을 다오. 배가 고파졌다.』

네네, 오늘은 하루 종일 등에 태워줬으니까. 페르가 좋아하는 고기를 제대로 먹게 해주자.

그렇다면 고기를 배 두둑하게 먹었다는 느낌이 드는 메뉴가 좋으려나.

그럼 이게 괜찮을지도 모르겠네.

나는 아이템 박스에서 자이언트 디어 고기를 꺼냈다.

자이언트 디어, 커다란 사슴 같은 마물이다.

사실 전에 딱 한 번 사슴을 먹어본 적이 있다. 직장 선배의 친척이 수렵회 회원이라 신선한 사슴 고기를 받았다며, 선배 집에서 식사를 대접해주었던 것이다.

그 수렵회 친척의 말에 따르면 사슴 고기를 가장 맛있게 먹는 방법은 스테이크라고 했고, 선배는 그 말대로 사슴 고기 스테이크를 만들어주었다. 사슴 고기는 질기고 향이 강하다는 이미지를 갖고 있었는데, 먹어보니 전혀 달랐다. 탄력이 있기는 했지만 질기지는 않았고, 이상한 냄새도 없어서 맛있었다.

이 자이언트 디어 고기도 선배 집에서 먹었던 사슴 고기와 비슷한, 지방이 적은 살코기이니 괜찮을 것 같다. 선배가 만들어주었던 것을 흉내 내서 자이언트 디어 스테이크를 만들기로 했다.

우선은 크게 잘라둔 자이언트 디어 고기에 살짝 칼집을 넣은 다음 칼등으로 두드려준다. 사슴 고기는 섬유가 많기 때문에 두드려서 잘라두면 부드럽고 촉촉해진다고 한다.

그런 다음 자이언트 디어 고기에 소금과 후추를 뿌리고, 잠시 기다려 간이 배게 한다.

고기에 소금과 후추가 배어들면 프라이팬에 버터를 넣어 녹이고 굽는다.

양면이 갈색을 띠면 끝이다.

"페르, 다 됐어."

자이언트 디어 스테이크를 페르에게 내주었다.

그럼 나도 먹어볼까.

우물우물………… 오옷, 맛나다.

냄새도 없고 씹는 맛도 적당하고, 씹을수록 육즙이 넘쳐 나온다.

느끼하지 않아서 얼마든지 먹을 수 있을 것 같다.

『한 그릇 더.』

페르도 맛있었는지, 곧바로 더 달라고 재촉했다.

추가로 자이언트 디어 고기를 굽는다.

다음 맛은…… 짠, 늘 먹는 스테이크 소스다.

역시 스테이크에는 이거지. 페르도 마음에 들어 하는 것 같으니까.

우선은 페르가 제일 맛있다고 했던 마늘 맛이다.

『우걱우걱…… 음, 으음, 맛있구나.』

그 다음은 같은 무, 양파, 버터 맛을 순서대로 내놓았다.

나도 추가로 양파 맛 소스를 더한 스테이크를 먹었다. 느끼하지 않아서 더 먹어버렸다.

『자이언트 디어도 이렇게 먹으니 맛이 좋구나.』

뭐, 지금까지는 생으로 먹었을 테니까.

일본의 식품 회사는 위대하다고, 진짜.

그렇다고 해도 자이언트 디어 고기는 예상 이상으로 맛있었다.

끄윽…………. 맛있어서 그만 너무 먹고 말았다.

페르 것과 비교하면 훨씬 작다고는 하지만, 역시 스테이크 두 장은 과식이었구나.

자 그럼, 조리 도구를 정리하고 잠자리를 준비하자.

우선은 종이 상자를 깐다. 인터넷 슈퍼에서 장을 보면 생기는 종이 상자다.

나는 깨달았다. 이불은 땅바닥에 바로 깔면 안 된다는 것을.

맨 처음에는 아무 생각도 없이 바로 깔아버려서, 모처럼 산 이불이 눅눅해져서 큰일이었다고.

침대나 마루판 같은 게 있으면 좋겠지만, 아무리 인터넷 슈퍼라고 해도 그런 것까지는 팔고 있지 않았다.

그래서 이불 아래에 뭔가 깔 게 없을까 생각하다가, 아 종이 상자가 있었지! 하고 깨달았던 것이다. 인터넷 슈퍼에서 장을 보면 그때마다 종이 상자도 함께 보내졌는데, 얼마 전까지는 완전히 쓰레기라고 여겼었다. 그래서 인터넷 슈퍼에서 산 식재료가 담긴 봉지들과 함께 아이템 박스 안쪽에 방치해두었었다.

하지만 이렇게 종이 상자를 깔고 그 위에 이불을 펴면 눅눅해지지도 않고 더러워지지도 않는다.

종이 상자의 유효 활용이다. 친환경이군, 친환경.

『어이, 내 잠자리도 준비해다오.』

예이예이. 내가 이불을 준비해 잠자는 것을 본 페르가 『그거 좋아 보이는구나. 내 것도 준비해다오』라고 졸라대서 결국 사고 말았습니다. 네.

혼자만 이불 속에서 잠드는 것도 마음 불편한 데다, 돈을 벌어준 것도 페르니까.

그러니까 뭐 상관은 없지만, 페르는 몸집이 크기 때문에 이불을 세 채나 사야만 했다고.

종이 상자를 깐 위에 페르용 이불을 세 장 펴주었다.

"페르, 잠자리 준비됐어."

『음.』

페르가 이불 위에 뒹굴 하고 누웠다. 배가 불러 무척 졸린 모양이다.

『흐아~암.』

전설의 마수가 크게 하품을 했다.

"자기 전에 결계는 꼭 펼쳐줘."

『알았다……. 펴두었다. 이제 잔다.』

그리 말한 페르는 곧바로 잠든 숨소리를 내기 시작했다.

"빨라! 벌써 잠든 거냐? 그럼 나도 자도록 할까."

페르의 결계 덕분에 안심하고 잠든다. 내 이불 안에서 푹, 깊게.

내일은 드디어 라우텔에 도착한다. 페르는 점심 전에 도착할 거라고 했는데, 문제없이 들어갈 수 있었으면 좋겠다.

한 담 어느 모험가의 회상

"하아……."

"한숨을 다 쉬고, 무슨 일 있어? 빈센트."

"아니, 맛있는 밥이 또 먹고 싶어져서."

"응응, 나도 그래. 또 무코다 씨가 해준 밥 먹고 싶어."

"리타도 그렇지? 역시 그 밥은 정말 맛있었어."

절실한 빈세트의 말에 다른 멤버들도 동의했다.

이렇게 말하는 나도 역시 그렇다.

얼마 전에 맡았던 호위 의뢰를 떠올린다.

그것은 우리 파티 '아이언 월'에게 여러 가지 의미로 잊을 수 없는 임무가 되었다.

◇ ◇ ◇ ◇ ◇

모험가 길드에서 소개받은 남자는, 이 근처에서는 보기 힘든 밋밋한 생김새의 남자였다.

중간 체격에 중간 키, 강한 것과는 인연이 멀어 보여서 남자가 여행길의 호위를 의뢰한 것도 납득이 되었다.

남자의 이름은 무코다라고 했다.

무코다는 이웃 나라에 가고 싶다고 말했고, 우리로서도 수상쩍은 움직임을 보이는 이 나라를 서둘러 나가야만 한다고 이야기를 하던 참이라, 우리가 받던 보수보다 적었지만 금화 여덟 닢인 의뢰를 받아들이기로 했다.

이웃 나라로 가는 길은 비교적 안전하기 때문이기도 했지만, 식사를 의뢰인이 준비한다는 것도 의뢰를 받아들이는 데 결정적인 이유가 되었다.

의외로 식사라는 것은 가볍게 여길 수 없다. 멤버 다섯 명분이나 되면 돈도 드는 법이다.

보통 여행 중의 식사는 육포나 딱딱한 빵을 주로 먹는다. 맛있지는 않지만 먹지 않으면 모험가로서 힘도 내지 못한다. 무코다 씨가 준비해주는 식사도 당연히 육포나 딱딱한 빵일 거라 생각했는데, 그런 것과는 차원이 다른 맛있는 음식들이었다.

무코다 씨가 준비해준 식사는 커다란 도시의 유명 음식점에서 먹는 식사에도 뒤지지 않을 정도로 맛있었다.

무코다 씨의 고향 방식으로 만들었다고 하는 부드러운 빵, 그리고 적당하게 간이 된 햄과 육즙이 가득한 소시지, 따뜻하고 건더기가 가득 든 수프 등등……. 여행 중이라고는 생각할 수 없을 정도로 호화롭고 맛이 좋았다.

우리들은 이 의뢰를 수락한 것이 정답이었다고 기뻐했다.

당연하다. 도시에 있을 때보다 맛있는 밥을 먹을 수 있었으니까.

여행길에 나타난 마물도 고블린이나 그레이 울프 같은 피라미들이 대부분이었고, 레드 보아가 나오기는 했지만 그것도 우리들에게는 그다지 힘든 상대가 아니었다.

보통 여행 중에 마물을 사냥하게 되면 가죽과 송곳니 등의 비싼 것들을 우선적으로 가져가고, 고기 등은 상하기도 하여 먹을 수 있는 만큼 먹고 나머지는 버리는 것이 당연한 일이었다.

하지만 무코다 씨가 아이템 박스 소유자였던 덕분에 고기도 가지고 갈 수 있었다.

그 레드 보아 고기를 사용해서 무코다 씨가 본인 고향 방식으로 양념한 요리를 해주었는데, 이게 또 일품이었다. 내가 지금까지 먹어본 음식 중에서 제일이라고 말해도 과언이 아닐 정도의 맛이었다.

그것이 원인이 되어 그런 일이 일어날 거라고는 생각도 못 했지만 말이다.

무코다 씨가 만든 요리의 맛있는 냄새에 이끌려서, 전설의 마수 펜리르가 그 모습을 드러냈다.

전설의 마수이며, 한 번도 그 모습을 본 적이 없었음에도 우리는 보자마자 그 존재가 펜리르라는 것을 깨달았다.

그리고 그 절대적 강자를 거슬러서는 안 된다고 이해했다.

그때는 정말로 조마조마했다.

살아 있는 느낌이 들지 않았다.

모험가가 된 이후로 그렇게 궁지에 몰린 것은 처음이었다.

그도 그럴 것이 상대는 전설의 마수 펜리르다.

나라조차도 멸망시켰다고 하는, 분명 인간으로서는 도저히 어찌할 수 없는 상대를 눈앞에 두고 있던 것이다.

하지만 펜리르는 우리들을 전혀 공격해 오지 않았다.

무코다 씨의 요리를 보고 『나에게도 그것을 다오』라고 말했을 뿐이다.

우리가 펜리르에게 상대가 될 리도 없으니, 무코다 씨에게 펜리르가 말하는 대로 하라고 전했다. 그리고 무코다 씨가 만든 요리를 먹은 펜리르는 믿을 수 없는 말을 꺼냈다.

『음, 자네와 계약을 해주도록 하지』라고.

맨 처음에는 잘못 들은 것이리라 여겼다.

전설의 마수 펜리르가 인간의 사역마가 되다니 들어본 적도 없었기 때문이다.

이전에 목격된 예도 거의 300년 정도 전의 일이다.

장수종인 엘프를 제외하면, 지금 살아 있는 인간 중에 펜리르를 본 것은 우리가 처음일 터였다.

그런, 보는 것조차 불가능하던 펜리르와 사역 계약을 맺는 것이다.

그것도 펜리르 쪽에서 원해서.

그 펜리르에게 싫다고 답하는 일은 있을 수 없었고, 무코다 씨는 전설의 마수 펜리르와 사역 계약을 맺었다. 그리고 무코다 씨는 전설의 마수 펜리르에게 '페르'라는 이름을 주었다. 우리들은 우연히도 역사적 순간을 마주하게 된 것이다.

다만, 이 사역 계약을 맺은 이유가 말이지…….

""""""설마 전설의 마수가 먹을 거에 낚여서 사역 계약을 맺을 줄은……. """"""

우리 멤버 다섯 명의 감상이 일치했다. 무코다 씨는 그 점에 어처구니없어했다고 할까, 맥이 풀렸는지 페르 님을 편안하게 대했지만, 우리들은 아무리 그래도 그렇게까지 낙관할 수 없었다.

무코다 씨는 잘 모르는 것 같았지만, 펜리르 정도의 강자를 사역마로 삼으면 귀족은 물론이고 각 나라도 가만히 있지 않을 것이다.

강한 존재를 자신들 아래에 두기 위해 움직이기 시작할 것이 당연하다.

그런 걱정의 말을 들은 페르 님의 대답은 『먼저 손을 댄다면, 멸망시키면 된다』였다.

등줄기에 식은땀이 흘렀다. 페르 님이라면 그 말대로 할 수 있기 때문이다.

나는 그 말을 듣고 귀족과 국가들이 바보 같은 짓을 하지 않기만을 빌었다.

무코다 씨는 그런 일은 신경도 쓰지 않고, 잘 먹는 페르 님에게 "고기가 먹고 싶으면 직접 사냥해 와" 같은 말을 하고 말이지.

그 말을 들었을 때는 우리도 입이 떡 벌어질 만큼 놀라고 말았다.

전설의 마수인 펜리르에게 직접 사냥해 오라는 말을 할 수 있는 무코다 씨가 존경스러웠다고.

먹을 것에 낚인 것만이 아니라, 어쩌면 페르 님은 그런 점까지도 다 알고 무코다 씨와 사역 계약을 맺은 것일지도 모른다고 나는 생각하고 있다.

페르 님은 자신을 이용할 생각밖에 없는 귀족이나 나라 같은 놈들과는 절대로 사역 계약 같은 걸 맺지 않으리라. 무코다 씨는 페르 님을 이용하려는 생각 같은 건 전혀 하지 않는 것 같았다.

그렇다기보다, 이용한다는 선택지 자체가 없을 것이다.

무코다 씨에게 당장의 문제는 페르 님이 먹는 어마어마한 양이었으니까. 하하하.

그리고 무코다 씨에게 "고기가 먹고 싶으면 직접 사냥해 와"라는 말을 들은 페르 님이 정말로 잡아 온 사냥감은 록 버드였다.

그것도 정말 놀랐다. 록 버드는 B랭크 마물이다.

우리 '아이언 윌'이 전력으로 싸워도 이길 수 있을지 어떨지 모를 정도의 마물이다.

예전에 록 버드를 우리끼리 사냥했을 때는 모두 만신창이가 된 데다, 빈센트에 이르러서는 오른쪽 다리가 골절되기까지 했었다.

그런 대단한 마물을, 무코다 씨는 해체를 해주었다는 이유만으로 고기 이외의 소재를 우리들에게 주었다.

해체와 레드 보아 고기 대신이라는 말을 들었지만, 너무 많은 대가다.

하지만 무코다 씨가 받아달라는 주장을 꺾지 않아서, 너무 많기는 했지만 받기로 했다.

그 록 버드를 그렇게 짧은 시간에 사냥해 오다니, 우리는 수많은 펜리르의 전설이 사실이라는 것을 똑똑히 확인하게 되었다.

그러고 보니 그 록 버드를 구운 것도 맛있었지.

그 달달하고 매콤하고 짭짤한 소스가 정말 최고였다.

이런 이런, 무코다 씨의 요리를 떠올리니 군침이 돌기 시작했다.

페넨 왕국에 입국할 때도 큰일이었지. 역시 성채에서도 페르 님이 전설의 마수 펜리르라는 것을 알아챘는지, 경비병이 전부 나와 대기했다.

무코다 씨와 페르 님이 사역 계약을 맺었다는 사실을 알고 어찌어찌 무사히 입국할 수 있었지만. 뭐 어느 쪽이든 페르 님이 진심으로 나서면 성채의 경비병들 따위는 잠시도 버티지 못했을 테고, 나라까지 위험해진다.

사역 계약을 맺은 무코다 씨의 말은 듣는다는 것을 알았으니, 당연히 괜한 분란을 일으켜 긁어 부스럼을 만들기보다는 순순히 입국시키는 쪽을 선택하리라.

파리엘에 들어가자마자 귀족의 고용인이 말을 걸어왔지만, 페르 님이 일축해버렸다.

앞으로도 무코다 씨에게는 여러 일이 있을 거라 생각하지만, 페르 님이 다 알아서 해결하시겠지.

그렇게 생각하면 그 둘(한 사람과 한 마리)은 좋은 콤비일지도 모르겠다.

"아~ 무코다 씨, 어디선가 식당이라도 해주지 않으려나."

그렇게 그 둘에 관하여 이런저런 생각을 하고 있으려니, 빈센트가 그런 말을 꺼냈다.

"아, 나도 그 생각했어. 그러면 당장에라도 먹으러 갈 텐데."

식욕이 왕성한 리타도 동조했다.

"먹는 데 그다지 집착하지 않는 저도 그렇게 생각해요."

프랑카까지도 그런 말을 했다.

"확실히."

말수가 적은 라몬도.

이렇게 말하는 나도 그렇게 생각한다.

하지만, 그것보다도………….

"그 둘과 또 만날 수 있었으면 좋겠네."

내가 한 그 말에 멤버 모두가 고개를 끄덕였다.

전혀 강해 보이지 않는 밋밋한 얼굴을 한 요리를 잘하는 남자와 전설의 마수면서 먹을 거에 낚여서 사역마로서 계약을 맺은 페르 님.

그 둘과 다시 만나기를 우리는 바랐다.

라우텔에 들어가는 것은 힘들었다. 페르가 있어서라기보다, 마을에 들어가는 사람들이 길게 줄을 늘어서 있었기 때문이다. 줄을 섰더니 사람들이 비명을 지르기도 했고.

"사역마니까 괜찮습니다."

그렇게 주변 사람들에게 설명하느라 힘들었다.

역시라고 해야 할지, 문에 가까워지니 문을 지키고 있던 풀 플레이트 갑옷을 입은 병사가 창을 들이밀고 제지를 해왔다.

"멈춰라."

"페르, 멈춰줘."

페르가 서자, 병사가 창을 쥐며 가까이 다가왔다.

"사역마인가?"

"네. 제 사역마입니다. 여기, 모험가 길드의 카드를 확인해보십시오."

나는 병사에게 길드 카드를 제시했다.

"확실히 사역마가 있군. 그건 그레이트 울프인가?"

"네."

"잘도 A랭크 마물을 사역했군그래."

"네. 운이 좋았습니다."

"사역 계약을 맺은 데다 자네를 태우고 있을 정도라면 괜찮을 거라 생각하지만, 혹시 무슨 일이 생기면 사역마의 주인인 자네가 벌을 받게 된다. 마을에 피해가 나올 경우, 그 정도에 따라서는 사형이나 노예가 될 수도 있으니 사역마를 잘 관리할 수 있도록 주의하게."

"알겠습니다."

후우~ 못을 박아두는 말을 듣기는 했지만 무사히 들어올 수 있었다.

하지만 사형에 노예라니…………. 뭐야 그거, 무섭잖아.

그보다, 역시 노예가 있구나. 이세계에 인권은 없구먼. 이세계 무서워.

우선은 숙소부터 확보할까.

아, 문에 있는 병사에게 묻는 편이 빠를라나.

사역마와 함께 묵을 수 있는 숙소를 병사에게 물어보자, 문을 통과하여 똑바로 나아가다 세 번째 골목길로 들어가면 바로 나오는 '에르미라 여관'을 추천한다고 했다.

병사가 가르쳐준 숙소로 향한다. 라우텔은 왕도 다음으로 큰 도시답게 역시 사람이 많았다.

수는 많지 않지만, 동물 귀에 꼬리가 달린 수인(獸人)도 가끔씩 발견할 수 있었다.

그 대부분이 목줄을 하고 있었으니, 어쩌면 노예일지도 모른다.

나와 페르가 걷고 있는 모습을 본 사람들이 한순간 움찔하기는 했지만, 소란이 일어나지는 않았다.

"사역마인가……."

안도하며 그리 말하는 소리가 들려오는 것을 보면, 이쯤 되는 도시에서는 사역마를 데리고 다니는 모험가도 꽤 있는 것일지 모르겠다.

에르미라 여관에 도착해 물어보니, 사역마 동반 숙박료는 은화 여덟 닢이었다.

페르는 축사에서 대기하기로 하고, 나는 숙소에서 물어 알게 된 서점으로 향했다.

◇ ◇ ◇ ◇ ◇

서점에 들어가니, 안은 오래된 책으로 가득 채워져 있었다.

가게 안을 이리저리 살피며 지도 같은 것이 없는지 확인해보았지만, 지도로 보이는 것은 없었다.

그 대신 재미있어 보이는 책을 발견했다.

『누구라도 이해할 수 있는 마법 입문서』란 책이었다.

이거, 갖고 싶은데. 파이어 볼은 어찌어찌 쓸 수 있게 되었지만, 다른 마법도 쓸 수 있게 되면 내 몸을 지키는 수단이 느는 일로도 이어지니까.

책은 비싸다고 들었는데, 얼마 정도 하려나?

"실례합니다. 이 책 얼마인가요?"

가게 주인이 슬쩍 이쪽을 보고 "금화 일곱 닢"이라고 대답했다.

우와아, 비싸다. 금화 일곱 닢이나 하는 거야, 이건 못 사겠네.

이 도시에는 도서관도 있다고 들었으니, 그쪽에서 마법 관련 책을 보기로 하자.

목적했던 지도는 있기만 하면 비싸더라도 사야지.

지도가 없는지 물어보니 가게 주인은 "지도 같은 게 일개 서점에 있을 리가 없잖아"라며 일축해버렸다.

지도를 가진 건 왕성이나 군부의 높으신 분들 정도인 모양이다.

아, 그런가. 지도는 군사 기밀 같은 종류인 건가. 그러면 손에 넣을 수 없겠네.

숙소로 돌아가는 길에 지도를 어떻게 할까 생각해보았다.

특별히 자세하게 그려진 지도를 원하는 게 아닌데 말이지. 이 나라는 이 근처에 있고, 북쪽에는 이 나라가 있으며 남쪽에는 이 나라가 있다 하는 느낌으로 이 세계의 지리를 대략적으로 알 수 있으면 된다.

각 나라의 정세는 모험가가 모일 법한 술집에 가면 모험가들에게 이것저것 들을 수 있을 터다.

아, 모험가에게 이 나라와 이 나라는 인접해 있다 하는 걸 들을 수 있을지도. 모험가는 직업상 여러 나라를 다닐 테니까 말이야.

그렇다면…… 도서관에 오래된 지도 같은 거라도 없으려나?

옛날 지도여도 좋으니 이 대륙의 대략적인 형태라도 파악하고, 거기에 모험가들에게 들은 이야기를 바탕으로 나라를 적어 넣으면 어느 정도의 지도가 될 것 같은데.

좋아, 그 방법으로 가자.

내일은 도서관에 가서 옛날 지도를 찾아보는 거다.

아, 마법 관련 책도 좀 보고 싶네.

◇ ◇ ◇ ◇ ◇

그럼 오늘은 하루 종일 도서관에 틀어박힐 예정이다.

그 이야기를 들은 페르는 구시렁구시렁 불만을 늘어놓았지만 (주로 밥에 관해서), 아침부터 여러 고기를 잔뜩 구워두고 온 데다, 의외로 마음에 들어 했던 단과자빵도 듬뿍 안겨주고 왔으니 뭐 괜찮겠지.

도서관의 위치도 숙소에서 물어 알아두었다. 어제 메모용 대학 노트와 볼펜도 인터넷 슈퍼에서 구입해놓았다.

그럼, 도서관에 가볼까요.

……………….

………….

…….

결과를 전하겠다.

지도, 없었다.

입관료로 은화 두 닢이나 지불했는데…… 풀썩.

꽤 긴 시간 여러 가지로 찾아보았지만, 지도 같은 건 어느 책에도 실려 있지 않았다.

찾기 시작한 지 한참이고, 이건 이제 없는 거구나 싶어졌기 때문에 마법 관련 책으로 옮겨갔는데, 이쪽은 얼마 열람하지도 않았는데 여러 가지를 알게 되었다.

그래서 알게 된 것이, 마력은 누구나 갖고 있지만 그 사용법(내가 한 마력을 체내에 순환시키는 그거겠지)을 모르면 마법을 발동할 수 없다고 한다.

누구나 마력을 갖고 있음에도, 마법사가 될 수 있는 자는 한정되어 있는 이유는 마력을 느낄 수 없거나 느껴도 마력의 사용법(마력을 체내에서 순환시키는 것)을 제대로 모르기 때문이라고 한다.

마법의 기본은 불 마법 · 물 마법 · 바람 마법 · 흙 마법, 특수한 것이 얼음 마법 · 번개 마법 · 회복 마법 · 성 마법 · 신성 마법, 종족의 특성인 것이 초목 마법 · 어둠 마법이라고 한다.

기본인 불 마법 · 물 마법 · 바람 마법 · 흙 마법은 그 적성이 있고, 마력 사용법을 알기만 하면 비교적 간단하게 습득할 수 있다.

하지만 특수한 얼음 마법 · 번개 마법은 기본인 불 · 물 · 바람 · 흙 마법을 모두 쓸 수 있어야만 발동한다는 모양이다. 애초에 기본인 불 · 물 · 바람 · 흙 마법을 전부 쓸 수 있는 마법사 자체가 적기 때문에, 얼음 마법 · 번개 마법을 쓸 수 있는 마법사도 극히 적다고 되어 있었다.

회복 마법에 관해서도, 적성이 있으면서 교회에서 일정 기간 수업을 받아야만 쓸 수 있다고 한다.

성 마법은 더욱 특수한데, 용사, 성녀, 성기사 등의 지극히 한정된 직업을 가진 자밖에는 습득할 수 없는 마법이라고 했다. 공격력이 높은 라이트닝 애로우(성광의 창)나 언데드에 효과가 뛰어난 홀리 라이트(정화의 빛)을 쓸 수 있는 모양이다.

신성 마법에 이르면, 특수하다기보다 전설이라는 느낌으로 쓰여 있다. 우선 신의 가호가 없으면 습득할 수 없다. 신의 가호를 받은 자의 자체가 무척이나 희소하기 때문에 어떤 마법인지도 명확하지 않은 모양이다. 그저 마물의 대군을 일격에 쏘아 죽였다든가, 일국을 멸망시켰다든가 하는 그런 이야기가 전해지고 있다고 한다.

종족 특성인 초목 마법 · 어둠 마법은 그 이름대로 특정 종족밖에 사용할 수 없으며, 초목 마법은 엘프, 어둠 마법은 마족만 사용할 수 있다고 한다.

아무도 이쪽을 보고 있지 않다는 것을 확인하고 나는 마법에 관하여 알게 된 내용을 노트에 메모했다. 사서님이 말을 걸어올 때까지.

목적하던 지도는 찾지 못했지만, 마법에 관해서는 그 나름대로 알게 되었으니 다행이라고 해둘까.

"다녀왔어."

여관에서 기다리던 페르에게로 가자, 페르가 토라져 있었다.

『늦다.』

아침에 그렇게나 많이 두고 갔던 음식들이 깨끗하게 비워져 있었다.

"미안, 미안."

『흥, 자네가 너무 늦은 탓에 배가 고파 견딜 수가 없다.』

"지금 바로 만들 테니까, 기분 풀어. 또 고기 잔뜩 줄게."

『이세계의 음식이 좋다.』

하아, 그거냐.

하지만 인터넷 슈퍼(이세계)의 식재료를 너무 먹으면 활력이 넘쳐흐르기 시작하잖아.

그래도 뭐, 내가 너무 늦게 돌아온 거니까 조금은 먹게 해줄까.

인터넷 슈퍼에서 닭 꼬치와 돈가스를 구입. 물론 양은 적게.

라고 해도 어디까지나 페르 기준으로 그렇다는 거다.

닭 꼬치의 꼬치를 빼서 접시에 담고, 돈가스도 다른 접시에 담기 시작했다.

"이세계의 음식은 일단 이것만이야. 그리고 지금부터 고기 더 구워줄 테니까, 기다려."

페르가 적다느니 어쩌느니 하며 투덜거렸지만, 무시하고 고기를 구웠다.

양념은 늘 먹는 스테이크 소스에 불고기 소스다.

고기를 접시에 담아 페르에게 주자 우걱우걱 먹기 시작한다.

나도 이후에 또 가고 싶은 곳이 있기 때문에 시간을 들일 수는 없었다.

도서관에서 지도를 찾지 못했으니, 모험가들에게 각 나라의 정세 같은 것들이라도 들어두고 싶은 것이다.

어라? 그러고 보니…….

우걱우걱 고기를 먹는 페르를 보며 떠올렸다.

도서관에서 조사한 마법에 관한 것이다. 신성 마법이라는 게 있었는데, 분명 페르에게도 있었던 것 같은 기분이 드는데…….

페르를 감정해보았다.

【이름】 페르
【나이】 1014
【종족】 펜리르
【레벨】 906
【체력】 9843
【마력】 9481
【공격력】 9036
【방어력】 9765
【민첩성】 9684
【스킬】 바람 마법, 불 마법, 물 마법, 흙 마법, 얼음 마법, 번개 마법, 신성 마법, 결계 마법
발톱 베기, 신체 강화, 물리 공격 내성, 마법 공격 내성, 마력 소비 경감, 감정
【가호】 바람의 여신 닌릴의 가호

신성 마법, 역시 있었다.

신의 가호가 없으면 습득할 수 없다고 되어 있었지만, 바람의 여신 닌릴의 가호가 있는 페르라면 있어도 이상하지 않다고 봐야 하려나.

역시 페르는 전설의 마수구나. 평소에는 그런 생각이 들지 않지만.

응? 기다려봐. 마물의 대군을 일격에 쏴 죽였다든가, 일국을 멸망 시켰다든가 그런 이야기가 쓰인 책이 있었는데, 일국을 멸망시켰다는 그런 이야기는 최근에 어디서 들었던 듯한…….

『끄윽, 음. 맛있었다.』

배가 그득해져 만족한 듯 그렇게 말하는 페르.

페르, 페르, 페르…… 아!

그 이야기는 너였던 거냐아아앗?!

나는 다시 페르를 숙소에 두고 이 마을의 술집에 와 있다.

모험가에게 여러 가지로 이야기를 듣기 위해서.

이곳은 큰 도시니 어느 술집에든 모험가는 있으리라 생각하고 들어가 보았는데, 이 가게는 정답이었나 보다. 모험가들의 단골 가게인지, 모험가들이 잔뜩 모여 있었다.

나는 눈에 띈, 아마도 같은 파티의 멤버일 듯한 네 명의 모험가들에게 다가갔다.

"저기, 이야기를 좀 여쭙고 싶은데, 괜찮으시겠습니까?"

나는 서둘러 점원을 불러서 네 명의 모험가에게 에일을 주문해 주었다.

"오오, 뭘 좀 아는구먼."

리더인 듯한 강해 보이는 스킨헤드 남자가 내 어깨를 두드리며 빈자리에 앉게 했다.

"그래서, 묻고 싶은 게 뭔가?"

"저는 여행을 하면서 행상 일 같은 걸 하고 있습니다만, 이 일을 시작한 지가 얼마 안 됩니다. 그래서 경험이 풍부한 모험가 여러분께 여러 나라들의 정세 같은 걸 들을 수 있으면 큰 도움이 되겠다 싶어서요."

"뭐야, 그런 건가. 그렇다면 우리에게 물어본 게 정답이었네."

리더가 그리 말하자 리더와 마찬가지로 튼튼해 보이는 체격의 수인(호랑이인가?) 멤버가 고개를 끄덕이며 "분명 우리는 여러 나라를 돌아다니고 있지"라고 맞장구를 쳤다.

"응? 뭘 빤히 보는 거지?"

호랑이인가? 하고 수인 멤버를 보고 있으려니 위협을 당했다.

"이 멍청아, 이 나라에서 노예가 아닌 수인은 보기 드무니까 그런 거잖아."

다른 멤버가 그리 말하자, 수인인 멤버는 그런가 하는 느낌으로 응 하고 고개를 끄덕였다.

"그런 건가. 확실히 이 나라에서는 수인이라고 하면 노예니까. 그래도 이 나라는 아직 괜찮은 편이지만."

수인 멤버가 그리 말하자 리더를 비롯한 다른 멤버도 "그렇지"라며 수긍했다.

아무래도 가이슬러 제국과 르바노프 신성 왕국, 르바노프 신성 왕국의 속국 같은 취급을 받는 소레스 왕국에서는 특히 인간 이외의 수인이나 엘프, 드워프는 그 대우가 심하다고 한다.

가이슬러 제국은 엄격한 군사독재국가로 황제에게 복종하지 않는 자에게는 죽음이 있을 뿐, 수인과 엘프와 드워프 등은 가축과 마찬가지라고 거리낌 없이 말한다고 한다.

르바노프 신성 왕국은 인간족 지상주의인 종교국가로, 이 나라에서 믿고 있는 르바노프교를 믿지 않는 자는 멸망할 운명이라고 떠들어대며, 자신들만의 독자적인 신을 믿는 수인과 엘프와 드워프들은 사교도라는 심한 말도 아무렇지 않게 한다고 한다.

르바노프 신성 왕국의 속국 같은 취급을 받는 소레스 왕국도 내정은 르바노프 신성 왕국과 다르지 않다는 모양이다.

이 세 나라에서 노예가 된 수인과 엘프와 드워프들의 운명은 비참하기 짝이 없다.

그에 비하면, 이 페넨 왕국은 노예라고는 해도 적지만 임금을 받을 수 있는 데다가 최저한의 생활 보장은 되어 있기 때문에 그래도 나은 편이라고 했다.

"레이세헬 왕국은 어떻습니까? 그 나라를 지나 왔지만, 수인은 못 봤던 것 같은데……."

"아, 그 나라도 말이지."

레이세헬 왕국도 르바노프교를 믿는 인간족 지상주의 국가로, 기본적으로는 수인과 엘프와 드워프의 입국을 인정하지 않는다고 한다.

하지만 지금의 왕이 자리에 오른 뒤로는 영토 확장 노선을 유지하고 있어서, 다툼이 끊이지 않고 여기저기에서 일어나고 있다.

그 분쟁에서 있을 리 없는 수인과 엘프와 드워프를 내보내 싸우게 하고 있는 것은 공공연한 비밀이라고 한다.

게다가 레이세헬 왕국의 많은 귀족이 수인과 엘프와 드워프의 여자를 성노예로서 가둬두고 있다는 것도 유명한 이야기라고 했다.

…………이 세계, 상냥하지 않군요.

그 레이세헬 왕국과 국경을 접하고 있는 마르베일 왕국은, 이 네 모험가들의 고향이기도 하며 인종에 의한 차별도 없어서 안심하고 살기 좋은 나라라고 했다.

하지만 이웃 나라 복이 없어서, 호시탐탐 영토를 계속 노려지는 모양이다.

북에는 마족령이 있고, 남으로는 가이슬러 제국, 동으로는 레이세헬 왕국과 르바노프 신성 왕국이 있다.

사실, 아주 최근에도 레이세헬 왕국과 마르베일 왕국의 국경에서 양쪽 군의 대치가 계속되고 있으며, 전쟁은 시간문제라는 말도 나오고 있다.

그러고 보니, 레이세헬 왕국과 마르베일 왕국이 전쟁을 시작할 거라고 키루스에서 들었었지.

이 네 사람도 그런 모국을 단념하고 떠나왔다고 한다.

“나라에 가족이 있었다면 그런 생각은 하지 않았겠지만, 우리는 다들 고아라서 말이야.”

아무래도 이들은 같은 고아원에서 자란 동료로 그대로 함께 모험가가 된 모양이다.

모험가 길드에서 각국에 C랭크 이상의 모험가의 이동을 방해

하지 말라는 전달이 있었고, 나라를 넘어선 강대한 조직인 모험가 길드를 적으로 삼을 수도 없었기에 각국도 마지못해 그것을 인정하고 있다고 한다.

“우리들은 레이세헬을 지나 여기까지 왔는데, 우리를 보는 그 녀석들의 시선은 정말이지 속이 뒤집히더군.”

수인 멤버가 그리 내뱉었다.

으음, 이야기를 듣고 있자니, 이 세계 괜찮은 거야?

어쩐지 대단한 세계에 와버린 것 같은 기분인데…….

이야기를 계속하고 있으려니 이번에는 레이세헬 왕국의 동쪽에 접해 있다고 하는 클라센 황국의 이름이 나왔다.

이 나라는 유서 깊은 역사를 가진 나라지만, 아무래도 지금은 황실 안에서의 집안 다툼이 원인이 되어 국내가 황폐해져 있다고 한다.

그리고 대륙의 남쪽에서 중앙부에 걸쳐서 존재하지만, 이름도 정확하지 않는 여러 소국들.

그곳은 군웅할거 상태로 모험가도 그다지 접근하지 않는 장소라고 한다.

“하지만 5, 6년 전에 바다 쪽의 소국들이 뭉쳐서, 뭐라고 했더라?”

“콰인 공화국이다.”

“그래그래, 그 콰인 공화국이란 게 생겼는데, 벌써부터 분열의 위기라고 하더군.”

응, 소국 집단 쪽에는 접근하지 않도록 하자.

그리고 대륙 동쪽에 있는 엘만 왕국과 레온하르트 왕국.

엘만 왕국과 레온하르트 왕국도 차별이 없는 비교적 자유로운 나라로, 뭐니 뭐니 해도 군이 엄청나게 강하기 때문에 침략당할 걱정도 없다고 한다. 게다가 이 엘만 왕국과 레온하르트 왕국은 동맹국으로 국내 정세도 안정되어 있다고.

"우리도 레온하르트에 향하는 길이야. 조만간 엘만 왕국에도 가겠지만."

이야기에 따르면, 레온하르트 왕국과 엘만 왕국에는 던전이 많아서 양국 모두 모험가로서 살아가기 좋은 나라라고 한다.

나왔다, 던전.

역시 있구나. 흥미가 좀 있기는 하지만, 들어갈 일은 없을 것 같다.

역시 안전제일이지. 목숨은 중요하니까.

그래도 모험가들에게 들은 이런저런 이야기를 통해 목적지가 정해졌다.

이건 엘만 왕국이나 레온하르트 왕국 둘 중 하나겠지. 어느 쪽이나 안정된 정세인 모양이니, 어느 쪽이든 상관없겠지만.

문제는 페르에게 말해서 향해 가야 할 루트를 알 수 있을 것인가 하는 점이네.

이럴 때 지도가 있다면 좋을 텐데.

"지도가 있으면 말이지……."

"응? 뭐야, 너 지도가 필요한 건가?"

리더가 내 중얼거림을 듣고 있었는지 그리 물었다.

"네? 아, 네. 대략적인 거라도 좋으니 지도가 있으면 도움이 될 거라고 생각해서요."

그리 말하자 네 모험가는 서로 시선을 마주한 다음, 자그마한 목소리로 이야기를 꺼냈다.

"어이, 솔직히 말하면 우리는 지도를 갖고 있어."

뭐? 진짜로?

"내가 친하게 지내던 선배 모험가가 있었는데, 그 모험가가 은퇴할 때 넘겨주었던 거야."

우와, 좋겠다. 부러워. 나도 지도 갖고 싶어.

"물론 군의 높으신 분들이 가진 지도 같은 자세한 건 아니고, 어디쯤에 어느 나라가 있다는 식의 간략한 것뿐이지만."

응응, 딱히 그렇게 자세하지 않아도 돼.

나라와 나라의 위치 관계라든가, 그런 걸 알 수만 있으면 된다고, 나도.

"그래서 말이지, 원한다면 자네에게 넘겨줄 수도 있어."

그, 그 말 진짜야?!

"이 지도는 이미 우리들 머릿속에 들어 있으니까. 이게 없어도 어떻게든 되거든. 그러니까, 금화 한 닢으로 어때?"

금화 한 닢이라, 으음…….

지도를 갖고 싶지만, 금화 한 닢이라니. 종이가 귀하다는 건 물론 알지만.

금화 한 닢이라니, 고민되네.

"그 지도를 보여주실 수 있겠습니까?"

보고 나서 판단하는 편이 좋을 것 같다.

“그럼, 물론이지.”

리더가 품에서 접혀진 지도를 꺼냈다.

“이거야.”

지도를 펼쳐 보여주었는데, 음, 정말로 간략하네.

하지만 이걸로 나라의 위치 관계 같은 건 알 수 있겠다.

갖고 싶지만, 이걸로 금화 한 닢은 좀 주저하게 되는데.

“말해두겠는데, 이거 귀한 거라고.”

그건 알고 있어. 서점에도 없었고, 도서관에서도 찾을 수 없었으니까.

“하지만 댁이 이렇게 술도 사줬으니까, 조금 깎아주지. 그러니까, 은화 여덟 닢으로 어떤가?”

은화 여덟 닢이라. 지도는 갖고 싶고, 종이도 귀하고, 으음…….

좋아, 사자.

있는 편이 좋은 물건이고, 은화 여덟 닢 정도는 경비로서 어쩔 수 없는 지출인 거지.

“은화 여덟 닢으로 부탁드립니다.”

“좋아, 팔지.”

나는 리더에게 은화 여덟 닢을 건네고 지도를 손에 넣었다.

“그럼, 우리는 내일 아침 일찍 일이 있어서, 이만 돌아가겠어.”

“네. 도움이 되는 이야기를 들려주셔서 감사드립니다. 그리고 지도도.”

“그래, 다행이네. 그럼 이만.”

그리 말한 네 모험가들은 자리를 떠났다.

오, 지도가 손에 들어왔다.

서점에도 없었고, 도서관에 옛날 지도가 있으면 그걸 바탕으로 모험가들에게 이야기를 들어 직접 만들 수 있지 않을까 했지만, 결국 도서관에도 지도 같은 건 없었는데.

이제 지도를 손에 넣는 건 무리일지도 모른다고 생각했는데, 이런 데서 얻게 될 줄이야.

운이 좋았네.

"풉……."

"크큭."

……뭐지? 뭔가 이쪽을 보며 웃고 있는 모험가 같은 녀석들이 있는데.

"푸흡, 어이, 너희들 웃지 말라고."

모험가 중 한 사람이 웃고 있는 녀석들에게 그렇게 말했다. 그렇게 말하는 당신도 웃고 있거든.

"저기, 저한테 무슨 용건이라도?"

이거, 내가 화내도 괜찮은 거지? 비웃음을 받고, 살짝 울컥하면서 남자에게 그리 말하자 남자는 "미안, 미안" 하고 대꾸했지만 전혀 미안해 보이지 않는 느낌이다.

"조금 전에 말이지, 당신들 얘기를 들었거든. 당신 속았다고."

뭐? 무슨 소리야?

속았다니? 무슨 뜻이지?

"당신, 모험가한테 지도를 샀지?"

샀는데, 그게 뭐 어쨌다는 거지?

"그건 말이야, 모험가 길드에서 평범하게 팔고 있는 거라고."

……………………뭐?

아니 아니 아니, 자, 잠깐만.

모험가 길드에서, 평범하게, 팔아?

……뭐어어어어어어어어?

"나도 갖고 있다고. 자."

그리 말하며 보여준 것은 내가 조금 전 모험가들에게 은화 여덟 닢을 주고 산 지도와 똑같은 것이었다.

내가 똑같은 지도를 보며 아연실색하고 있으려니 남자는 더욱 폭탄 발언을 투하해왔다.

"참고로 그거, 모험가 길드에서는 은화 한 닢이면 살 수 있거든."

은화, 한 닢…….

은화 한 닢을 은화 여덟 닢이라고오——옷?!

우으으으으읏, 속았다——앗!

"그 녀석들 은화 한 닢을 은화 여덟 닢이라고 하다니, 엄청 바가지를 씌웠군. 아하하하하."

그 말에 술자리에 있던 모험가들이 웃었다.

젠장, 웃지 말라고. 이쪽은 울고 싶을 정도란 말이다.

"이 지도는 모험가 길드에서 모험가들에게 이야기를 듣고 독자적으로 만들고 있는 거야. 그러니까 종이라고 해도 우리가 손에 넣을 수 있는 가격으로 설정되어 있지."

"맞아 맞아. 뭐, 지도를 사지 않고 자신의 기억에 의지하는 모험가도 있지만, 지도를 사는 녀석들도 꽤 있거든. 그걸 사서 자기가 지나온 도시나 마을을 써넣거나, 어느 길 도중에는 호수가 있다든가, 이 마을까지 가는 길에는 어떤 마물이 나오는가 하는 여러 가지 것들을 써넣어서 자기 나름대로의 지도로 만들어가는 거지."

"자신의 나라에서 활동하는 일이 많은 모험가 같은 경우는 그 나라만 커다랗게 옮겨 그려서, 직접 상세하게 써넣는 녀석도 있지. 다만, 그런 건 재산이니까 남에게 쉽게 보여주지 않지만."

"그러고 보니, 상인 길드에서도 비슷한 지도를 파는 모양이더군."

"뭐, 모험가도 상인도 여러 나라를 다니고 있으니까."

웃고 있던 모험가들이 연이어 그런 말을 해주었다.

모험가 길드만이 아니라, 상인 길드에서도 팔고 있는 거냐.

서점 주인은 그런 말 한 마디도 안 해줬거든.

서점도 상인 길드에 가입되어 있을 테지만, 서점의 경우 다른 도시나 나라에 팔러 다니는 일도 없을 테고, 그런 사정은 잘 몰랐을지도 모른다.

어쨌든, 여기서 웃고 있는 모험자분들. 그런 건 제가 속기 전에 말씀해주셨어야죠.

""""""""""그야, 속는 쪽이 잘못한 거지.""""""""""

……지당하십니다.

크으으으, 분하지만 옳은 말이다.

이 세계에서는 분명 이 정도의 일은 죄가 되지도 않으리라.

이건 공부했다고 생각하고 포기할 수밖에 없겠네.

에구구…….

제 5 장 베이비 슬라임 스이가 동료가 되었다

그 일이 있은 후, 흐느적흐느적 숙소로 돌아와 잠을 잤다.

설마 사기꾼을 만나 바가지를 쓸 거라고는 생각 못 했다고. 페르도 있고 해서 도시를 피해왔고, 모험가 길드에도 상인 길드에도 얼굴을 비춘 적 없던 내가 잘못한 거지만.

모험가라고 하면, 전에 호위 의뢰를 맡아주었던 아이언 월의 인상이 강하게 남아 있어서 남을 속인다거나 그런 일을 할 거라고는 상상조차 하지 못했다.

이 세계는 왕가나 귀족이나 상류 계급 녀석들이 권력을 써서 제멋대로 구는 인상이 강했지만, 생각해보면 상인이나 모험가 중에도 좋은 녀석이 있는가 하면 나쁜 녀석도 있는 법이겠지.

이전 세계에도 좋은 녀석도 나쁜 녀석도 있었으니 당연하잖아.

아무튼 그거네. 이 도시에서 나가자.

그리고 얼른 엘만 왕국이나 레온하르트 왕국으로 가자.

입수 방법은 그랬지만, 목적했던 지도도 손에 들어왔으니까.

응, 그게 좋겠어.

페르와 함께 아침밥을 먹은 다음, 서둘러 도시를 떠날 준비를 했다.

“자, 갈까?”

『일은 다 본 것이냐?』

“응, 어서 가자.”

◇ ◇ ◇ ◇ ◇

우리는 라우텔을 나와 터벅터벅 길을 따라 걸었다.

"페르, 앞으로 말인데. 엘만 왕국이나 레온하르트 왕국으로 갈까 하거든."

『이름을 말한들 나는 모른다. 어느 방향이냐?』

"엘만 왕국도 레온하르트 왕국도 동쪽이야. 동쪽 바다에 면한 나라래."

『오, 동쪽 바다인가. 그곳에는 시 서펜트나 크라켄이 있지. 그건 그것대로 꽤 맛있다.』

…………뭐, 뭔가 불길한 이름이.

시 서펜트라는 건 바다에 사는 용 같은 거고, 크라켄은 엄청 거대한 오징어 같은 거잖아.

어느 쪽이든 보스 캐릭터 급이라고 생각하는데.

아니 아니 아니, 못 들은 걸로 하자. 응.

그보다, 페르는 어패류도 괜찮은 거구나.

『물론 고기가 제일이지만, 가끔은 생선도 먹는다.』

그렇구나. 생각해보니 단과자빵도 맛있다고 하면서 먹을 정도였으니까, 뭐든 먹겠구나.

『흠, 생선 이야기를 했더니 먹고 싶어졌다. 숲을 가로질러 가는 게 동쪽으로 가는 지름길이기도 하고, 그 도중에 호수도 있다. 어이, 가자.』

어? 그걸로 결정이야?

“어, 어이, 숲속을 가로질러 가다니, 괜찮은 거야? 그, 마물이나 뭔가 위험한 게 있을 것 같은데.”

『흥, 이 몸을 누구라고 생각하는 것이냐? 그런 걱정은 필요 없다.』

아, 맞다. 하지만, 페르는 강해서 괜찮을지도 모르지만, 나는 그렇지가 않으니까 말이지.

『작고 약한 주인에게는 늘 결계를 펼쳐두고 있으니 그리 걱정하지 마라.』

작고 약하다니…… 아니, 그 말이 맞기는 하지만, 사실이기는 하지만, 그렇게 대놓고 말하면 나도 풀죽는다고.

『어서 이 몸의 등에 타라.』

예이예이.

내가 등에 타자 페르는 『출발한다』라고 말하고 숲속으로 달려갔다.

“빠, 빨라, 빨라, 빠르다고! 좀 더 천천히이이이이이잇.”

날듯이 뛰어가는 페르의 등에 매달리며 소리쳤다.

『떨어지지 않도록 단단히 잡고 있어라. 호수까지는 이 속도로 갈 테니.』

식욕의 승리.

젠장, 여기서 먹보 캐릭터 작렬이냐고.

“끄아아아아——악.”

“아——…………아……아…….”

나의 비명이 숲속에 메아리쳤다.

◇ ◇ ◇ ◇ ◇

페르가 무모한 짓을 해준 덕분에 바로 호수에 도착했다.

하아, 하아, 하아, 죽는 줄 알았네.

숲속을 그런 스피드로 달리다니, 다시 떠올린 것만으로도…… 부들부들.

필사적으로 페르에게 매달려 있는 게 할 수 있는 전부였다.

대자로 뻗어서 안정된 지면이란 이 얼마나 안심이 되는가를 절실하게 깨닫고 있으려니 바로 위에 페르의 얼굴이 나타났다.

『어이, 생선을 먹자.』

……페르 씨, 조금은 쉬게 해주세요.

정말이지 페르의 식욕은 멈출 줄을 모른다니까.

그나저나 생선을 먹자니, 어떻게 잡으려고?

낚싯대도 없는데, 설마하니 직접 호수 안에 들어가서 잡아 오는 거냐?

『생선을 잡을 때는 이 방법이 제일이다.』

페르가 그리 말하고…….

빠직 빠직 빠직 빠지지지직.

호수 위로 전격이 내달렸다.

그러자 두둥실 생선이 연이어 떠올랐고, 바로 호수의 수면이 생선으로 가득해졌다.

……페르 씨, 지나치잖아. 번개 마법이겠지만, 이렇게나 많은 물고기를 어쩔 셈이야?

『바람 마법으로 물가까지 밀려오게 할 테니, 마음에 드는 걸 잡거라.』

"마음에 드는 걸 잡으라니, 이거 전부 죽은 거야?"

『전격을 맞아서 가사상태에 빠졌을 뿐이니까, 조만간 다시 살아날 거다.』

아, 그렇구나. 물고기님들 엄청난 재난이군요.

그럼 잡아볼까.

오, 뭔가 보라색 물고기가 잔뜩 있네. 감정해보니 바이올렛 트라우트라고 나왔다.

30센티미터 정도 크기이니 소금구이를 하면 좋을지도 모르겠다.

아이템 박스 안에 바이올렛 트라우트를 넣기 시작한다. 역시 호수 위에 떠 있는 전부를 가져갈 마음은 들지 않지만, 많이 잡아두어도 나중에 먹을 수 있으니 괜찮겠지.

나도 최근에는 고기만 먹어서 생선이 먹고 싶기도 했고, 아이템 박스에 넣어두면 언제든 생선을 먹을 수 있으니 나쁘지 않다.

아, 꽤 큰 이건 뭐지?

80센티미터 정도의 은색 생선으로, 감정해보니 킹 트라우트라고 나왔다.

이 정도로 크면 나라도 어찌어찌 살을 발라낼 수 있을 것 같다. 이것도 많이 잡아두자.

어이, 저건 뭐지?

바이올렛 트라우트와 킹 트라우트 사이에 3미터 정도는 되어 보이는 거대한 물고기가 떠 있었다.

『오, 저건 레이크 샤크가 아니냐. 별일이구나.』

들어보니, 오래 산 페르도 별로 본 적이 없는 상어라고 한다.

살은 먹는 데 적당하지 않다고 하지만.

뭐, 고기는 먹지 못한다고 해도 저렇게나 커다란 마물이고, 페르도 보기 드물다고 했을 정도의 마물이니까 팔 수 있을 터다.

일단 아이템 박스에 넣어두기로 하자.

『이것도 잡아두거라. 혀끝이 찌릿하고 맛있다.』

페르가 그리 말하고 바람 마법으로 내 눈앞의 물가까지 물고기를 이동시켰다.

으아앗, 뭐야 이건.

핫핑크에 파란색 줄무늬가 들어간 50센티미터 크기의 물고기였다.

딱 봐도 독을 가졌을 것만 같은 위험한 색의 조합인데…….

일단 감정을 통해 판명된 이름은 포이즌 레이크 피시.

안 되잖아.

그보다, 이거 명백하게 독이 있는데 페르 먹고 괜찮았던 거냐?

"페르, 이 생선 먹어봤어?"

『그래, 몇 번인가 먹은 일이 있다. 혀끝이 찌릿하고 맛있었다.』

"그 혀끝이 찌릿했다는 그거, 독이라고 생각하는데. 이 물고기, 포이즌 레이크 피시라는 모양이야. 페르는 먹기 전에 감정 안 해?"

『먹기 전에 감정이라니, 그런 귀찮은 짓은 안 한다. 신의 가호가 있는 이 몸에게는 독 따위 듣지 않으니까.』

아, 신의 가호 말이지.

다양한 상태 이상을 무효화라고 했던가? 좋겠다아~.

부럽다고.

"신의 가호가 있는 페르한테는 효과가 없을지도 모르지만, 나한테는 독이거든. 이런 건 안 갖고 갈 거야. 게다가 일부러 이런 독이 있는 생선 먹지 않아도 제대로 밥 지어주잖아."

『음, 그건 그렇지만 이건 이것대로…….』

"독이 있는 생선 같은 건 다른 식재료랑 함께 넣어둘 수 없어. 지금 잡은 바이올렛 트라우트랑 킹 트라우트로 맛있는 밥 지어줄 테니까, 참아."

『으으음, 어쩔 수 없지.』

그럼 오랜만에 생선이다. 어떻게 요리할까.

이 바이올렛 트라우트는 그대로 소금구이를 하고, 킹 트라우트는 살을 발라내서, 음, 포일에 싸서 굽고, 뫼니에르를 만드는 게 좋을지도 모르겠다.

그러면 버터도 떨어졌고, 밀가루도 사야겠네.

그리고 포일 구이에는 버섯도 넣고 싶으니까 사도록 할까.

나는 인터넷 슈퍼를 열어서 버터와 밀가루, 버섯 종류, 그리고 자주 쓰는 조미료 종류도 함께 담았다. 그리고 포일 구이에 쓸 알루미늄 포일을 잊어버리면 안 되지.

다음은, 아, 가끔은 이것도 괜찮겠다.

필요한 식재료를 다 사고 요리를 시작했다.

바이올렛 트라우트는 그대로 소금구이를 할 거니까, 그러면 직화로 굽는 편이 맛있겠지. 우선은 장작을 주워야겠군.

주위가 숲이니 장작은 바로 모을 수 있었다. 거기에 불을 붙인다. 물론 마법으로.

일단 연습했기 때문에 불 마법만은 꽤 잘 쓸 수 있게 되었다고.

이걸로 구울 준비는 끝이다.

먼저 바이올렛 트라우트 내장을 빼내자.

내장의 쌉싸름한 맛이 좋다는 사람도 있지만, 나는 그다지 좋아하지 않기 때문에 내장은 제거하는 파다.

내장을 꺼낸 바이올렛 트라우트를 장작을 주워 왔을 때 골라둔 적당한 길이의 막대에 끼워서 소금을 뿌려두었다.

그리고 장작불 주위에 막대를 꽂아 굽는다.

그 사이에 킹 트라우트를 요리한다.

우선은 살을 발라낸다. 이런, 생선 뼈 부분에 살이 잔뜩 남았잖아. 뭐, 뼈 부분만 잘라 내면 약간 삐뚤빼뚤해도 괜찮으려나.

그럼 포일 구이다. 알루미늄 포일에 버터를 바르고 양파를 깐 다음 그 위에 적당한 크기로 썬 킹 트라우트를 올리고 가볍게 소금과 후추를 뿌린다.

거기에 송이버섯, 팽이버섯을 얹은 다음 살짝 술을 뿌려주고, 버터 한 덩어리를 넣어서 알루미늄 포일을 감싼다. 그리고 모닥불 가장자리에서 쪄준다.

다음은 뫼니에르 차례다.

킹 트라우트의 살에 소금과 후추를 뿌려서 조금 둔 다음 스며 나온 수분을 닦아낸다. 그리고 밀가루를 얇게 묻혀서 양면을 프라이팬에 굽는다.

아, 바이올렛 트라우트도 구워진 모양이고 포일 구이도 빵빵하게 부풀어 올라서 괜찮게 쪄진 것 같네.

알맞게 구워진 바이올렛 트라우트에서 막대를 빼내고 접시에 늘어놓는다.

포일 구이는 포일을 펼치고 폰즈 소스를 뿌려서 완성.

오늘은 기분에 따라 폰즈 소스로 해봤다.

참고로 포일을 감싸기 전에 간장을 뿌려서 버터 간장으로 해도 맛있고, 소금과 후추만으로도 맛있다.

다 구워진 뫼니에르를 접시에 담은 다음 인터넷 슈퍼에서 산 기성품인 타르타르 소스를 뿌려서 마무리했다. 늘 먹는 버터 간장 뫼니에르도 좋지만, 포일 구이에 버터를 썼으니 타르타르 소스로 해보았다.

"페르 다 됐어."

그렇게 말을 걸자 페르가 휙 날아왔다.

잘 구워진 바이올렛 트라우트를 덥석 문다.

『음, 음, 오랜만에 먹는 생선은 맛있구나.』

그거 다행이네. 그럼 나도 먹어볼까.

오늘 곁들일 건 바로 이거다. 인터넷 슈퍼에서 보고 오랜만에 마시고 싶어져서 그만 사고 말았던 캔 맥주.

술은 그다지 좋아하지 않는데도 가끔 마시고 싶어진다니까.

적당하게 구워진 바이올렛 트라우트는 껍질이 바삭해서 맛있었다. 포일 구이도 킹 트라우트와 버섯의 맛에 깔끔한 폰즈 소스가 잘 어울렸다.

뫼니에르는 담백한 흰 살 생선인 킹 트라우트와 타르타르 소스의 상성이 발군이었다.

내가 만들었지만 정말 잘 만들었다. 맥주에도 잘 맞는다.

꿀꺽, 맥주 맛있어. 오랜만에 먹는 생선도 맛나고.

『이제 없다. 더 다오. 이 은색으로 감싼 것과 이 하얀 걸 뿌린 게 좋다. 이 하얀 건 신기한 맛이지만 맛있구나.』

아, 예이예이. 포일 구이와 뫼니에르 말이지.

페르는 타르타르 소스가 마음에 들었나 보다. 타르타르 소스는 맛있으니까.

나는 맥주를 홀짝홀짝 마시며 추가로 포일 구이와 뫼니에르를 만들었다.

포일 구이는 버터 간장과 소금과 후추로 간한 것도 만들었고, 뫼니에르는 타르타르 소스가 마음에 든 것 같았기 때문에 그대로 했다.

계속해서 음식을 만들어간다.

『후우, 오랜만에 먹은 생선은 맛있었다.』

페르도 고기를 제일 좋아하기는 하지만, 생선도 괜찮은 모양이니 앞으로는 가끔씩 생선도 요리해 먹도록 하자.

다행히도 오늘 잡은 생선이 잔뜩 있는 데다, 큰 놈도 한 마리 있다.

그건 다음에 모험가 길드에 가게 되면 해체해달라고 하자.

"스톤 배럿."

작은 돌멩이(스톤 배럿) 하나가 휭 날아가, 20미터 정도에서 속력을 잃고 툭 떨어졌다.

…………풀썩.

지금은 흙 마법 연습을 하고 있는데, 좀처럼 실력이 늘지 않는다. 불 마법인 파이어 볼을 그럭저럭 쓸 수 있게 되었으니 다른 마법도 쓸 수 있지 않을까 시험해보고 있는 것이다.

물 마법이라고 하면 이거지 싶어 "워터 볼"이라고 외쳐보았지만 아무런 반응도 없었다.

이어서 바람 마법이라고 하면 이거지 하고 "윈드 커터" 하고 외쳐보았지만 이것도 아무런 반응도 없다.

마지막으로 흙 마법이라고 하면 이거려나 하고 "스톤 배럿"을 외쳐보았더니, 아주 작은, 그야말로 모래인가 싶을 정도인 돌이 내민 손바닥 위에 나타났다.

흙 마법에 적성이 있다며 기뻐하고 있으려니, 모든 과정을 보고 있던 페르가 『푸흡』 하고 코웃음을 쳤다.

젠장, 하고 생각한 그때 이후로 지금까지 흙 마법 연습에 애쓰고 있지만, 이게 또 잘 되지를 않는다. 어째서인지 모르겠지만.

마력을 체내에서 순환시키는 것은 이제 잘한다고 생각했는데.

시험 삼아 파이어 볼을 쏴보았더니 잘 되었다.

어째서 스톤 배럿은 잘 안 되는 걸까…….

보잘것없지만 발동은 되는 것 같으니, 몇 번이고 반복해서 연습할 수밖에 없는 건가.

『자네는 이해가 더디군.』

크으윽, 모두가 너처럼 치트를 갖고 있다고 생각하지 말라고.

『이번에도 실전을 해보면 어떻겠느냐? 전에도 그렇게 불 마법을 쓸 수 있게 되지 않았느냐.』

페르의 그 한마디에 고블린 집단을 떠올렸다.

악몽이다, 악몽, 부르르.

“농담하지 마. 또 그런 짓은 거절하겠어.”

분명 파이어 볼은 쓸 수 있게 되었지만, 고블린 집단 안에 혼자 남겨지는 공포는 엄청난 것이었다.

『하지만, 이대로는 아무리 시간이 지나도 흙 마법을 쓰지 못하지 않느냐.』

하아, 이래서 천재적인 녀석은 싫다니까.

무슨 일이든 해보자마자 바로 할 수 있게 되면 아무도 고생 안 한다고.

나 같은 범인(凡人)은 아무튼 연습밖에 없다.

저녁밥도 먹었으니 이제 슬슬 잘까 하고 나와 페르의 이불을 준비하고 있으려니, 어느 틈엔가 그것이 발치에 있었다.

“으와앗.”

탱글탱글하고 반투명한 축구공만 한 물체가 천천히 움직이고 있다.

"……이거, 슬라임인가?"

『그렇군.』

"어? 페르, 결계 펴두고 있지?"

『물론 펼쳐두고 있다. 결계를 펼 때 이미 안쪽에 있었던 것인지도 모른다.』

"결계를 쳐놨는데도 마물이 있다니, 결계의 의미 없는 거 아냐?"

『흥, 그런 피라미도 못 되는 왜소한 거에 겁먹을 필요가 있는 것이냐? 자네는 정말 심약하구나.』

어차피 나는 얼간이라고.

그건 그렇고, 피라미도 못 되는 왜소한 거라니. 슬라임은 그다지 위험하지 않은 거야?

"슬라임은 공격해 오지 않는 거야?"

『상위종이라면 공격해 오기도 하지만, 그 정도의 슬라임은 그저 포식할 뿐이다. 게다가 그 크기로 보면 아직 태어난 지 얼마 안 된 슬라임이로군.』

과연, 슬라임이라고 하면 피라미 마물 취급이었는데, 이 세계에서도 슬라임은 제일 약한 마물인 거구나.

공격은 해 오지 않는 건가? 나는 흥미를 느끼고 발치에 있던 슬라임을 손가락으로 찔러보았다.

탱글탱글.

조금 차가운 그것이 푸들푸들 떨리는 모습은 젤리 같았다.

그게 재미있어서 손가락으로 콕콕 찌르고 있었더니 슬라임이 쭈뼛거리는 느낌으로 내 손가락을 촉수로 콕콕 찔렀다.

뭔가, 귀여운데?

그건 그렇고, 꽤나 사람을 잘 따르는 슬라임이네.

"저기 페르. 슬라임이란 건 이렇게 사람을 잘 따르는 거야?"

『그건 태어난 지 얼마 안 된 슬라임이라 그럴 것이다. 보통은 사람이든 마물이든 동족 이외의 모습이 눈에 띄면 숨거나 도망친다.』

과연. 태어난 지 얼마 안 된 슬라임인가. 스테이터스는 어떻게 되어 있으려나?

발치에 있는 사람을 잘 따르는 슬라임을 감정해보았다.

【이름】——
【나이】3일
【종족】베이비 슬라임
【레벨】1
【체력】2
【마력】1
【공격력】1
【방어력】2
【민첩성】2
【스킬】——

…………약해!

나이 3일이라니, 정말로 태어난 지 얼마 안 됐구나. 종족도 베

이비 슬라임이라고 되어 있어.

앞으로 점점 성장해서 베이비 슬라임에서 슬라임이 된다. 그런 느낌으로 진화해가는 거겠지, 분명.

하지만 지금의 베이비 슬라임인 채로는 너무 약해서 바로 다른 마물에게 당할 것 같다.

이렇게 사람을 잘 따르고 꽤 귀엽건만…….

적어도 먹이라도 주고 싶다.

슬라임은 아무튼 뭐든 먹는다는 식으로 묘사되던데, 사실은 어떨까?

"저기, 슬라임은 정말 뭐든 먹는 거야?"

『근처에 굴러다니는 돌멩이도 먹는다.』

돌멩이도 먹는 거냐? 그야말로 뭐든 먹는 잡식이구나.

그렇다면, 그것도 괜찮을까?

그리 생각하며 나는 아이템 박스 안에 쌓아두었던 것을 꺼냈다.

인터넷 슈퍼에서 산 여러 가지 것들에서 나온 쓰레기다.

종이 상자는 페르와 내 이불 아래 깔기 때문에 활용을 하고 있지만, 그 이외의 쓰레기가 말이지…….

채소가 담겨졌던 비닐봉지나 인스턴트 수프 상자, 조미료가 들어 있던 병, 빈 캔과 페트병 등등이 꽤 쌓여 있던 것이다.

시험 삼아 빈 캔을 슬라임 앞에 놓아두자 "괜찮을까?"라며 확인하듯 촉수로 콕콕 찔러 보더니 체내로 흡수해버렸다. 반투명한 체내에 흡수된 빈 캔은 순식간에 소화되었다.

"오오, 대단하잖아."

슬라임이 더 줘, 하는 느낌으로 내 다리에 촉수를 감아 왔다.
"더 줄까? 기다려봐."
나는 쌓여 있던 쓰레기를 계속해서 슬라임 앞에 놓았다.
슬라임은 쓰레기를 계속해서 체내에 흡수하여 소화시켰다.
"우오— 깨끗하게 사라졌네. 쌓아뒀던 쓰레기가 싹 없어졌다고."
슬라임은 쌓여 있던 이세계 쓰레기를 전부 먹어치웠다.
솔직히 말해서 이세계의 쓰레기는 처치 곤란이었단 말이지.
근처에 대충 버릴 수도 없어서, 지금까지 아이템 박스 안쪽에 방치해두었었다.
그걸 생각하면 이 슬라임은 일을 아주 괜찮게 하는데?
"너, 대단하다."
그리 말하자 슬라임이 탱탱볼처럼 통통 뛰어오르기 시작했다.
"응? 너 내 말을 알아듣는 거냐?"
퐁퐁 뛰어오르던 슬라임이 내 가슴팍으로 날아들었다.
"으앗."
팔로 받치며 슬라임을 끌어안자 슬라임이 만족스레 푸들푸들 몸을 떨었다.
"너, 슬라임이면서 정말 사람을 잘 따른다."
그리 말하며 슬라임을 쓰다듬어주었다.
『어이, 그 녀석 네 사역마가 되었구나.』
"…………네?"
『그 슬라임이 네 사역마가 되었다고 말했다.』
"어? 하지만 사역 계약 같은 거 안 맺었다고."

『그 슬라임이 네 사역마가 되어도 좋겠다고 생각하고, 네가 그것을 받아들이면 계약은 성립한다.』

"뭐? 그, 그런 거 받아들인 적 없는데."

『자네가 뭐라 말하든, 이미 계약은 성립되었다. 스테이터스를 확인해보면 알 거다.』

페르의 말대로 자신의 스테이터스를 확인해보니…….

【이름】 무코다(츠요시 무코다)

【나이】 27

【직업】 휩쓸린 이세계인

【레벨】 3

【체력】 110

【마력】 110

【공격력】 83

【방어력】 82

【민첩성】 78

【스킬】 감정, 아이템 박스, 불 마법

사역마(계약 마수) 펜리르, 베이비 슬라임

【고유 스킬】 인터넷 슈퍼

에에엣? 어느 틈에 사역 계약이 맺어진 건지, 베이비 슬라임이 더해져 있잖아.

이름은 스이라고 부르기로 했다. 센스 없다는 등의 태클은 일절 받아들이지 않을 거다.

스이가 내 사역마가 된 지 며칠.

지금 스이의 스테이터스는 이러하다.

【이름】스이
【나이】6일
【종족】베이비 슬라임
【레벨】8
【체력】24
【마력】21
【공격력】18
【방어력】20
【민첩성】21
【스킬】——

어쩐지 레벨이 엄청 올라갔는데.

아마도 이세계 쓰레기를 먹은 영향일 거라고 생각하긴 하는데…….

인터넷 슈퍼에서 산 물건을 사용해서 어떻게 되는 일은 없으니(예를 들면 이불을 사용해서 잠을 자면 체력이 오른다거나 마력이 오른다거나 하는 식으로), 이세계 것들을 체내에 흡수해야만 어떤 영향이 있는 것 같다.

참고로 그 시간제로 체력이나 마력이 플러스되는 현상은 스이에게는 발휘되지 않았다.

내 예상으로는, 스이는 원래부터 너무 약했기 때문에 전체적인 레벨이 올라간 것이 아닌가 싶다.

그리고 어느 정도 레벨이 되는 녀석은 시간제로 체력이나 마력이 플러스되는 것이다.

그게 아니라면, 식재료인 것이냐 아닌 것이냐의 차이로 레벨이 오른다는 말인데.

하지만 그건 검증하기가 무척 어렵다.

그도 그럴 것이 쓰레기를 먹는 건 슬라임 정도니까.

다른 슬라임을 발견하면 한번 시험해보고 싶은데, 좀처럼 슬라임을 발견할 수가 없다니까.

페르에게 물어보니 상위종이 아닌 한, 슬라임은 약하기 때문에 기본적으로 숨거나 도망치거나 해서 그다지 눈에 띄지 않는다고 한다.

뭐, 스이가 레벨 업하는 건 나쁜 일이 아니니까 상관없지만.

스이는 정말로 고마운 존재이기도 하고.

쓰레기는 먹어서 없애주는 데다, 식기들도 깨끗하게 해준다고. 처음에는 접시까지 소화해버렸지만, 접시는 먹지 말고 지저분한 것만 없애달라고 했더니 제대로 더러운 것들만 깨끗하게 해주었다.

스이 덕분에 프라이팬에 달라붙어 있던 때도 이제 문제없다고.
지금까지는 설거지를 할 때 인터넷 슈퍼에서 산 세제를 썼는데, 그러면 거품을 씻어내는 데 꽤 많은 물이 필요해진다. 근처에 강 같은 물가가 있으면 괜찮지만, 그렇지 않을 때는 꽤 힘들었다.
그러던 것이 스이 덕분에 물도 적게 쓰면서 설거지를 끝내게 되었다.
이세계의 쓰레기도 잘 먹어주고, 스이는 정말로 좋은 아이다.
그 스이의 정위치는, 완전히 잊어버린 존재가 되었던 레이세헬 왕국의 왕도 옷가게에서 받은(양복을 팔았던 가게) 천으로 된 어깨에 메는 가방 안이다. 그 자리가 마음에 들었는지 얌전히 있다.
그리고 나는 페르의 등 위. 지금 한창 숲속을 폭주 중이다.
그래도 전과 비교하면 스피드를 늦춰주었기 때문에 괜찮지만.
"페르, 해도 졌으니 오늘은 이 근처에서 야영하는 게 어떨까?"
페르에게 그렇게 말을 걸자, 페르는 속도를 늦추고 멈춰 섰다.
『고기가 좋다.』
예이예이.

페르에게 고기를 잔뜩 내어주고, 나는 채소도 함께 먹었고, 스이는 이세계의 쓰레기로 저녁을 해결했다.
저녁 식사 후이기는 하지만, 어째선지 참을 수 없이 단것이 당겼다.

때때로 이렇게 단것이 먹고 싶어지는 때가 있다니까.

인터넷 슈퍼에서 물건을 찾다가 맛있어 보이는 것을 발견했다.

"도라야키(달걀을 섞은 밀가루 반죽에 팥을 넣어 구운 화과자), 맛있겠다."

그렇게 중얼거리자, 페르가 어슬렁 자리에서 일어나 이쪽으로 왔다.

『맛있겠다니, 뭐가 말이냐? 혼자 먹는 건 용서하지 않겠다.』

예이예이, 아니, 페르 단거 먹어도 괜찮나…… 어리석은 의문이었다.

단과자빵을 그렇게나 먹고 있는데, 단 게 안 될 리 없지 않은가.

스이도 푸들푸들 떠는 것이 먹고 싶은가 보다.

나와 스이는 한 개씩이면 될 테고, 페르는 다섯 개 정도는 날름 먹어버리겠지.

도라야키 일곱 개와, 화과자를 먹으면 차도 마시고 싶어지는 법이니 티백식 녹차도 구입했다.

도라야키를 봉지에서 꺼내 접시에 담고 페르에게 주었다.

스이에게는 도라야키를 봉지에서 꺼내서 도라야키와 봉지를 눈앞에 놓아주었다.

나는 물을 끓여서 우선 차를 준비했다.

"도라야키 맛있네. 스읍, 차도 맛있어. 역시 화과자에는 녹차라니까."

『오옷, 이 겉 부분과 안의 검은 것이 잘 어우러지는구나. 이건 참으로 맛있다.』

예상대로 페르는 도라야키를 날름 비워버렸다.

스이도 흥분한 듯 푸들푸들 푸들푸들 떨고 있으니, 맛있었던 거겠지.

봉지까지 전부(나와 페르의 도라야키 봉지까지도) 먹었다.

음, 자기 전에 먹는 단 음식은 죄악감이 들지만, 더할 나위 없이 맛있네.

"흐아~암."

이불에서 기어 나오자 스이도 함께 일어났다. 스이는 내 이불에서 함께 자고 있다.

첫날에 내 이불 안으로 들어와 본 이후로 마음에 들었는지, 내가 이불 속으로 들어가면 스이도 바로 따라 들어온다.

평소에는 나와 비슷하게 일어나던 페르가 벌써 일어나 있었다.

응? 뭔가 평소와 모습이 다르군.

"어이, 배탈이라도 난 거야?"

『배탈 따위 나지 않았다. 애초에 이 몸이 병에 걸릴 리가 없지 않느냐. 정말이지, 그런 건 어찌 되든 상관없다. 자네에게 할 중요한 이야기가 있다.』

페르가 새삼스럽게라고 할까, 신묘한 목소리로 그리 말했기 때문에 나도 자세를 바르게 했다.

『어젯밤, 바람의 여신 닌릴 님께서 신탁을 내리셨다.』

뭐? 신의 가호가 있으면 그런 일도 있는 거야?

페르에게 물어보니, 신의 가호가 있으면 때때로 그런 일이 있다고 한다.

페르의 경우에는 잘 때 꿈에 닌릴 님이 나타난다고 했다.

『닌릴 님의 신탁 말이다만, 자네와 관계가 있다.』

뭐어? 나하고?

『닌릴 님의 관대한 배려에 따라, 자네에게 가호를 베풀어도 좋다고 하셨다. 다만 일주일에 한 번, 이세계의 단것을 제단에 바치고 기도를 올리라는 것이다.』

…………어째서 이세계의 단 음식인데?

설마, 여신님이 우리의 여행을 지켜보고 있었고, 단과자빵이나 도라야키를 먹는 모습을 보고 먹고 싶어졌다든가?

아니 아니, 아무리 그래도 그건 아니겠지.

『이번 이 일은 신의 가호를 받고 싶다는 자네의 바람을 들은 닌릴 님께서 내리신 자비이다. 다만 아무래도 이 몸이 받은 것과 같은 가호는 내릴 수 없다고 하신다. 하지만 신의 가호(소)는 일주일에 한 번 이세계의 단것을 제단에 바치고 기도를 올린다면 내려주실 수 있다고 하셨다.』

……이거 역시 단 음식이 먹고 싶을 뿐인 건가? 여신님, 뭐 하시는 겁니까?

『신의 가호(소)라고는 해도, 즉사 효과가 있는 것이나 아주 강한 주술이 아닌 한은 상태 이상 무효화의 힘은 발휘될 것이고, 마법의 발동도 잘된다고 한다.』

호오, 그런 거야? 즉사 효과나 강한 주술에는 효과가 없다고 해도, 상태 이상 무효화와 마법 발동이 잘된다는 점은 다 좋은 것들이지 않은가. 가호를 받을 내가 할 말은 아니지만, 그런 걸로 가호를 받아도 정말 괜찮은 거냐?

『이건 닌릴 님의 자비이다. 감사히 받거라.』

하하.

신의 가호(소)를 받을 수 있다면, 단 음식이든 기도든 바치고말고. 상태 이상 무효화와 마법 발동이 잘된다니, 나로서는 감사하다는 말밖에 할 말이 없네.

"물론 신의 가호를 받을 수 있다면 공물이든 기도든 바치지. 하지만 제단에 바치라니, 제단 같은 거 없는데 어떻게 하지?"

그게, 우리는 지금 여행 중이라고.

일주일에 한 번 공물과 기도를 바쳐야만 하는데, 신전 같은 게 언제나 근처에 있을 리도 없잖아?

『제단 따위는 뭐든 상관없다. 극단적으로 말해서, 저기 있는 돌을 제단으로 여겨도 괜찮다. 제일 중요한 것은 마음을 담아 기도하는 것이다. 눈을 감고 닌릴 님에게 감사의 마음을 담아서 기도드려라. 그리하면 닌릴 님께 기도가 전해진다.』

호오 호오, 그렇군.

그럼 바로 닌릴 님에게 공물과 기도를 드려볼까.

어디, 제단은 뭐로 할까……. 아, 종이 상자면 되겠네.

이거라면 아이템 박스에 언제나 들어 있고.

접어두기 전의 종이 상자를 뒤집어서 바닥을 위로 오게 하고, 그걸 제단으로 삼자.

『깜빡하고 말하지 않은 것이 있다. 닌릴 님은 맨 처음 공물로 단팥빵과 잼 빵과 크림빵을 원하셨다.』

여신님, 신탁으로 리퀘스트까지 할 줄이야…… 그렇게 나오시는 건가.

여신님, 단과자빵 먹을 때부터 보고 있었던 건가. 여성은 단걸 아주 좋아하니 말이지.

회사 여자 직원들도 단거 들어가는 배는 따로 있다고 공언했었을 정도니까.(먼눈)

아마도 우리가 단과자빵을 먹는 걸 보면서 어찌할 바를 몰라 하면서도 참아오다가, 어제 도라야키로 참을 수 없게 되었나 보다.

인터넷 슈퍼에서 단팥빵과 잼 빵과 크림빵을 사고, 이것들과 함께 커피 우유도 샀다. 종이 상자 제단에 단팥빵과 잼 빵과 크림빵을 바치고 커피 우유를 올린다.

공물이라고 할까, 제물 같기도 하다.

그리고 눈을 감고 손을 마주 댄 다음 기도한다.

"바람의 여신 닌릴 님, 바라시던 것들을 바칩니다. 이것들과 어울릴 커피 우유도 드십시오. 부디 저에게 신의 가호를 내려주시기 바랍니다. 잘 부탁드립니다."

눈을 뜨자 종이 상자 제단에 있던 단팥빵과 잼 빵과 크림빵은 물론이고 함께 올린 커피 우유까지 자취를 감추었다.

우와, 사라졌어.

이세계의 신이 어떤 구조인지는 모르지만, 아무래도 받아주신 모양이다.

이걸로 나에게도 신의 가호가 생기는 건가?
스테이터스를 확인해보니…….

【가호】 바람의 여신 닌릴의 가호(소)

마지막에 가호가 생겼고, 바람의 여신 닌릴의 가호(소)라고 붙어 있었다.
신의 가호 감사합니다. 닌릴 님 감사드려요.
다음에는 도라야키를 조공하겠습니다.

스이의 레벨 업 검증을 하기 위해서 슬라임을 찾아보다가 문득 떠올렸다.
식재료인가 그렇지 않은가의 차이로 레벨이 오른다고 한다면 평범하게 식재료를 먹게 해보면 되지 않겠는가 하고.
아니 그게, 이세계 쓰레기만 먹게 하다 보니 이런 단순한 걸 놓쳤지 뭐야.
멍청하다니까.
생각해보니 스이는 도라야키를 아무렇지 않게 먹었었지. 뭐든 먹는 잡식성이니까 당연하지만.
그때 깨달았다면 좋았겠지만, 너무 아무렇지 않아서 지나쳐버렸어.

그런고로 스이의 검증을 위해서 오늘 식사는 스이 몫도 만들기로 했다.

평소 먹는 이세계 쓰레기는 보관해두었다가 내일 먹이도록 하자.

우선은 제대로 된 식재료로 만든 요리를 먹기 전에 스이를 감정해둔다.

【이름】스이
【나이】8일
【종족】베이비 슬라임
【레벨】10
【체력】28
【마력】27
【공격력】25
【방어력】28
【민첩성】27
【스킬】——

스이, 벌써 레벨 10이잖아.

스테이터스 자체는 아직 약해빠졌지만, 레벨 상승 속도가 너무 빠르다고.

이게 식후에 어떻게 변해 있을지 기대된다.

◇ ◇ ◇ ◇ ◇

오늘은 쌀밥에 잘 어울리는 걸 준비해두었기 때문에 그걸 요리하려고 한다.

만드는 건 돼지고기 된장 구이 덮밥. 어제 오크 고기를 준비해두었던 것이다.

오크 고기를 두툼하게 썰어서 맛이 배어들도록 포크로 살짝 찔러둔다.

된장, 술, 맛술, 설탕으로 된장 양념을 만들고, 지퍼 백에 오크 고기를 담고 된장 양념을 넣은 다음은 맛이 배어들도록 재워둔다.

참고로 이 양념에는 취향에 따라 간 마늘이나 간 생강을 넣어도 맛있다고.

아이템 박스에 넣어두어서 시간이 경과하고 있지는 않지만, 아이템 박스에 넣기 전에 양념해서 두 시간 정도 재워두었으니 제대로 맛이 배어들었을 터다.

고기를 굽기 전에 밥을 해둬야겠다 싶어 평소처럼 뚝배기로 밥을 지었다.

그리고 이게 중요하다. 고기 아래에 깔 양배추.

이게 있으면 진한 된장 맛에 개운함이 더해진다.

양배추는 채를 썬다. 가끔 두껍게 썰린 부분이 있는 것은 애교로 봐주길.

메인인 오크 고기를 프라이팬으로 굽는다. 된장은 타기 쉬우니

조심해야 한다.

쌀밥이 지어지면 대접에 담고, 그 위에 채 썬 양배추를 깔아준다.

그리고 먹기 편하게 자른 오크 고기 된장 구이를 얹으면 끝이다.

페르 몫은 대접이 아니라 바닥이 깊은 접시를 준비했다.

"페르, 스이, 밥이야."

『오, 이건 식욕을 돋우는 냄새가 나는구나.』

식욕을 돋우다니, 페르는 언제나 식욕이 끓어 넘치고 있잖아.

늘 그렇듯 페르는 우걱우걱 먹기 시작했다.

"오늘은 스이도 이거 먹어도 돼. 단, 이 그릇은 먹으면 안 돼."

내가 그리 말하자 스이는 푸들푸들 떨더니 대접을 흡수했다.

그럼 나도 먹어볼까.

여전히 오크 고기 맛있네. 어떻게 그게 이렇게 맛있지? 정말이지 이세계의 신비로군. 된장도 적당히 배어들어서 맛있다. 고기로 양배추와 밥을 싸서 먹으면 최고다.

『더 다오. 고기를 듬뿍 담아서.』

예이예이, 역시 고기로구나.

돼지고기 된장 구이 덮밥(고기 많이)을 추가로 만들어서 페르에게 건넨다..

스이도 더 먹고 싶어 하는 것 같았기에 더 만들어주었다.

된장 구이는 페르에게도 스이에게도 평가가 좋은 것 같다.

된장 양념에 간 마늘이나 간 생강을 넣거나, 설탕 대신에 꿀을 쓰거나, 누룩 소금을 넣어도 맛있어지는 모양이니 다음에 한번 만들어봐야지.

이번에는 오크 고기를 두툼하게 썰었지만, 얇게 썰어보아도 맛있을 것 같다.

좋아, 또 된장 양념을 준비해두자.

그럼, 식재료만 먹은 스이의 스테이터스는 어찌 되었을까?

만족스러운지 뿅뿅 흔들리는 스이를 감정해보았다.

【이름】스이

【나이】8일

【종족】베이비 슬라임

【레벨】10

【체력】28 (+1)

【마력】27

【공격력】25

【방어력】28 (+1)

【민첩성】27

【스킬】——

앗, 플러스가 붙어 있어.

그렇다는 건, 식재료가 시간제 스테이터스 수치 상승이고, 식재료가 아닌 건 레벨을 올린다는 것인가. 하지만 이거 누가 득이야?

애초에 식재료 이외의 것을 체내에 흡수할 수 있는 건 슬라임 정도잖아? 그렇다는 건 슬라임이 득? 슬라임만 레벨을 올려대다니, 뭐여 그거. 잘 모를 구조로구먼.

애초에 이세계의 것들이니까 구조니 뭐니 하기 전에, 이쪽 세계에 왔더니 그렇게 되어버렸습니다 하는 것뿐인지도 모르지만.

뭐, 어쨌든 스이만은 간단히 레벨을 올릴 수 있다는 거로군.

지금은 아직 약해빠졌지만, 이세계의 쓰레기를 잔뜩 먹어서 점점 레벨이 올라갔으면 좋겠네.

그래서 페르와 함께 내 안전에 공헌할 수 있게 되어주렴.

안전제일, 이거 매우 중요.

"스톤 배릿."

부웅 하고 자그마한 돌멩이(스톤 배릿) 하나가 날아갔고, 표적으로 삼았던 나무에 퍽 맞았다.

서둘러 가서 살펴보니, 조금이지만 줄기가 파였다.

"아자! 조금은 나아졌네."

날아간 스톤 배릿은 변함없이 하나뿐이었지만, 전보다는 속도가 올라간 덕분에 위력도 늘었다.

이것도 바람의 여신 닌릴의 가호(소) 덕분이리라. (소)지만 그래도 좋군그래. 역시 여신님.

지금은 식후의 휴식 시간이다. 나는 그 시간을 이용하여 흙 마법 연습을 하고 있다.

페르는 식사를 마치자마자 『좀 신경 쓰이는 일이 있다』라고 말하며 숲속으로 달려가 버렸다. 바로 돌아올 테니 걱정하지 말라는 말도 했고, 나와 스이 주변에 결계도 쳐두었다고 하니 괜찮겠지만.

스이는 내 발치에서 푸들푸들 하고 있다. 참고로 착실하게 레벨 업 하고 있어서(여하튼 이세계 쓰레기를 먹는 것만으로 레벨업이니까) 지금은 레벨 13이 되었다.

어느 정도의 레벨이 되면 진화할지 매우 기대된다.

그럼, 흙 마법 연습을 계속하자. 역시 나 같은 범인은 연습밖에 없으니까.

"스톤 배럿."

나는 한동안 흙 마법 연습을 계속했다.

후, 지쳤다. 살짝 마력을 많이 쓴 것 같군.

연습밖에 없는데, 마력을 너무 쓰면 갑자기 피곤이 몰려와서 곤란하단 말이지.

조금 더 마력이 있으면 좋겠는데. 뭐, 없는 걸 원해봐도 어쩔 수 없다.

지쳤을 때는 단거지.

인터넷 슈퍼에서 판 초콜릿과 캔 커피를 샀다. 캔 커피는 블랙이다.

단것과 씁쌀한 것, 이 초콜릿과 블랙커피의 조합은 절묘하단 말씀.

초콜릿을 먹고 있으려니 스이가 다리에 달라붙었다.

"뭐야, 스이도 먹고 싶어?"

그렇게 물어보자 스이가 푸들푸들 떨기 시작했다.

반으로 자른 판 초콜릿을 스이의 촉수에 들려주자 바로 먹기 시작했다.

판 초콜릿이 스이 안에서 순식간에 녹아든다. 스이는 판 초콜릿이 마음에 들었는지 푸들푸들 떨면서 더 줘, 더 줘 하고 말하듯 몸을 내 다리에 부비적댔다.

"너, 조르는 거 잘하는구나. 잠깐만 기다려."

스이를 위해서 판 초콜릿을 추가로 샀다.

스이에게 판 초콜릿을 주자 푸들푸들 푸들푸들 떨면서 맛있게 먹는다.

나도 스이에게는 무르다니까. 이 녀석은 사람을 잘 따르고 귀여우니까 무심코 이렇게 된다.

그건 그렇고, 페르가 늦네. 금방 돌아온다고 했었는데, 시간이 꽤 지나지 않았나?

마력 회복도 겸해서 스이와 한가롭게 있으려니 잠시 후에 페르가 드디어 돌아왔다.

"늦었네, 페르. 무슨 일 있었어?"

『괜찮다. 별일 없었다. 응? 킁킁…….』

페르가 스이 주변에 코를 들이대고 킁킁 냄새를 맡기 시작했다.

"왜, 왜 그래?"

『너희들, 이 몸이 없을 때 뭔가 맛있는 걸 먹은 것이냐?』

움찔.

초콜릿 말이구나. 초콜릿이 그렇게나 단 냄새가 나는 건가?

"아, 아니, 딱히."

그러자 페르가 불쾌해하며 이쪽을 바라본다.

『내 코는 속이지 못한다.』

크윽……. 젠장, 들킨 거냐.

역시 개인지 늑대인지, 그쪽 계통인 펜리르의 후각은 예민하구나.

"나와 스이 둘이서 초콜릿이라는 과자를 먹었어. 마법 연습을 해서 지쳤으니까. 피곤할 때는 단 게 최고거든."

『이 몸도 달려서 조금 지쳤으니, 그 초콜릿이라는 것을 다오.』

뭐가 지쳤다는 거냐. 너 같이 스테이터스 수치가 대부분 만렙에 가까운 녀석이 조금 달리고 온 걸로 지칠 리가 없잖아.

『너와 스이만 먹고, 나에게만 먹지 못하게 하는 건 치사하다.』

윽, 그렇게 말하면……. 아, 정말, 알았다고요.

페르의 뚱한 눈에 진 나는 인터넷 슈퍼에서 판 초콜릿을 샀다. 스이도 먹고 싶다는 듯 이쪽을 보기에(실제로 눈은 없지만 그런 느낌이 든다) 스이 몫도 사주었다.

"자, 이게 초콜릿이야."

포장을 벗기고 판 초콜릿을 내밀자 페르가 와그작와그작 먹기 시작했다.

『음, 이건 처음 먹어보는 맛이로구나. 나쁘지는 않다.』

하아, 그러십니까. 아니, 이 녀석 판 초콜릿을 열 개나 날름 먹어버렸다고.

그렇게 먹으면 충치 생긴다. 아, 상태 이상 무효가 있으니까 충치도 생기지 않는 건가? 좋겠다. 그러고 보니 나도 (소)이기는 하지만 신의 가호가 있으니 충치는 생기지 않는 거겠지?

뭐, 단 음식을 먹는다고 해도 페르 같은 양은 못 먹지만.

참고로 스이도 기뻐하며 판 초콜릿을 먹고 있다.

『그대, 이 몸은 바람의 여신 닌릴이니라. 지금 바로 초코 어쩌고 하는 것을 바치고 기도하거라. 아, 도라야키도 함께 바치도록 하거라.』

머릿속에서 여성의 목소리가 울렸다.

페르와 하는 염화와도 비슷하지만, 그것보다 분명하게 목소리가 들렸다.

닌릴 님이라고 하는데………… 이거 단거 달라고 조르는 거지?

이게 신탁인가?

『그러하니라. 신탁이니라. 어서 하거라.』

뭐야, 그 재촉은. 여신님, 과자를 조르는 신탁이라니………… 신으로서 그래도 되는 거야?

말하기 좀 그렇지만, 글러먹은 여신님이로구먼. 위엄이고 뭐고 없다고, 이거.

『시끄럽구나. 신에게도 즐거움이 필요하니라.』

우왓, 본심 작렬이다. 정말이지 어쩔 수 없는 여신님이네.

페르에게 '단것을 바치거라'라는 신탁이 있었다고 들었을 때부터 좀 유감스런 여신님일지도 모르겠다고 생각은 했었는데 말이지. 아니 그보다, 신의 특권으로 이세계에서 가져올 수는 없는 거려나?

그럴 수 있었다면 나한테 바치라느니 말할 것도 없겠지.

뭐, 가호도 받은 몸이니 바치기는 하겠지만.

나는 여신님을 위해서 인터넷 슈퍼를 열어 판 초콜릿과 도라야키를 샀다.

『응? 뭐냐? 더 주는 것이냐?』

"아냐 아냐. 이건 페르 몫이 아니라고. 지금, 닌릴 님한테서 신탁이 내려왔어. 초콜릿을 바치고 기도하래."

"음, 그러하냐. 닌릴 님의 신탁이라면 제대로 기도하거라."

나는 종이 상자 제단에 초콜릿과 도라야키를 놓고 기도했다.

눈을 뜨자 판 초콜릿과 도라야키가 사라지고 없었다.

『굿잡이니라.』

뭐가 굿잡이냐. 그런 말은 어디서 배운 거야? 정말이지 유감스런 여신님이네.

『자, 기도는 끝난 것이냐? 그럼 가자. 어서 타라.』

"알겠어. 그런데 뭔가 서둘러야 하는 일이라도 있어?"

『아, 아니 특별히 없다. 그보다, 자네의 흙 마법은 어떠하냐?』

어라? 지금 뭔가 얼버무린 거 같은데?

"변함없이 작은 돌멩이 하나 날리는 수준이지만, 닌릴 님의 가호 덕분에 위력은 세졌어."

『스톤 배럿이란 돌멩이를 여러 개 날리는 마법이지 않느냐. 그런데 여전히 하나밖에 날리지 못해서야…….』

크으윽, 어쩔 수 없잖아. 안 날아가는 걸 어쩌라고.

『이건 역시 거기에 데려갈 수밖에 없겠구나.』(페르, 작은 목소

리)

"응? 뭐라고 했어?"

『아무것도 아니다. 그보다 어서 타라.』

"네네, 스이도 가방에 들어가 있었네. 읏차, 됐어."

『그럼, 출발하마.』

한 담 유감스런 여신님

여기는 신계.

신이 사는 세계이다.

바람의 여신 닌릴. 백은의 긴 머리카락과 한없이 맑은 푸른 눈동자, 여신이라는 이름에 걸맞은 성스럽기까지 한 미녀였다.

닌릴은 자신의 궁전에서, 신력을 불어넣으면 이세계와 하계를 볼 수 있는 수경 앞에 있었다.

"우오옷, 저, 저건 꿈에서도 봤던 단팥빵이지 않느냐!"

이 몸이 신력을 써서 처음으로 지구라는 이세계를 살펴보았을 때, 인간이 저걸 맛있게 먹고 있었느니라.

지켜보던 인간이 "맛있다 맛있다" 하며 먹는 그 모습이 강한 인상을 남겼고, 어떤 맛일까 궁금했던 것이다.

단팥……. 달다는 것만큼은 알고 있느니라.

단맛은 좀처럼 맛볼 수 없기 때문에, 더욱 흥미를 느끼게 되었다.

하지만 신력으로 이세계를 볼 수는 있어도, 물건을 손에 넣는 것까지는 불가능하다.

이 몸의 세계가 아니기 때문에.

신에게는 신의 규칙이 있느니라.

다른 세계를 보는 것은 가능하나, 손을 대서는 안 되느니라.

그래서 이 몸이 단팥빵을 아무리 원한다 해도 손에 넣을 수는 없으리라고 여겨왔는데…….

이 몸의 가호를 받은 권속인 펜리르를 우연히 살펴보았더니, 어느 틈엔가 인간과 사역마로서 계약을 맺은 것이 아닌가.

무슨 연유로 인간 따위와 사역 계약을 맺은 것인가 했더니, 펜리르가 계약을 맺은 상대는 이세계인이었다.

게다가 지구의 인간이지 않은가.

그 인간은 매우 신기한 '인터넷 슈퍼'라는 스킬을 소유하고 있었다..

그리고 그것이 무려 이세계인 지구의 식재료 등을 소환할 수 있는 스킬이라는 것을 알게 되었느니라.

그것을 알아버린 후로 이세계인과 펜리르 일행이 신경 쓰여서, 슬쩍슬쩍 엿보게 되었었다만…….

"설마 단팥빵을 소환할 수 있을 줄이야. 그것도 그렇게나 대량으로…… 이 몸도 먹어보고 싶으니라."

하지만 이 몸의 세계라고 해도 그리 쉽게 손을 대는 것은 허락되지 않는다.

다른 신에게도 본보기가 되지 않기 때문이니라.

허나, 단팥빵………….

으으으, 참아야 하느니라.

하지만, 단팥빵………….

평소처럼 하계를 보고 있으려니 이 몸의 가호를 받은 권속인 펜리르가 맛있어 보이는 단 음식을 먹고 있었다.

"무, 무엇이냐, 저, 저 도라야키라는 건. 지난번에도 단팥빵을 먹었으면서, 치사하지 않느냐. 이 몸도 먹고 싶으니라. 먹고 싶다. 먹고 싶단 말이다!"

이 몸은 단걸 정말 좋아하느니라.

허나 이 몸이 있는 이 세계에서는 단맛이라는 것이 한정되어 있느니라.

여하튼 단맛이라고 해봐야 말린 과일이나 꿀 정도.

그런데 저 녀석들은…………. 치사해, 치사해, 치사해, 치사해, 치사하단 말이다.

이 몸도 단것이 먹고 싶다.

아, 펜리르는 이 몸의 가호를 받은 권속인 자.

이 펜리르의 주인이라면 이 몸에게 공물을 바치고 기도를 올려도 이상할 것 없지 않은가?

응응, 그렇고말고.

이세계인은 신의 가호를 부러워하고 있었으니, 이 몸의 가호(소)라도 부여해주면 투덜대는 일도 없을 터.

이 몸은 곧바로 펜리르에게 신탁을 내려 이세계인에게 이 몸 앞에 공물과 기도를 올리라고 일러두었다.

바치는 것은 일주일에 한 번이니라.

너무 많으면 다른 신에게 들킬 위험이 있기 때문이다.

들키면 큰일이니라.

여신 동료인 불의 여신, 물의 여신, 대지의 여신은 단것을 내놓으라는 말을 해 올 테고, 전쟁의 신이나 대장장이 신은 이세계의 술을 내놓으라고 말할 것이 틀림없느니라.

저 '인터넷 슈퍼'란 스킬로는 이세계의 술도 살 수 있으니 말이다.

들키면 몰려들 것이 틀림없느니라.

그리고 자신들도 이세계인에게 가호를 내려서 단것과 술을 손에 넣으려 할 것이다.

그렇게 되면 이 몸의 몫이 축날지도 모르지 않느냐.

부들부들……. 들키지 않도록 조심하지 않으면 안 되느니라.

아, 펜리르가 이 몸의 신탁을 이세계인에게 전하고 있구나.

음음, 역시 이 몸의 가호(소)가 효과가 있는가 보구나.

맨 처음 공물은 단팥빵이 좋으니라.

그리고 그들이 단팥빵과 함께 먹었던 잼 빵과 크림빵도 함께 바치도록 전해두었다.

오, 바로 이 몸에게 공물과 기도를 올리고 있구나.

그렇다면…….

신력으로 공물인 단팥빵과 잼 빵과 크림빵, 그리고 이세계인이 함께 바친 커피 우유라는 음료도 신계로 전송했느니라.

"오오, 이, 이것이 꿈에서조차 보았던 단팥빵이구나. 게다가 잼 빵과 크림빵도 있느니라."

어디 그럼 바로 단팥빵을 한 입.

으음, 맛있구나 맛있구나 맛있구나!

이 검은 것은 달게 삶은 콩인 것이냐?

이것의 적당한 단맛이 무어라 말할 수 없구나.

이 단 콩을 빵으로 감싸다니…… 이 단팥빵이라는 것을 만든 자는 천재이니라.

그래 그래.

음, 이세계인이 바친 커피 우유라는 것도 마셔보아야겠구나.

어디 어디. 이걸 이렇게 꽂으면.

쪼옥, 쪼옥.

으음. 이건, 희미하게 쌉쌀함이 감도는 달콤한 음료가 이 단팥빵과 잘 어울리는구나.

이세계인 잘했느니라.

칭찬을 내리마.

다음은 잼 빵이니라.

우오오, 이 잼 빵이란 것도 맛있느니라!

붉은 과실을 조린 것이 새콤달콤하여 정말 좋구나.

그걸 빵으로 감싸다니, 이 잼 빵을 만든 자도 천재로구나.

맛있구나, 맛있구나.

앗, 벌써 다 먹었느니라.

더 먹고 싶으니, 다음은 크림빵도 먹어보아야겠다.

오오오오, 이 크림빵도 맛있구나!

우유를 달게 바짝 조려 농후한 맛을 내다니 좋구나.

이것을 빵으로 감싸다니, 이 크림빵을 만든 자도 천재구나.

맛있구나, 맛있어. 전부 맛있느니라.

이 단팥빵과 잼 빵과 크림빵과 커피 우유의 조합은 최고로구나.

허웃, 크, 큰일이구나.

저, 전부 먹어버렸느니라.

하나씩 소중히 맛보며 먹으려 했었건만.

이것도 저것도 다 맛있어 보여서 이리 된 것이 아니냐.

실로 맛있었느니라…….

이걸로 즐거움이 사라지고 말았느니라.

다음 공물을 기다려야만 한다니, 에구에구이니라.

이것도 저것도 다 이세계(지구)의 단 음식이 너무 맛있는 탓이니라──!

페르가 갑자기 멈추었다.

"어이, 왜 그래?"

『내려라.』

내리라고 하면 내리겠지만, 밥시간이 되려면 아직 좀 더 있어야 한다고 생각하는데?

『실전이니라.』

뭐? 갑자기 뭐야?

『자네, 불 마법 때는 실전을 통해 잘하게 되었지 않느냐. 이번에는 흙 마법을 위해 해보는 것이다.』

해보는 것이다, 라니. 멋대로 정하신 겁니까?

"뭘 멋대로 정하는 거야? 나, 안 할 거라고."

『아니, 하는 거다. 이대로는 흙 마법 습득이 언제 가능하게 될지 모른다. 쓸데없이 시간을 들이는 것보다, 한 번의 실전이 유효하다. 불 마법으로 증명되었을 터다.』

젠장, 나도 노력하고 있다고. 좀처럼 성과가 나오지 않아서 슬프기는 하지만.

불 마법 건이 있으니 페르의 말이 무슨 뜻인지는 알겠지만, 갑자기 고블린 집락에 끌고 가는 건 그만둬 달라고.

"하고 안 하고는 일단 제쳐두고, 뭘 시킬 생각인데?"

『저거다.』

그렇게 말한 페르가 보고 있는 방향을 보니, 동굴이 입을 벌리고 있었다.

"동굴이 어쨌는데?"

『저것은 평범한 동굴이 아니다. 던전이다.』

…………뭐?

더, 던전? 던전이라니, 그 던전 말이야? 어, 어째서 이런 숲속에 있는 건데?

『아직 생긴 지 얼마 안 된 새 던전이다. 마소가 짙은 곳에 때때로 이런 것이 자연적으로 생긴다.』

마소(魔素)라는 건 그 이름대로 마력의 근원이 되는 것이라고 한다.

이 마소를 받아들여 마력으로 바꾸고, 마법을 쓸 수 있게 되는 것이다.

알 듯도 하고 모를 듯도 하고.

페르의 말에 따르면 높은 랭크의 마물(마석 소지)의 시체가 있거나, 마소가 고이기 쉬운 지형이거나 하면 드물게 던전이 생긴다고 한다.

"갑자기 던전이라니, 또 말도 안 되는 소리를 하고 있네. 던전 같은 건 무리인 게 당연하잖아. 나는 안 들어갈 거야."

『무리가 아니다. 안을 조사해보니, 슬라임, 혼 래빗, 고블린, 코볼트 같은 대단치 않은 마물만 나왔다.』

아니 아니 아니, 나로서는 대단치 않은 게 아니니까 말이지. 안을 조사해봤다니, 들어가 봤다는 거야?

돌아오는 게 늦는다 했더니 던전에 들어갔던 거구나.

『5층계로 그리 깊지 않은 던전이니, 자네 같은 초심자라도 괜찮을 거다.』

5층계가 깊지 않다니, 내가 보기에는 완전히 깊거든. 아니, 나는 던전 같은 데 안 들어갈 거라고.

『그럼 가자.』

"기다려 기다려 기다려! 가자, 가 아니라고. 뭘 당연하단 듯이 던전에 들어가려고 하는 거야? 나는 안 갈 거라고."

『정말이지, 왜 너는 그렇게 겁이 많은 것이냐?』

페르 씨, 이건 겁이 많은 게 아니라 진중하다고 말해주지 않겠어?

"나는 진중파인 것뿐이야. 갑자기 던전이라니 절대 무리라고."

『흥, 말은 잘하는구나. 네 방법으로 마법을 습득할 수 있다면 나도 참견하지 않는다. 하지만 자네의 방법으로는 불 마법조차 습득할 수 있을지 의심스럽지 않았느냐.』

크윽……, 그건 분명히 그럴지도 모르지만.

『알았느냐? 이 몸의 말이 옳은 것이다. 자네와 스이에게는 결계를 쳐두었으니 걱정할 필요 없다. 가자.』

페르는 뭐라고 해도 던전에 데려갈 생각인 거구나. 그렇다면…….

"잠깐 기다려. 반드시 던전에 가야만 하는 거라면, 준비가 필요해."

여기서 활약을 해달라고, 인터넷 슈퍼 님.

인터넷 슈퍼(이세계)의 식재료로 스테이터스 수치를 높이는 작전이다.

다치기 싫고, 죽는 건 말도 안 된다.

던전 같은 미지의 세계에 들어가야 한다면, 조금이라도 강하게 만들어두어야 한다.

"페르한테는 말하지 않았지만, 이세계 식재료를 먹으면 강해지거든."

『뭣이?』

나는 인터넷 슈퍼(이세계)의 식재료를 먹으면 시간제로 스테이터스 수치가 상승한다는 사실을 페르에게 이야기해주었다. 잘은 모르지만, 식재료의 종류와 어떤 요리인가와 먹는 양에 따라서도 시간과 스테이터스의 어떤 부분이 오르는지가 달라진다고도 설명했다.

"그게, 전에 이세계 식재료로 밥 만들어줬을 때, 페르가 활력이 넘친다고 말했었잖아. 그때는 엄청 올라가서 나도 깜짝 놀랐을 정도야."

『호오, 그런 것이었느냐.』

인터넷 슈퍼(이세계)의 식재료를 먹으면 상태가 좋아진다는 것은 페르도 느끼고 있었나 보다.

『그렇다는 건, 이세계 음식을 먹고 던전에 들어가려는 것이냐?』

"그런 거야."

요리하면 시간이 걸리니까, 바로 먹을 수 있는 부식품 종류를 중심으로 인터넷 슈퍼에서 구입했다.

닭튀김, 크로켓, 민치가스, 두툼한 로스가스, 닭 꼬치, 탕수육, 전갱이 튀김, 해산물 지라시스시(생선, 달걀, 양념한 채소 등을 섞은 초밥을 그릇에 담고 그 위에 고명을 얹은 초밥), 훈제 연어 마리네, 감자 샐러드, 피자, 슈크림, 케이크, ect…….

아무튼 눈에 띈 것들을 이것저것 구입했다. 뭐가 어떤 스테이터스를 올려줄지 모르기 때문에, 아무튼 다양한 종류를 먹는 편이 좋을 것이다. 아무리 그렇다고는 해도, 이걸 전부 다 먹을 수는 없으므로 모든 종류를 조금씩 먹고, 남은 건 페르에게 먹어달라고 하자.

남은 거라서 미안하지만, 이렇게 된 것도 페르 탓이니까.

아, 스이에게도 줘야지. 이세계 쓰레기로 레벨 업 하는 것은 물론이고, 스테이터스 수치도 올려야겠다.

그리고 마실 것도 사야지. 좋아, 이 정도면 되겠지.

인터넷 슈퍼에서 산 부식품 종류들을 꺼내놓는다. 이세계 요리가 수북이 쌓였다.

"어떤 게 어떤 스테이터스를 올려주는지 모르니까, 나는 일단 여러 요리를 먹어야만 해. 하지만 내 배에는 한계가 있어. 조금씩 먹을 테니까, 남은 건 페르랑 스이가 먹어줄래? 남은 거라 미안하다고 생각하지만, 던전에 들어가기 위해서니까."

『그래, 알았다.』

페르 씨, 군침이 떨어지고 있거든. 스이도 고속으로 푸들푸들 하면서 흥분하지 마.

그럼, 먹어볼까.

나는 한 입 먹고 나머지는 페르에게 주었다. 음식이 들어 있던 용기류는 스이에게.

“아, 말하는 걸 잊었는데, 이세계의 식재료 이외의 것들을 먹으면 레벨이 올라가는 모양이야. 이런 거나, 이런 거.”

음식이 담겨 있던 용기들을 가리키며 페르에게 설명했다.

『음, 그러하냐. 그렇다면 스이는 마구 레벨 업 하겠구나. 이세계의 것들은 신기하구나.』

“신기하다니, 내가 있던 원래 세계에서도 그런 건 없었거든. 이쪽에 왔더니 이렇게 되잖아. 나도 신기해.”

정말로 어떤 원리로 그리 되는 것일까 내가 묻고 싶을 정도라고.

뭐, 이세계 전이라는 이해하기 어려운 현상을 겪기도 했으니, 이런 일도 있을 수 있는 세계겠지.

계속해서 먹어나간다.

스이에게는 용기들을 먹게 해서 레벨 업을 노리는 한편, 스테이터스 수치를 올리기 위해 음식들도 조금씩 먹게 해주었다. 페르도 내가 남긴 것들을 덥석덥석 먹고 있다.

“후우, 잘 먹었다. 마지막으로 디저트야.”

마지막으로 슈크림과 케이크를 한 입씩. 남은 것은 페르와 스이가 맛있게 먹고 있다.

“끄윽, 더는 못 먹어.”

어디어디, 스테이터스 수치는 어떻게 되었으려나?

【이름】 무코다(츠요시 무코다)

【나이】27
【직업】휩쓸린 이세계인
【레벨】3
【체력】110 (+24)
【마력】110 (+23)
【공격력】83 (+19)
【방어력】82 (+17)
【민첩성】78 (+16)
【스킬】감정, 아이템 박스, 불 마법
사역마(계약 마수) 펜리르, 베이비 슬라임
【고유 스킬】인터넷 슈퍼
【가호】바람의 여신 닌릴의 가호(소)

어디, 20퍼센트 정도 오른 건가?

조금 더 올라갔으면 좋았겠지만, 너무 바라면 안 되겠지.

페르와 스이는 어떻게 되었으려나?

둘을 감정해보니, 페르는 스테이터스 수치가 전부 30퍼센트 정도 올랐고, 스이는 레벨이 16으로 올랐고 스테이터스 수치는 나와 마찬가지로 20퍼센트 정도 올랐다.

『자네가 말한 대로, 스테이터스 수치가 올랐구나.』

페르도 감정해본 모양이다.

『이제 던전도 문제없다. 가자.』

문제없지는 않지만, 아니, 엄청 많지만, 지금 들어가지 않겠다고 해본들 페르는 분명 던전으로 끌고 들어갈 뿐일 테니까.
나는 아이템 박스에서 쇼트 소드를 꺼냈다.
각오를 다지고 들어가 볼까.
"아, 페르. 결계는 확실하게 쳐달라고."
얼간이라는 말을 듣는다 해도, 나는 안전이 제일이라고.

나와 페르와 스이는 던전으로 들어갔다. 우리가 맨 처음 만난 것은 슬라임이었다.
스이를 귀여워하는 나로서는 슬라임은 좀 저기 그런데, 하고 생각하고 있으려니…….
"엇?"
슬라임이 주와악 녹아버렸다.
어라? 무슨 일이 일어난 거야?
『스이, 꽤 좋은 공격이었다.』
어? 지금 스이가 공격한 거야? 그보다, 동족인데 주저 없이 공격…….
『스이가 산을 날렸다.』
페르가 그리 말하자 스이가 내게 공격을 보여주었다. 스이의 촉수에서 물대포처럼 퓻 하고 산성 액체가 날아갔다. 꽤 고농도의 산성 액체인지 맞은 돌이 연기를 내며 녹아가고 있다.
…………뭐야, 그 강력한 공격은.

어, 스이는 그렇게 강했던 거야?

『이 정도의 공격을 할 수 있다는 건, 스이는 특수 개체인지도 모른다.』

특수 개체……. 그, 그런 거냐?

이대로 레벨을 올리면 스이는 대체 어떻게 진화하는 걸까?

뭐, 뭐어, 강해지는 건 좋은 일이기는 하지만.

『다음 상대가 왔다. 이번에는 자네가 해보아라.』

나는 페르의 말대로 슬라임을 향해 쇼트 소드를 내려쳤다.

슬라임은 푸왁 하고 쪼개지더니 잠시 후 지면에 흡수되었다.

"던전은 시체 같은 게 남지 않는 거야?"

『그래, 던전이란 마소를 흡수하며 살아가는 생물 같은 것이다. 던전에 들어간 자는 마물이든 인간이든 그 안에서 죽으면 던전에 흡수되어 영양분이 된다.』

아, 이 세계의 던전은 그런 타입이구나.

절대로 던전에서는 죽고 싶지 않네.

『다음이다. 다음은 마법을 쏴보아라.』

나는 고개를 끄덕이고 파이어 볼을 날렸다. 파이어 볼이 슬라임에 적중하고 폭발을 일으켰다.

오, 평소보다 위력이 좋아진 것 같은데. 인터넷 슈퍼(이세계)의 식재료 덕분인가?

나와 스이는 쏟아져 나오듯 계속해서 덮쳐드는 슬라임을 쓰러뜨렸다.

『좋아, 다음 층으로 가자. 다음 층은 혼 래빗이 나온다. 뿔을 조심하도록 해라.』

계단 같은 곳을 내려가자, 바로 혼 래빗이 공격해 왔다.

머리에 난 날카로운 뿔을 무기로 삼아 덤벼든다.

"으아아."

반사적으로 쇼트 소드를 휘둘렀지만 치명상을 입히지는 못했다.

퓻.

스이의 산성 액체 공격으로 주와악 녹아버렸다.

"오, 스이 잘했어."

내가 칭찬해주자 스이는 기쁜 듯 푸들푸들 떨었다.

『아직 더 온다. 방심하지 마라.』

그랬지. 여기는 던전 안이었어.

『그리고 자네, 흙 마법을 사용해라. 쓰지 않으면 언제까지고 습득하지 못한다.』

크윽…… 아픈 곳을 찌르다니.

그 이후로는 스톤 배럿을 써서 혼 래빗을 쓰러뜨렸다. 하지만, 그래 봐야 작은 돌멩이 하나를 날릴 뿐이다. 놓치고 만 혼 래빗은 스이와 페르가 쓰러뜨리고 있다.

『좀처럼 늘지를 않는구나.』

"하아, 하아, 그렇게 바로 잘할 리가 없잖아. 읏, 스톤 배럿."

달려드는 혼 래빗에 스톤 배럿을 맞추었다.

『역시 작은 돌멩이 하나인가. 조금 더 강한 마물이지 않으면 안 되는 것인가?』

"그런 것보다, 이 녀석들 페르가 있는데 어째서 접근해 오는 거야? 숲에서는 페르가 너무 강한 나머지 마물은 접근해 오지 않았잖아? 왜 여기서는 상관하지 않고 덤비는 거지?"

페르가 너무 강하기 때문이겠지만, 평소에는 마물이 전혀 다가오지 않는다. 페르가 기척을 지우고 있을 때는 다가오기도 하지만, 모습을 확인하면 보자마자 도망을 친다.

그래서 여행 도중에 마물과 만난 일은 거의 없었다.

그런데 던전 안에서는 피라미라고 불리는 슬라임이나 혼 래빗조차도 기척을 지우지 않고 있는 페르가 있음에도 괘념치 않고 계속 덤벼든다.

『던전의 마물이란 것은 상대의 강약에 상관없이 던전에 진입한 자들은 적으로 간주하는 것이다.』

그, 그렇구나. 던전 무서워. 덮쳐들 걸 알면서도 들어가다니, 의미를 모르겠네.

나는 이제 절대로 던전 같은 곳에 들어가지 않을 거라고.

『어이, 방심하지 마라. 다음이 온다.』

"으앗, 스톤 배럿."

역시 던전 같은 데는 들어오는 게 아니었어.

혼 래빗을 쓰러뜨리며, 드디어 다음 층으로 내려갔다.

『이 층은 고블린이다.』

켁…… 고블린인 거냐. 전에 그건 다시 떠올리고 싶지 않다고.

『왔다.』

크엑…… 통로에서 고블린 세 마리가 이쪽을 향해 달려오고 있다.

“파, 파이어 볼.”

파이어 볼에 맞자 고블린은 검게 타버렸다.

『흙 마법을 쓰라고 말하지 않았느냐.』

그렇게 말해도, 고블린이 덤벼들면 무섭다고.

무서우니까 조금은 쓸 수 있는 불 마법 쪽을 무심코 써버린 거라고.

『다음이 온다.』

끄악, 또 오잖아. 그것도 고블린 수가 늘었어!

“스톤 배럿, 스톤 배럿, 스톤 배럿!”

작은 돌멩이 하나만 날아가는 스톤 배럿으로는 고블린 수를 줄일 수 없었고, 살아남은 고블린이 점점 닥쳐들고 있다.

“으아앗, 오지 마. 스톤 배럿, 스턴 배럿, 스톤 배럿.”

스톤 배럿을 쏘아보지만, 그래도 끈질기게 한 마리가 살아남아 곤봉을 휘두르며 이쪽을 향해 왔다.

“꺄아아아아아앗.”

악몽의 재래다.

퓻.

스이의 산성 액체에 고블린의 상반신이 흐물흐물 녹아갔다.

“스이~ 고마워. 너 강하구나. 최고야.”

스이를 안아서 부비부비 한다.

『너보다 스이 쪽이 훨씬 담력이 있구나.』

크으윽, 고블린한테 트라우마가 있다고. 누구 씨 덕분에 말이지.

고블린투성이인 이 층에서는 고생했지만, 스이가 도와준 덕분에 어찌어찌 돌파했다.

『그럼 다음 층으로 가자.』

다음은 4층인가. 그 다음에는 5층도 있고……. 이제 지상으로 돌아가고 싶다고. 하아.

『이 층에는 코볼트가 있다. 수도 많아지니 조심해라.』

페르의 말을 듣고 신중하게 걸음을 옮겨간다.

『온다.』

멍멍, 캥캥 짖으며 이빨을 드러낸 개의 얼굴을 한 코볼트 집단이 이쪽을 향해서 달려온다.

"끄악, 뭐야 이거. 무리 무리 무리!"

『무리가 아니다. 결계가 있으니 괜찮다. 침착하게 흙 마법을 쏴라.』

아니 아니 아니, 침착해질 수 있겠냐고.

"파이어『불 마법을 쓰면 여기에 자네 혼자 두고 갈 것이다.』……."

코볼트의 흉악한 모습에 무심코 파이어 볼을 쏘려 했더니, 페르가 무자비한 말을 해왔다.

페르 이 귀신, 악마.

젠장, 아무튼 스톤 배럿을 쏘고 쏘고 쏘아댈 수밖에 없겠다.

파이어 볼은 그런 식으로 쓸 수 있게 되었으니까, 믿고 해보는 수밖에.

"스톤 배럿, 스톤 배럿, 스톤 배럿."

휭, 휭, 휭, 작은 돌멩이가 날아간다. 선두를 달리던 코볼트 두 마리에게 명중하여 쓰러뜨렸지만, 그 뒤에 있던 코볼트는 변함없이 이쪽을 향해 달려온다.

개의 모습인 만큼 발이 빠르다. 코볼트는 내 눈앞에서 커다란 입을 벌리고 당장에라도 물어뜯을 기세였다.

꺄아——앗, 이제 틀렸어.

이런 던전 안에서 죽는 건가 생각하며 내가 눈을 감은 순간.

콰직.

물어뜯으려던 코볼트의 공격이 무언가에 막혔다. 머뭇거리며 눈을 뜨자 단단하고 투명한 것에 가로막혀 커다란 입을 벌린 채 얼빠진 표정을 하고 있는 코볼트가 바로 앞에 있었다.

『그러니까 괜찮다고 몇 번이나 말하지 않았느냐. 이 몸의 결계는 코볼트에 의해 깨질 만큼 무르지 않다.』

알고 있다고. 머리로는 알고 있다고. 하지만 말이지, 페르의 결계는 투명해서 생생함이 장난 아니라고. 저런 흉포한 얼굴을 한 코볼트가 닥쳐들면 무섭다고.

후우, 진정하자.

페르의 말대로 이 결계는 무척 튼튼한 모양이다.

코볼트 집단이 덤벼드는 모습은 무섭다. 하지만 페르의 결계가 있으니 괜찮다.

아무튼 흙 마법이다.

쏘고 쏘고 쏘아대서 습득하는 거다.

그러지 않으면 던전에 들어온 의미가 없다.

"좋아, 해보겠어."

『그 기세다. 또 코볼트가 온다.』

"스톤 배럿, 스톤 배럿, 스톤 배럿!"

코볼트를 향해 인정사정없이 스톤 배럿을 쏘고 쏘고 쏘아댔다.

다수의 코볼트를 쓰러뜨리고, 드디어 아래로 내려가는 계단 앞까지 도착했다.

"하아 하아, 어떠냐? 페르. 내 스톤 배럿도 괜찮아졌지? 돌멩이가 세 개 정도는 날아가게 되었으니까."

『아직 멀었다. 작은 돌 세 개를 날리게 되었다고 자만하지 마라.』

크으으, 엄격하고만.

『다음은 드디어 최하층이다. 아래는 넓은 공간으로 되어 있고, 아마도 코볼트가 상당 수 기다리고 있을 터다. 명심하고 가라.』

나는 고개를 끄덕이고 페르의 뒤를 따라 천천히 계단을 내려갔다. 최하층은 둥근 돔 형태의 넓은 공간으로 되어 있었고, 페르의 말대로 코볼트로 넘쳐났다.

"이, 이건 너무 많잖아……."

『음, 확실히 많구나. 내가 들어왔었을 때는 이렇게 많지 않았다만…… 응? 안에 킹이 있구나.』

"킹이라니, 상위종이야?"

『그렇다. 일단 자네와 스이 둘이서 쓰러뜨려 보아라. 결계도 있으니 걱정할 필요 없다. 여차하면 나도 있고.』

아니 아니 아니, 쓰러뜨려 보라니 무슨 소리야.

너는 어째서 그렇게 무리한 말만 하는 건데?

『스이는 의욕이 넘치는구나. 너도 보고 배워라.』

페르의 그 말에 스이를 바라보니, 촉수를 꺼내 산성 액체를 발사할 준비를 마친 상태였다.

"스, 스이~."

어째서 너는 그렇게 의욕이 넘치는 거야? 내 귀여운 스이는 사실 전투광이었던 거야?

『자네와 비교하면 스이 쪽이 훨씬 용감하구나. 자, 가라.』

그리 말하며 페르가 나를 밀었다.

"잠깐……."

내가 비틀거리며 한 걸음 내디딘 것을 신호로 수많은 코볼트가 달려들어 왔다.

"으, 으아아아앗."

퓻, 퓻, 퓻.

스이가 엄청난 속도로 기어가며 산성 액체를 날렸다.

산성 액체를 맞은 코볼트는 단말마를 지르며 녹아버렸다.

"스, 스이?!"

스이가 이렇게 공격적이었을 줄이야. 이런 상황이 아니었다면 토했을 거라고, 이 장면.

『어서 너도 가라. 흙 마법을 쓰는 거다.』

다시 페르에게 떠밀렸다. 대량의 코볼트가 덮쳐든다.

"젠장! 스톤 배럿! 스톤 배럿!! 스톤 배럿!!!"

악에 바쳐 스톤 배럿을 마구 쏴댔다.

…………….

여하튼, 쏘고 쏘고 쏘고, 쏴댔다고.

페르의 말을 그대로 인정하는 건 부아가 치밀지만, 생각했던 대로 스톤 배럿을 쏠 수 있게 되었다.

남은 건 한층 커다란 코볼트 킹이다.

제일 안쪽에 침착한 모습으로 서 있지만, 동료 코볼트들이 차례대로 당하는 모습을 보고 화가 났는지, 이빨을 드러내고 으르렁거리는 소리를 내고 있다.

"하아, 하아, 하아, 남은 건 저 녀석뿐이야……."

코볼트 킹이 "크르릉" 하고 우렁차게 짖으면서 도끼를 치켜들고 이쪽으로 달려왔다.

"하아, 하아, 스톤 배럿! 스톤 배럿!! 스톤 배러어어어엇!!!"

내 마지막 힘을 짜낸 스톤 배럿이 코볼트 킹에게 날아들었다.

피를 흘린 채 분노한 표정으로 닥쳐든 코볼트 킹은 내 바로 앞까지 와 있었다.

"젠장, 마력이 떨어졌어……. 페르, 뒤를 부탁한다……."

그리 말하고 의식을 잃기 직전에 나와 코볼트 킹 사이에 부들부들 떠는 스이가 끼어들었다.

그리고 퓻 하고 대량의 산성 액체를 코볼트 킹에게 뒤집어씌웠다.

코볼트 킹은 비명을 지를 틈도 없이 뚝뚝 녹아갔다.

어? 뭐야, 이 마무리.

결정적인 부분은 스이가 가져간 거야?

스, 스이――잇?!

그 시점에서 나는 다시 마력이 바닥나서 의식을 잃고 말았다.

찰싹찰싹.

으응…… 누구야, 내 얼굴을 때리는 건………….

찰싹찰싹.

"뭐야, 정말…………. 으, 으응……. 으앗, 던전."

벌떡 일어나자 스이가 내 배 위에서 걱정하며 촉수를 뻗고 있었다.

찰싹찰싹 했던 건 너였냐.

"스이…… 나는 괜찮아. 너도 괜찮은 거지?"

『괜찮아.』

어린 목소리가 머리에 울렸다.

"우와앗, 지, 지금 그거 스이야?"

『응. 나야.』

여, 염화인 거지? 페르가 사역 계약을 맺은 자끼리는 염화를 할 수 있다고 했었으니, 스이가 염화를 할 수 있어도 이상하지는 않다.

하지만 지금까지 염화를 쓴 적 없었잖아?

아, 혹시 레벨이 올라가서 염화를 쓸 수 있게 된 거야?

내 배 위에서 푸들푸들 떨고 있는 스이를 본다.

던전에서 코볼트 킹과 싸우던 모습이 떠올랐다.

마지막에 나와 코볼트 킹의 사이에 스이가 끼어들어서…….

뭐랄까, 스이 엄청 강했는데. 스이는 던전에서의 싸움으로 분명히 레벨이 올라갔을 테지? 어쩐지 점점 움직임이 좋아졌던 것 같기도 하다.

던전 안에서의 싸움으로 레벨이 올라가서 염화도 할 수 있게 된 것인지 모른다.

나는 스이를 감정해보았다.

【이름】스이
【나이】14일
【종족】슬라임
【레벨】7
【체력】157
【마력】151
【공격력】149
【방어력】152
【민첩성】153
【스킬】산탄(酸彈)

스이, 어느 틈에 진화한 거냐…….

레벨이 오른 것만이 아니라 진화까지 해버렸다고. 베이비 슬라임에서 슬라임이 되었다고.

게다가 슬라임으로 진화하고도 레벨 7이 되었어.

그리고 스킬이 있잖아.

산탄이라는 건, 그 산성 액체를 쏘던 그건가? 그거 엄청나게 강력한 공격이었지.

그도 그럴 게 산성 액체를 날리는 거라고.

그 공격을 받은 녀석은 18금 확정인, 아주 기분 나쁜 상태가 됐다고.

그보다 스테이터스를 보고 생각한 건데, 혹시 스이는 나보다 강해진 건가?

서둘러 내 스테이터스를 확인한다.

【이름】무코다(츠요시 무코다)
【나이】27
【직업】휩쓸린 이세계인
【레벨】7
【체력】142
【마력】141
【공격력】123
【방어력】122
【민첩성】118
【스킬】감정, 아이템 박스, 불 마법, 흙 마법
사역마(계약 마수) 펜리르, 슬라임
【고유 스킬】인터넷 슈퍼
【가호】바람의 여신 닌릴의 가호(소)

크읏…… 스, 스이한테 지고 있어………….

하, 하지만 레벨 업 해서 나도 레벨 7이 되었네. 스킬에 흙 마법도 생겼고.

던전에서 그런 꼴을 당했는데, 레벨 업이 안 됐다면 정말로 남자의 눈물을 흘렸을 거라고.

하지만 슬프구나, 스테이터스를 보면 스이 쪽이 강하잖아.

태어난 지 14일인 스이에게 질 줄이야, 하아…….

스이는 대체 뭐야? 페르는 특수 개체일지도 모른다고 했는데. 특수 개체란 다 이런 건가?

아무리 그래도 성장이 너무 빠른 것 같고, 지나치게 강한 것 같은데…….

그게 벌써 슬라임이 되었고, 그 산탄이란 스킬도 너무 강하잖아.

여전히 내 배 위에서 푸들푸들, 뭐가 즐거운지 촉수로 내 얼굴을 쓰다듬고 있는 스이를 보며 염화로 이야기를 해보았다.

『저기, 스이는 특수 개체인 거니?』

『응? 몰라. 스이는 스이야.』

뭐, 이제 겨우 태어난 지 14일이니, 모르는 것도 당연한가.

게다가 스이가 강해지는 건 좋은 일이니까.

주로 나의 안전을 위해서.

그러고 보니 페르가 안 보이는데, 어디 간 거지?

주변을 살펴보지만, 페르의 모습이 보이지 않는다.

『저기 스이, 페르는 어디 갔어?』

『그니까, 배고프다고 하고 어디 가버렸어. 그치만 금방 돌아온다고 했어.』

그, 그렇구나. 아니, 어라? 페르하고도 염화로 이야기할 수 있는 거야?

『스이, 페르랑 염화로 얘기할 수 있어?』

『응, 할 수 있어.』

사역마끼리도 염화를 할 수 있는가 보다.

페르, 배가 고픈 걸 참지 못하고 잠깐 야생으로 돌아갔구나.

잠시 기다리자 페르가 숲속에서 모습을 드러냈다.

『음, 드디어 깨어났구나.』

페, 페르 씨, 야생으로 돌아간 건 괜찮지만 빨개진 털 좀 나한테 안 보이게 해줬으면 하는데. 입 주변에 붉은 게 치덕치덕 묻어있거든…….

『자네가 좀처럼 일어나지 않아서 말이다. 배가 고파져서, 요기를 하러 다녀왔다.』

역시 야생으로 돌아가서 생고기를 먹고 온 거구나. 입 주변의 빨간 게 너무 생생하다고.

『하지만 역시 자네의 밥이 더 맛있다. 뭔가 밥을 지어다오.』

아니, 배터지게 생고기 먹고 온 거 아냐?

『자네의 밥과는 만족도가 다르단 말이다.』

예이예이, 그러십니까.

하지만 나, 정신을 잃었다가 깨어난 건데.

『이 몸 덕분에 흙 마법도 무사히 습득하지 않았느냐. 이세계의 맛있는 것을 내놓아도 좋을 것이다.』

이세계의 맛있는 거라니, 조르지 말아줄래?

분명히 흙 마법은 습득할 수 있었지만, 던전 엄청 무서웠다고.

이제 두 번 다시 들어가고 싶지 않다.

꼬르륵.

내 배에서 소리가 났다. 정신을 잃은 후로 시간이 꽤 지났나 보네.

페르의 말에 따르는 것 같아서 분하지만, 밥을 먹기로 할까.

으음, 뭘 만들까.

페르가 바라는 이세계 음식은 페르가 또 울끈불끈 해버릴 테니까 당연히 각하.

마력을 너무 써서 나른하니, 보양이 되는 게 좋겠다.

보양이 되는 음식이라고 하면, 바로 생각나는 건 영양 만점인 달걀이려나?

달걀이라. 요즘 들어 안 먹었으니까 괜찮을지도.

달걀, 달걀, 달걀………….

단시간에 만들 수 있고, 록 버드 고기도 남아 있으니 그걸 만들자.

그렇다면 인터넷 슈퍼에서 장을 봐야겠군. 달걀이랑 맛간장을 사고, 맛술과 설탕은 아직 남았고, 양파도 남았지……. 아, 제일 중요한 쌀을 사야겠네.

우선은 양파를 얇게 썰어두고, 록 버드 고기를 한입 크기로 자른다.

그리고 달걀을 깨서 가볍게 풀어준다.

다음은 프라이팬에 물, 맛간장, 맛술, 설탕을 넣어 국물을 만들고, 불에 올린다.

나는 귀찮아서 늘 맛간장을 쓴다. 맛간장 엄청 편리하다고.

국물이 끓어오르면 양파와 록 버드 고기를 넣는다.

양파와 록 버드 고기가 익으면 풀어둔 달걀물을 절반만 넣어서 약불에 끓인다.

달걀이 단단해지기 시작하면 남은 달걀물을 넣고 바로 불을 꺼준다.

나중에 넣은 달걀은 여열로 익게 해주면 반숙으로 보들보들한 닭고기덮밥이 완성된다.

다음은 지어둔 밥에 얹어 먹기만 하면 된다.

"페……."

페르와 스이를 부르려 했더니, 바로 옆에서 얌전히 기다리고 있었다.

"자."

페르 앞에 특대 닭고기덮밥을 놓아주었다.

『음.』

그 말만 하고 우걱우걱 먹기 시작했다.

스이에게는 보통 크기의 닭고기덮밥과 달걀 껍데기, 양파 껍질을 내주었다.

『주인, 맛있어.』

스이가 염화로 말을 걸어왔다.

"그래, 그렇구나, 다행이네."

스이를 한 번 쓰다듬어주고 나도 닭고기덮밥을 먹기 시작했다. 응, 꽤 잘 만들어졌네.

『한 그릇 더.』

페르 씨, 먹는 게 너무 빠르시지 않나요? 그보다, 생고기 먹고 온 거 아니었냐고.

어쩔 수가 없네.

나는 페르에게 한 그릇 더 만들어주었다. 스이도 더 먹고 싶어 하는 것 같았기에 스이 몫도 더 만들었다.

정말이지, 우리 사역마들은 잘 먹는구나.

식후의 휴식 시간. 그러고 보니 하고 페르에게 말을 꺼냈다.

"아, 맞다. 스이랑 염화로 이야기했다며?"

『음.』

『스이, 페르 아저씨랑 얘기했어.』

"풉……. 아, 아저씨…………"

페, 페르가 아저씨라니.

스이는 무서운 게 없구나.

뭐 1000살을 넘었으니까, 따지자면 아저씨는커녕 할아버지가 되겠지만.

『음, 웃지 마라. 그리고 스이, 이 몸을 아저씨라고 부르지 말라고 하지 않았느냐.』

『응? 어째서? 페르 아저씨는 페르 아저씨잖아?』

『그러니까 부르지 말라고…….』

"푸후훗, 자, 자아, 괜찮잖아. 스이는 아직 태어난 지 14일밖에 안 됐으니까. 거기에 비하면 아저씨잖아? 그렇지? 페르 아저씨."

『크으읏, 그렇게 부르지 마라. 물어버릴 테다.』

"하하하, 미안 미안."

『내가 아저씨라면, 자네도 아저씨가 아니냐.』

"아니 아니 아니, 나는 아직 스물일곱 살이라고. 아저씨 아니거든."

『주인은 주인이야.』

"봐, 스이도 이렇게 말하잖아."

『크으으으. 스이, 잘 들어라. 이 몸은 페르라고 부르거라. 알겠지?』

페르가 크르릉 하고 으르렁거리는 소리를 내며 스이를 향해 그렇게 말했다.

『우웅, 페르 아저씨는 페르 아저씨인걸…….』

스이는 그렇게 말하며 부들부들 부들부들 가늘게 떨기 시작했다.

"뭐 하는 거야. 스이 울리지 마."

나는 스이를 안아 쓰다듬어주었다.

『우아앙, 주인.』

부들부들 부들부들 떠는 스이를 달랜다.

“자, 울지 마, 뚝. 스이는 강한 아이잖아.”

『응, 스이 강한 아이.』

아, 착하다 착하다.

“그런 그렇고, 정말 나쁘다. 호칭 하나로 그렇게 으르렁거리다니. 페르 아저씨는 마음이 좁은가 봐.”

흉보듯 말하자 페르가 크으읏 하고 떨떠름한 표정을 짓더니 흥 하고 고개를 돌려버렸다.

『이 몸은 마음이 좁지 않다. 스이에게만은 그리 부르는 것을 허락한다.』

아하하, 페르가 스이한테 졌어.

“스이, 페르 아저씨라고 불러도 된대.”

그리 말하자 스이가 기쁜 듯 푸들푸들 떨었다.

『페르 아저씨, 고마워.』

푸들푸들 푸들푸들 기쁜 듯이 몸을 떠는 스이.

아, 귀엽다. 귀여워.

우리 스이는 정말 귀엽구나~.

"하아……."

한숨이 나오느니라.

이세계인이 다음 공물을 바치려면 시간이 한참 남았지 않느냐.

그때까지 단맛은 미뤄둬야 하느니라.

단팥빵과 잼 빵과 크림빵은 참으로 맛있었다.

이세계(지구)의 단맛은 이 몸의 예상을 뛰어넘을 정도로 맛있는 것이었느니라.

너무 맛있어서 첫날 전부 먹어버리지 않았느냐.

좀 더 많이 바치라고 전해두면 좋았을 것을.

하아, 어서 다음 공양 날이 오면 좋으련만.

다음 공양을 이제나저제나 기다리며 평소처럼 수경으로 하계를 살피고 있었다.

"음, 저, 저것은 무엇이냐?"

이세계인이 '인터넷 슈퍼'에서 소환한 저 갈색 판은 무엇이냐?

단거라고 말한 것 같았다만.

저것이 단것이란 말이냐?

그렇게는 보이지 않는다만…….

어디 어디, 저건 초콜릿이라는 과자인 것이냐.
사역마인 슬라임이 조르고 있구나.
저 녀석들은 기본적으로 무엇이든 먹으니, 조를 정도로 음식을 바라는 일은 드물다만.
무척이나 맛있었던 것이냐?
크으읏, 이 몸도 먹어보고 싶구나.
그 단팥빵과 잼 빵과 크림빵을 만든 세계의 것이니, 맛없을 리가 없을 터.
이 몸의 본능이 그리 말하고 있느니라.
허나, 오늘은 공양을 바치는 날이 아니다.
그러나 저 초콜릿은 먹고 싶구나…………
에잇, 이 몸은 여신이니라. 조금 정도는 괜찮지 않느냐.
즉, 들키지 않도록 조심하면 되는 것이다.
그래, 그러하니라. 그렇게 하자꾸나.
이 몸은 바로 이세계인에게 신탁을 내렸다.
"그대, 이 몸은 바람의 여신 닌릴이니라. 지금 바로 초코 어쩌고 하는 것을 바치고 기도하거라. 아, 도라야키도 함께 바치도록 하거라."
하는 김에 초콜릿과 함께 저 녀석들이 지난번에 맛있게 먹었던 도라야키도 함께 바치게 하는 게다.
이세계인이 이 몸의 신탁에 놀라고 있구나.
'이게 신탁인가?'라고?
"그러하니라. 신탁이니라. 어서 하거라."

'과자를 조르는 신탁이라니………… 신으로서 그래도 되는 거야?'라고?

되는 게 당연하지 않느냐.

단맛은 지고이니라.

'위엄이고 뭐고 없다고'라고?

이세계인 자식, 제멋대로 말하는구나.

"시끄럽구나. 신에게도 즐거움이 필요하니라."

이러쿵저러쿵하지 말고 어서 초콜릿과 도라야키를 바치거라.

이세계인이 '인터넷 슈퍼'에서 초콜릿과 도라야키를 소환하고 있다.

제단에 초콜릿과 도라야키를 올리고 기도를 하고 있구나.

옳지 옳지, 그럼 초콜릿과 도라야키를 신계로 가지고 와야겠구나.

"굿잡이니라."

수경으로 지구를 살폈을 때, 좋은 일을 하면 이렇게 말하는 것을 들었느니라.

"오오, 이것이 초콜릿과 도라야키구나."

어디 어디, 그럼 초콜릿부터.

이세계인이 이 포장을 떼고 나서 먹는 것을 보았느니라.

저 이세계인이 했던 것처럼 포장을 벗겨낸다.

포장 안에서 나온 것은 갈색 판이구나.

음, 이걸 먹었었지.

"그건 그렇고, 이 초콜릿이라는 건 냄새가 좋구나. 계속 맡고 싶은 달콤한 냄새가 나느니라."

그럼 한 입.

뽀각.

듣기 좋은 소리와 함께 갈색 판이 쪼개졌다.

우오옷, 이, 입안에서 녹는구나.

달구나, 그리고 아주 살짝 씁쌀한 맛도 느껴지는 독특한 맛이로구나.

이건 맛있구나. 너무 맛이 있구나.

이런 건 이 몸의 세계에는 존재하지 않는다.

이 초콜릿을 발명한 자도 천재로구나.

팥빵도 잼 빵도 크림빵도 이 초콜릿도 너무 맛이 있구나.

이 단맛도, 그야말로 이 세계의 것이라 생각되지 않을 정도의 맛이로구나.

이세계(지구)에는 단맛의 천재가 우글우글 있는 것이냐.

부럽기 그지없구나.

이 몸의 세계에도 그런 천재가 태어나주면 조금은 단맛이 발전해갈 것을.

지금에 이르러서도 말린 과일과 벌꿀에 절인 것뿐이라니…….

조금 씁쓸하구나.

하아, 초콜릿 맛있었느니라.

다음은 도라야키구나.

아니, 아니 된다. 아니 돼.

이래서는 지난번의 반복이지 않느냐.

이 도라야키는 내일 먹도록 하겠느니라.
…………꿀꺽.
도, 도라야키, 맛있어 보이는구나.
앗, 이세계인에게 많이 바치라고 전하는 것을 잊었구나.
다음에 바칠 때는 많이 하라고 신탁을 내려야겠다.
그렇다면 지금 도라야키를 먹어도 문제는 없을 터.
응, 그러하니라.
다음에는 공물이 잔뜩 있을 터이니.
그래, 도라야키를 먹도록 하자.
덥석.
으으으으음, 맛있어!!
단팥과 같은 달게 졸인 콩이구나, 이건.
그것을 촉촉하고 달콤한 빵 같은 것으로 감싼 것이냐.
양쪽 모두 달지만, 이것은 질리는 단맛이 아니라 절묘하게 밸런스를 유지하는구나.
이 도라야키를 발명한 자도 천재이니라.
이세계(지구)의 단맛을 맛보고 나면, 다른 단맛은 입에 대기 싫구나.
이 몸은 이세계(지구) 단맛의 포로가 되었느니라.
하아, 다음에는 어떤 단 음식을 먹을 수 있을지 기대되는구나.

제 7 장 보스 캐릭터 급의 마물이 있는 숲에 끌려왔다

페르의 등에 올라탄 채, 신경 쓰이던 것을 물어보았다.

참고로 스이는 어깨에 메는 가방 안에서 얌전히 낮잠을 자는 중이다.

"저기, 페르. 숲을 빠져나가려면 한참 더 걸리는 거야?"

엘만 왕국이나 레온하르트 왕국에 갈 생각이라고 말했을 때, 페르가 숲을 가로질러 가는 쪽이 지름길이라고 했기 때문에 그대로 따라왔는데, 숲에 들어온 지 이미 3주나 지났거든.

『자네에게 맞춰서 속도를 낮추어 가고 있기 때문에 더 걸린다. 이 몸이 마음대로 속도를 내면 훨씬 빠를 테지만.』

아, 그렇다면 참겠습니다.

페르 마음대로의 속도라니, 당치도 않다.

그런 속도를 냈다가는 버티지 못하고 떨어져버릴 거다.

『그래도 사람이 만든 길을 가는 것보다는 빠를 터다.』

아, 그렇구나.

『이 숲에는 오르트로스의 영역과 그리폰의 영역이 있어서, 사람이 만든 길은 그곳을 크게 우회하기 때문에 멀리 돌아가게 되는 것이다.』

…………어라? 내 귀가 이상해진 건가?

지금 들려서는 안 되는 이름이 들린 것 같은 느낌인데?

오르트로스라고 했어?

그리폰이라고 한 거야?

오르트로스는 머리가 둘 달린 개의 모습을 한 마물이었던 것 같고, 그리폰은 독수리의 상반신과 사자의 하반신을 가진 마물이었던 것 같은데.

나는 게임이나 소설 일러스트로 봤던 오르트로스와 그리폰을 떠올렸다.

양쪽 모두 보스 캐릭터 급의 큰일 날 녀석들이잖아──!

"어째서 오르트로스랑 그리폰의 영역이라는 걸 알면서 이런 숲을 지나가는 거야!"

보통 그런 마물이 있으면 지나가지 않을 거 아니냐고.

『시끄럽구나. 오르트로스도 그리폰도 내 적수가 못 된다.』

이 몸의 적수가 못 된다니, 오르트로스랑 그리폰이라고.

『전에도 이야기했을 터다만, 이 몸과 대등하게 겨룰 수 있는 것은 에이션트 드래곤(고대룡) 정도다. 오르트로스도 그리폰도 적이 못 된다. 게다가 그놈들도 이 몸에게는 이길 수 없다는 것쯤 알고 있다. 혹여 이 몸에게 덤빈다고 한다면, 그건 아직 어려서 무서운 걸 모르는 오르트로스나 그리폰일 것이다.』

응? 잠깐 기다려.

"저기, 페르가 말한 대로라면 오르트로스도 그리폰도 여럿 있다는 식으로 들리는데……."

『무슨 소리냐. 오르트로스의 영역도 그리폰의 영역도 각기 서식지를 말하는 것이다. 복수로 존재하는 게 당연하지 않느냐.』

뭐어──?

그, 그렇게 중요한 건 빨리 말해달라고.

보스 캐릭터 급 마물이 복수로 있다니, 그거 큰일이잖아.

한 마리라도 있으면 보통은 아웃이라고.

그게 여럿…………

안 돼, 그건 안 된다고.

"저, 저기, 오르트로스랑 그리폰의 영역을 피해서 가자."

응, 그게 좋겠다.

주로 내 정신 쪽에.

『어째서 피해야 하는 것이냐? 당연히 이대로 간다. 그리고 이미 오르트로스의 영역에 들어와 있다.』

"뭐어어어? 그, 그런 건 빨리 말하라고!"

『그러니까 지금 말하지 않느냐. 정말이지, 자네는 대체 왜 화를 내는 것이냐?』

그리 말한 페르는 점점 앞으로 나아갔다.

하아~.

한숨이 나온다.

뭐, 페르니까 어쩔 수 없겠지.

페르로서는 자신이 너무 강하니까 오르트로스도 그리폰도 상대도 안 된다고 생각하는 것일 뿐일 테니.

나로서는 앞으로 오르트로스와 그리폰을 만날지도 모른다고 생각하면 엄청 겁나지만.

그도 그럴 게 그 오르트로스랑 그리폰이라고.

얼간이라고? 그래도 상관없다.

보통은 그런 게 나오면 겁먹는다고.

그런 게 가까이 와도 아무렇지 않은 건 페르 같은 센 녀석들뿐이다.

페르가 있으니 덮쳐 오는 일은 없을지도 모르지만, 역시 마주치지 않았으면 좋겠다.

페르의 이야기대로라면 이미 오르트로스 영역에 들어온 모양이니…….

오르트로스, 나오지 마라.

페르 쪽이 강하다는 건 오르트로스도 알고 있는 것 같으니까.

아, 단 젊은 오르트로스가 도전해 올지도 모른다고 페르가 말했었지.

아니, 설마…….

이대로 얌전히 나오지 말라고, 오르트로스.

개가 우는 소리가 희미하게 들려왔다.

"…………크……아앙…… 우오웅……."

컥…….

어, 어쩐지 짖는 소리가 이쪽으로 다가오고 있는 것 같은데.

오, 오는 거냐, 오르트로스.

"크왕, 크왕, 크왕, 크왕 크왕, 크왕."

바스락하고 나뭇가지를 헤치고 우리 앞에 나타난 것은 검은 털을 가진 흉악한 두 얼굴의 오르트로스였다.
몸집도 페르에 뒤지지 않을 만큼 컸다.
게다가 전부 다섯 마리.
"페, 페르……."
위험해, 위험해, 위험해, 오르트로스 나타났다고.
『괜찮다. 저런 것들 따위에 겁먹을 것 없다.』
아, 아니, 그렇게 말한들, 흉악해 보이는 게 다섯 마리나 있잖아.
특히 한가운데 있는 놈은, 두 개의 머리 다 침을 흘리며 이빨을 드러내 보이는 게 엄청 흉포한 것 같다고.
으응? 어라? 뭔가 상황이 이상한데?
한가운데 있는 녀석은 으르렁거리거나 짖거나 하며 아까부터 페르를 도발하고 있는데 반해, 다른 네 마리는 한가운데의 녀석을 말리려고 하고 있는 느낌이다.
『중앙에 있는 게 무서운 걸 모르는 멍청한 젊은 놈인가.』
자, 잠깐 기다려.
뭔가 페르가 도전적인데.
페, 페르 씨. 할 생각이신가요?
『너는 스이와 함께 잠시 피해 있어라.』
네, 네에, 물론 피해 있고말고요.
저는 서둘러 페르의 등에서 내려와 나무 뒤로 피했다.
나무 그림자에서 슬쩍 내다보니, 페르와 오르트로스가 대치하고 있다.
뭔가 엄청나게 위험한 분위기인데…….

『이 몸에게 이빨을 드러내는 것이 어떤 의미인지 아는 것이냐? 이 몸은 적당히 봐주지 않는다. 죽을 각오를 한 것이라면, 덤비거라.』

페르가 그리 말하자, 한가운데에 있던 오르트로스가 "크르르르르릉" 하고 으르렁댔다.

그리고 "크와앙" 하고 강하게 한 번 울더니 페르에게 달려들었다.

그 반면, 페르는 피하지도 않고 그저 오른쪽 앞다리를 위에서 아래로 크게 휘둘러 내렸다.

"으악."

페르의 오른쪽 앞다리가 휘둘러진 것과 동시에 빛처럼 날카로운 발톱의 환영이 나타나 오르트로스를 베어 갈랐다.

"뭐, 뭐, 뭐, 뭐야 저거……."

스킬이야? 마력이 어우러진 기술이겠지만.

페르의 스테이터스를 떠올려보았다.

그러고 보니, 스킬에 발톱 베기가 있었던 것 같은데…….

『꺼져라.』

페르가 그리 말하자 나머지 네 마리의 오르트로스가 꽁무니를 빼고 도망갔다.

『어이, 이제 괜찮다.』

페르의 말에 스이를 안은 채 머뭇머뭇 페르에게 다가갔다.

이때 스이는 소란을 듣고 깼는지 가방 밖으로 나와 긴장한 듯 내 팔 안에 안겨 있었다.

『페르 아저씨 힘세다.』

"그러게, 강하네. 페르 아까 그건 스킬이야?"

『그렇다. 발톱 베기라는 것으로, 발톱 끝에 마력을 담아서 방출하면 참격이 날아가 적을 찢어버리는 것이다.』

다리를 한 번 휘둘러서 저렇게 베어버리다니, 너무나도 흉악한 스킬이다.

『이것은 600년 정도 전에 이 몸이 만들어낸 것이다.』

페르, 그런 의기양양한 얼굴 하지 않아도 되거든.

그건 그렇고 이 몸이 만들어냈다라니, 새삼스럽지만 너 정말 치트다.

『저기 저기, 스이도 페르 아저씨처럼 될 수 있어?』

"으음, 스이는 발톱이 없으니까 무리이려나. 하지만 스이도 엄청난 기술을 갖고 있잖아. 그 산을 날리는 산탄이란 거 진짜 대단하더라."

『정말? 스이, 대단해? 대단해?』

"응, 대단하지~. 스이가 제일이야."

스이를 꼬옥 끌어안는다.

조금 전까지 살벌했으니까. 아아, 치유된다.

그렇게 말해봐야 지금 여기는 피비린내가 진동하지만.

"어이, 이 오르트로스는 어쩔 거야?"

페르의 발톱 베기에 당해 숨이 끊어진 오르트로스가 있다.

우에엑, 이거 장난 아니네.

가슴부터 배까지 쫙 베였어…….

『오르트로스는 맛없어서 안 먹는다.』

맛없어서 안 먹다니, 페르 이 오르트로스 먹으려고 했던 적이 있는 거야?

챌린저구나.

이 모습을 보면 보통은 먹으려는 생각은 안 할 거라고.

『그 가죽과 송곳니는 분명 사람들 사이에서 귀중한 취급을 받고 있을 터다.』

오, 그래?

하지만 이걸 꺼내면 확실하게 소동이 일어날 것 같은 느낌이 드는데.

아이템 박스에는 키마이라도 있었지…….

키마이라와 함께 오르트로스도 아이템 박스 안에서 영원히 잠들어 있게 하자.

응, 그게 좋겠다.

역시 평화가 제일이지.

페르와 오르트로스의 일전 후. 페르는 다시 우리를 등에 태우고 쭉 달렸다.

날이 저물기 시작할 무렵, 이 근처에서 야영을 하자는 이야기가 나왔는데…….

"저, 저기, 이 근처는 아직 오르트로스의 영역인 거야?"

『그래, 그렇다. 조금 더 가면 벗어난다.』

아직 오르트로스의 영역 안이냐.

여기서 느긋하게 야영해도 괜찮은 거냐?

신경이 쓰여 주변을 살펴보았다.

『신경 쓰지 않아도, 이제 오르트로스는 오지 않는다. 조금 전 싸움으로 어느 쪽이 강한지 녀석들도 깨달았을 것이다.』

뭐, 그렇겠지. 그 페르에게 당한 오르트로스는 어쩐지 그 무리에서 가장 강해 보이기도 했으니까.

그런 걸 일격에 썩 죽여버렸으니까.

페르의 말대로 더는 오지 않을지도 모른다.

하지만, 역시 오르트로스 영역이라고 생각하면 차분하게 있을 수가 없다고.

페르에게는 확실하게 결계를 쳐달라고 하자.

『그런 것보다, 밥은 아직이냐?』

"그런 것보다가 아니야, 정말이지. 오르트로스의 영역이면 확실하게 결계를 쳐달라고."

『주인, 스이도 배고파.』

"스이 배고픈 거야? 그럼 밥 먹어야지."

『……어이, 자네. 스이와 나를 대하는 태도가 다르다만.』

그건 어쩔 수 없는 일이지.

그게, 스이는 어마무시하게 귀여우니까.

그럼 살짝 풀이 죽은 것 같은 페르는 방치해두고, 밥을 만들어 볼까.

뭘 만들까 하고 아이템 박스 안을 확인한다.

고기가 꽤 많이 줄었네.

"페르, 앞으로 얼마나 더 가야 숲을 빠져나갈 수 있어?"

『음, 지금은 절반을 조금 지난 지점이다.』

그렇다는 건, 여기까지 오는 데 3주 이상 걸렸으니까 그 정도 더 걸린다는 건가?

앞으로 3주 이상이라……. 아슬아슬하게 버틸 수 있으려나.

뭐, 안 되겠다 싶으면 인터넷 슈퍼도 있으니까 괜찮겠지.

덮밥으로 해서 고기를 절약하는 방법도 있고.

그러면 지금까지 손을 대지 않았던 그 고기를 써볼까?

지금까지 손을 대지 않았다는 고기란 바로 블랙 서펜트다.

그도 그럴 게, 뱀이라고.

모험가 길드의 아저씨가 고급품이라고 했으니까, 나름대로 맛있을 거라고는 생각하지만 말이지…….

그리고 뱀은 닭고기 같은 맛이라는 말도 있고.

그렇게 생각은 하지만, 뱀이라고 하니 어쩐지 여태껏 손을 대지 않게 되더라고.

하지만 오크 고기도 먹어보니 맛있었으니까, 블랙 서펜트도 분명 맛있을 터.

응, 블랙 서펜트 먹어봅시다.

닭고기 같다고 하면, 그걸 만들까.

모두가 좋아하는 닭튀김이다.

우선은 인터넷 슈퍼에서 부족한 재료를 사자.

간장이랑 술은 있었고, 마늘이랑 생강은 빻기 귀찮으니까 갈아서 튜브에 들어 있는 걸 사고, 다음은 밀가루랑 녹말가루랑 식용유가 필요하겠네.

그리고 프라이팬이랑 평범한 냄비들은 있지만, 튀김 냄비는 없으니 그것도 사야지.

좋아, 요리 시작이다.

블랙 서펜트 고기를 한입 크기로 자르고 포크로 찔러서 양념이 배기 쉽게 해둔다.

비닐 팩에 간장, 술, 간 마늘, 간 생강을 넣고 휙휙 흔들어 섞어준다.

거기에 블랙 서펜트 고기를 투입하여 주물러주고, 잠시 재워두어 맛이 배게 한다.

포크로 구멍을 냈기 때문에 양념이 배기 쉽지만, 10분은 기다려야 한다.

그 사이에 접시에 키친타월을 깔아둔다.

기름도 예열해둬야지.

좋아, 이제 슬슬 됐으려나.

블랙 서펜트 고기에 밀가루와 녹말가루 섞은 것을 묻힌 다음, 너무 많이 묻은 가루는 털어내어 튀긴다.

응, 색이 딱 보기 좋게 튀겨졌다.

겉보기는 닭고기 튀김하고 똑같네.

다음은 맛인데…….

뱀이라고 생각하니까 안 되는 거야.

닭이라고 생각하고 하나만 맛을 보기로 하자.

파삭, 우물 우물 우물.

…………평범하게 맛있는데?

『치사하다. 나도 다오.』

가만히 기다리고 있던 페르가 참지 못하겠는지 갓 튀긴 닭고기를 낼름 가져갔다.

"자, 잠깐."

『음, 이건 맛있구나. 부족하다, 더 내놓아라.』

이제 막 튀기기 시작했다고. 좀 기다려.

『웅, 스이도 먹고 싶어.』

아, 네네, 조금만 기다리렴.

"지금 튀기기 시작했으니까, 기다리고 있어."

나는 계속해서 튀김을 만들었다.

튀기자마자 페르와 스이가 허겁지겁 먹고 있다.

튀기면 없어지고, 튀기면 없어지고, 무한 반복.

페르도 스이도 너무 먹는 거 아냐?

언제가 되어야 끝나는 거야?

그보다, 내 몫은 남으려나?

"어이, 내 몫도 남겨달라고."

오랜만에 만난 닭튀김인데…….

몇 번이고 몇 번이고 튀기기를 반복한 끝에 드디어 페르와 스이의 배가 찬 모양이다.

『음, 맛있었다. 이 요리는 또 먹고 싶구나.』

『응, 맛있었어. 스이도 이거 좋아. 또 먹고 싶어.』
그거 다행이네.
닭튀김은 여기서도 인기 메뉴구나.
하지만 말이지, 내 몫으로 남겨진 닭튀김은 세 개뿐.
빵에 끼워서 초라하게 먹었다고.
젠장.
"페르, 그러고 보니 그리폰의 영역은 어디쯤이야?"
오르트로스 소동으로 잊고 있었지만 이 숲에는 그리폰의 영역도 있는 것이다.
『그리폰의 영역은 조금 더 가면 있다.』
조금 더 앞이라, 그럼 아직 약간 시간이 있구나.
"저기, 그리폰의 영역은 피해서 가자."
그리폰도 위험해.
게다가 그리폰은 날개가 있어서 난다고.
그런 마물이 있는 걸 알면 피해 가야지.
『그러니까, 왜 피해야 하는 것이냐?』
그렇게 말할 수 있는 건 페르뿐이니까.
『그런 것들은 무서워할 것 없다. 게다가 그 녀석들의 영역은 오르트로스보다 넓어서, 여기까지 온 이상 피할 수 없다.』
뭐, 뭐야 그게…….
"그러니까, 몇 번이나 이야기하지만 그런 건 빨리 말하라고."
『그러니까 지금 말하지 않느냐.』
하아~ 글렀어 이건.

피해서 지나갈 수 없다니, 그리폰 영역을 지나가는 건 확정이라는 거냐.
싫다 정말.
그리폰이랑은 마주치지 않기를.
그리폰 님, 나오지 말아라.
『그렇게 걱정하지 않아도 괜찮다. 너와 스이에게는 늘 결계를 펴두고 있고, 그리폰의 영역은 아직 더 가야 한다.』
그렇게 말해도 지나가는 건 확정이잖아.
마음이 무겁다.

『음, 별일이구나…….』
페르가 걸음을 멈추고 그리 중얼거렸다.
"응? 뭐가 별일인데?"
페르의 시선을 따라가 보니, 나무뿌리에 옅은 물색 버섯이 자라나 있었다.
근처를 살피니 같은 버섯이 나무뿌리에 자라나 있다.
『이건 힐링 머시룸이라고 하는 보기 드문 버섯이다. 나도 오랜만에 보는구나.』
힐링이라는 이름이 붙어 있다는 건, 먹으면 회복 마법 같은 효과가 있다든가, 포션의 재료가 된다든가 하는 건가?
게다가 1000살이 넘는 페르가 오랜만에 봤다고 하다니, 정말로 보기 힘든 버섯일지도.

『이 힐링 머시룸은 말이다 그대로 먹어도 그 나름대로 높은 효과가 있다. 깊게 베인 상처나 골절도 바로 낫는다.』

호오, 먹는 것만으로도 그런 효과라니 대단하네.

"그런 효과가 있으면 조금 채취해 갈까?"

페르의 등에서 내려서 힐링 머시룸을 땄다.

그러자 스이가 가방에서 기어 나왔다.

『어쩐지 좋은 냄새가 나.』

좋은 냄새라니, 뭐지?

스이가 힐링 머시룸에 다가갔다.

『저기 있지, 주인. 이 버섯 맛있어 보여. 먹어도 돼?』

아까 페르가 그대로 먹어도 괜찮다는 말을 했으니 괜찮겠지?

"페르, 이거 먹어도 괜찮은 거지?"

『그래. 회복 효과가 있을 뿐, 특별한 문제는 없을 터다.』

"스이, 먹어도 돼. 하지만 적당히 먹어야 해."

『와아.』

스이가 기뻐하며 힐링 머시룸을 흡수했다.

『그래, 생각났다. 이 힐링 머시룸은 '일릭서'라고 하는 약의 재료 중 하나다. 그 '일릭서'라는 약은 어떤 병이든 치료할 수 있다고 하더구나. 그야말로 죽음을 눈앞에 둔 자도 단박에 건강해지는 데다 수명도 늘어난다고 예전에 만났던 현자가 말해주었다.』

나, 나왔다, 일릭서.

일릭서라는 건 비약을 말하는 거지?

이 힐링 머시룸이 재료 중 하나라는 건, 만들려고 하면 만들 수는 있다는 뜻이겠지?

하지만 다른 재료를 확보하기가 엄청 어렵다거나 그렇겠지, 분명.

그래서 만들기 엄청 어려울 거야.

그리고 고난이도 던전 같은 곳의 보물 상자에서 드물게 입수할 수 있다든가 그런 거 아냐?

게임이나 소설에서는 그런 느낌이었는데.

뭐 일릭서를 손에 넣는 건 거의 무리라고 해도, 여기서 힐링 머시룸을 손에 넣을 수 있던 것은 러키인 거겠지.

잔뜩 따자.

주로 나를 위해서.

그게 지금의 멤버 중에서 이게 필요하게 될 것 같은 건, 아무리 생각해도 나니까.

내 눈에 페르는 먹보 캐릭터로만 보이지만 전설의 마수라고 하는 그 이름에 걸맞게 강했고, 스이도 뭔가 특수 개체 같아서 피라미라고는 전혀 생각할 수 없는 강한 슬라임이라고.

나만 평범하잖아.

마법도 쓸 수 있게 되었고, 조금씩 강해지고 있기는 하지만.

뭐, 페르와 스이에게 힘내달라고 하고, 나는 여차할 때를 대비해둬야지.

열심히 힐링 머시룸을 따고 있으려니 옆에서 힐링 머시룸을 흡수하던 스이가 희푸른 빛을 발했다.

"우오옷, 스, 스이?!"

『주인, 스이 몸이 왠지 반짝반짝해.』

"스, 스이, 괜찮아? 아프거나 하지 않아?"

『안 아파.』

스이의 희푸른 빛은 1분 정도 지속되다 사라졌다.

"스이, 어디 이상한 데는 없어?"

『아무렇지도 않아. 스이, 튼튼.』

그리 말하며 스이는 뿅뿅 뛰어올랐다.

방금 그건 뭐였지……?

괜찮은 것 같기는 하지만, 일단 감정을 해둘까.

【이름】스이

【나이】21일

【종족】슬라임

【레벨】17

【체력】367

【마력】361

【공격력】354

【방어력】357

【민첩성】363

【스킬】산탄(酸彈), 회복약 생성

스이, 벌써 레벨이 17이나 되었네…….

이세계 쓰레기를 매일 먹고 있어서 레벨 오르는 게 빠르구나.
응? 뭔가 스킬이 늘었는데.
회복약 생성이라……, 뭐?
"저기, 페르. 스이 스킬에 회복약 생성이란 게 있는데, 내가 잘못 본 거 아니지?"
감정을 할 수 있는 페르에게도 확인해보게 했다.
『그래, 있구나. 아마도 힐링 머시룸을 대량으로 먹은 탓이겠다만…….』
"어? 그런 걸로 새로운 스킬을 얻을 수 있는 거야?"
『그건 스이가 슬라임이기 때문이다. 옛날, 금속만 먹었던 슬라임이 메탈 슬라임으로 진화하는 걸 본 적이 있다. 그러면서 경화(硬化)라는 스킬을 획득했었지. 아마도 그것과 같은 거라고 본다.』
먹은 것에 따라 진화 방향이 달라지거나, 스킬을 획득한다는 건가.
회복약 생성이라니 나쁘지 않은 스킬이랄까, 오히려 나에게는 감사한 스킬이네.
"스이, 잘했어."
『응? 스이, 착한 아이?』
"그럼, 스이는 최고로 착한 아이야."
『만세, 만세! 스이, 착한 아이.』
스이는 기쁜 듯 내 주위를 뿅뿅 뛰어다녔다.
"스이, 할 얘기가 있으니까 잠시만 멈춰줄래?"
내 주변을 뿅뿅 뛰어다니던 스이에게 말을 걸었다.

『뭔데? 주인.』

스이가 내 눈 앞에서 멈추며 염화를 보내왔다.

"스이, 저기 말이야. 스이한테 새 스킬이 생겼거든. 회복약 생성이라고 하는데, 쓸 수 있겠어?"

『응? 잘 모르겠어. 그치만 해볼게.』

그렇게 말하더니 스이가 우응우응 신음하면서 회복약 생성~ 하고 외운다.

『아, 됐다. 주인, 됐어!』

"정말로?!"

『응, 이거.』

스이가 내민 촉수 끝에서 똑똑 물방울이 떨어지고 있다.

"오오, 잠깐만 기다려."

나는 서둘러 아이템 박스에서 빈 페트병을 꺼냈다.

"여기에 넣어줘."

스이의 촉수 끝에 페트병을 가져다 댔다.

페트병 안에 약간 푸른빛이 도는 투명한 액체가 채워졌다

『주인, 지금 만든 건 이게 다야.』

"그래, 그렇구나. 고마워."

스이가 만든, 아마도 회복약일 터인 액체가 페트병에 절반 정도 차 있었다.

이거, 회복약이지?

냄새를 맡아보지만, 특별한 냄새는 나지 않는 무취였다.

페트병 안의 푸른빛이 도는 투명한 액체를 감정해보았다.

【스이 특제 상급 포션】

"뭐?"

어? 뭔 가 요 이 건…….

스이 특제라고 나오는데요.

상급 포션이라고 하는데요.

스이, 가르쳐줄래?

"스이, 이거 스이 특제 상급 포션이라고 나오는데, 어째서인지 알아?"

『그니까, 스이가 만들었으니까. 그리고 있지, 그건 엄청 아픈 게 낫는 약이라서야.』

그, 그렇구나.

"다른 약도 만들 수 있어?"

『우응. 중간만큼 아픈 게 낫는 약이랑, 조금 아픈 게 낫는 약도 만들 수 있어.』

중간 정도 아픈 게 낫는 약이란 중급 포션이고, 조금 아픈 게 낫는 약은 하급 포션인가.

다음은 상급, 중급, 하급 각각 어느 정도의 효과가 있는가인데…….

"스이, 그 약은 효과가 어느 정도 있는지 알아?"

『그니까, 엄청 아픈 게 낫는 약은 엄청 아픈 게 낫고, 중간만큼 아픈 게 낫는 약은 중간만큼 아픈 게 낫고, 조금 아픈 게 낫는 약은 조금 아픈 게 낫는 약이야.』

응, 그렇구나.

스이에게 물은 게 잘못이었네.

써보고 확인해볼 수밖에 없겠다.

그건 그렇고, 회복약 생성이라.

산탄도 있고 이걸로 회복까지 확실하니, 스이 엄청나게 강한 거 아냐?

『나도 오래 살아왔지만, 회복약을 생성하는 슬라임을 보는 건 처음이다.』

1000살을 넘은 페르도 처음인가.

"스이는 특수 개체인 게 아닐까 하는 얘기를 했었잖아."

『특수 개체인 건 틀림없겠지만, 스이는 슬라임치고 그 능력이 높다. 실로 특별한 개체인 거겠지.』

페르가 이렇게까지 말하다니, 스이는 정말로 특별한가 보다.

스이를 보고 있자면 슬라임이 피라미라는 생각은 사라지고 만다.

그보다, 슬라임이 피라미라고 누가 정한 거지?

뿅뿅 뛰어다니는 스이를 바라보자 스이가 『주인』 하고 부르며 내 가슴으로 뛰어들었다.

물론 나는 잘 받아냈다.

아, 스이 귀여워.

치유된다~.

참, 스이에게 물어봐야 할 게 또 있지.

"스이, 특제 상급 포션은 하루에 얼마나 만들 수 있어?"

『우웅, 몰라.』

아, 그렇구나.

"그럼 일단 이게 가득 찰 때까지 아까랑 똑같은 약을 만들어줄 수 있을까?"

그렇게 말하고 스이에게 '스이 특제 상급 포션'이 절반 정도 찬 페트병을 보여주었다.

『응, 알았어.』

스이가【스이 특제 상급 포션】을 만들었다.

페트병이 가득 찰 때까지는 시간이 얼마 걸리지 않았다.

"가득 찼네. 스이, 고마워."

이제 됐다.

힐링 머시룸도 있고, 스이 특제 상급 포션도 있으니 이걸로 대단한 일이 아닌 한은 죽지 않을 것이다.

설마 회복약이 손에 들어올 줄은 몰랐다.

스이 최고야.

『어이, 이제 슬슬 가자.』

"아, 미안 미안. 스이, 이리 와."

스이를 가방 안에 넣고, 페르 등에 올라탔다.

『그럼 출발한다.』

저녁 식사 후, 페르의 말을 듣고 기억이 났다.

『그나저나, 자네 닌릴 님에게 공물과 기도를 바치고 있는 것이냐?』

"아, 큰일 났다. 완전히 잊고 있었어."

『이 천벌 받을 놈! 어서 하거라.』

"예이예이."

그렇게 말하기는 했지만, 신탁이 있었던 후로 일주일이니까 한 주에 한 번이라는 약속을 어긴 것은 아니라고.

그래도 그 유감스러운 여신한테는 한 소리 들을 것 같다.

뭐 양을 조금 많이 바치면(공물을) 괜찮으려나.

인터넷 슈퍼를 보며 어떤 걸로 할까 생각한다.

그 여신님은 단거라면 뭐든 OK일 테지만.

어디, 뭐가 좋을까…….

응, 이쪽 종류라면 여신님 기분을 풀어주는 데 적당할지도 모르겠다.

나는 디저트 코너를 살펴보기 시작했다.

꽤 여러 종류가 있네.

일단 눈에 띄는 걸 살까?

우선은 카스텔라 푸딩이랑 치즈 케이크.

치즈 케이크는 베이크드 치즈 케이크랑 레어 치즈 케이크 두 종류 다 사자.

그리고 슈크림에 롤 케이크랑, 초콜릿 케이크에 몽블랑, 딸기 쇼트케이크.

그 다음은 푸딩 아라모드와 티라미수가 좋으려나.

이걸로 열 개다.
전부 서양식 과자인데, 뭐 괜찮겠지.
그 여신님이라면 완전 OK이리라.
그건 그렇고, 디저트 코너를 꼼꼼히 본 적 없었는데 무척 충실하게 갖춰져 있네.
나도 단걸 먹고 싶어지면 찾아보도록 하자.
그럼 이걸 계산해야겠지.
평소대로 바로 종이 상자가 나타났다.
구입한 디저트를 꺼내고 즉석 종이 상자 제단 위에 올려둔다.
"바람의 여신 닌릴 님, 조금 늦어졌습니다만 받아주세요. 신의 가호를 내려주셔서 감사드립니다. 앞으로도 잘 부탁드립니다."
닌릴 님(유감스런 여신)에게 단것(공물)을 바치고 기도를 올린다.
『오오, 드디어로구나. 정말이지 얼마나 기다리게 할 셈이냐.』
"죄송합니다. 이쪽에도 여러 가지로 일이 있어서……."
『거짓말하지 마라. 이 몸은 신계에서 너희들을 보고 있으니 다 아느니라. 그저 잊고 있었던 것이 아니냐.』
"죄, 죄송합니다. 앞으로는 주의할 테니 용서해주세요."
『흐응, 이번만은 용서해주겠으나 두 번 다시 이러한 일이 없도록 하거라. 너무 늦어지기에 몇 번이나 신탁을 내리려고 했는지 아느냐. 허나 이 몸에게도 여러 사정이 있어서 그럴 수 없었느니라…….』
신탁도 없어서 완전히 잊어버리고 있었는데, 아무래도 여신님

쪽에도 사정이 있는가 보다.

『이런 때만은 여신들도 묘하게 감이 날카로워져서 곤란하느니라. 섣부르게 신탁 같은 걸 내리면 눈치챌 염려가 있느니라. 이 몸도 세심한 주의를 기울이지 않으면 안 된다. 아직 다른 신에게 들켜서는 안 되니 말이다.』

뭔가 중얼중얼 작은 목소리로 중얼거리고 있는데, 여신님도 여러 가지 사정이 있겠지.

"닌릴 님, 사죄를 대신해서라고 말씀드리기는 뭐하지만, 오늘은 여러 가지로 준비해봤으니 받아주십시오."

그리 말하며 고개를 숙였다.

고개를 들자 종이 상자 제단 위에 있던 디저트는 깨끗하게 사라져 있었다.

『우오옷! 이, 이것은!!』

우오옷이 뭐냐고 우오옷이.

정말로 유감스런 여신님이다.

『전부 다른 종류의 단것이지 않느냐?! 그것도 이렇게 많이!』

여신님, 지나치게 흥분하셨습니다.

"네, 좀 전에 말씀드린 대로 사죄의 뜻을 담았습니다. 살짝 지나치게 많은가 생각하기도 했습니다만……."

『무, 무슨 소리냐. 지나치게 많지 않다. 이게 좋으니라. 다음에도 이 정도를 바치거라. 명령이니라.』

예이예이.

역시 이 정도 양이어도 전혀 문제없구나.

"아, 닌릴 님. 방금 그 단것들은 전부 생과자이기 때문에 냉장 보관해주셔야 하고, 늦어도 내일까지는 드셔주셔야 합니다."

『알았느니라. 허나 이 몸은 신이니 냉장 보관도 시간 경과도 신경 쓸 필요가 없느니라. 매일 하나씩 즐길 것이니라. 우후후~.』

우후후~라니, 여신님…….

어쩐지 여신님이 덩실거리는 모습이 상상된다.

『그럼 다음에도 이 정도 양으로 부탁하마. 절대 잊어서는 아니 되느니라.』

"분부에 따르겠습니다."

하아, 지쳤다.

유감스런 여신을 상대하는 건 지친다고.

바로 자야겠다고 생각하고 있는데 페르와 스이가 내 쪽을 빤히 보고 있다.

"왜, 왜 그래? 너희 둘."

『스이도 먹고 싶은데…….』

아, 스이 그렇게 애절하게 이야기하지 말아줘.

『그렇다. 우리에게 조금 나눠주었어도 괜찮지 않느냐.』

"그건 닌릴 님 공물이잖아. 게다가 자기 전이니까 안 돼."

『우으, 주인.』

스이가 부들부들 부들부들 떨고 있다.

먹고 싶지만 내가 안 된다고 했기 때문에 참는 모양이다.

크으…… 스이 너무 귀엽잖아.

나, 함락.

"세 개씩만이다."

페르와 스이에게 세 개는 적은 양일 테지만.

『주인, 정말?』

"그래. 하지만 방금 말한 대로 세 개만이야."

『와아, 만세!』

스이가 기쁜 듯 뿅뿅 뛰어올랐다.

『어이, 이 몸은?』

"페르도 줄 테니까 걱정하지 마."

『음.』

인터넷 슈퍼를 보고 있는 사이 옆에서 야무지게 이게 좋다고 콕 집어서 이야기한 스이의 요청대로 초콜릿 케이크와 딸기 쇼트케이크와 푸딩 아라모드를 주문했다.

둘에게 세 개는 적은 양이겠지만, 맛있다며 기뻐했다.

하아~ 우리 사역마들은 너무 먹보라니까.

『이제 곧 그리폰 영역에 들어간다.』

페르의 말에 움찔한다.

드디어 그리폰의 영역인가.

들어가고 싶지 않다고.

"결계, 확실하게 쳐줘."

『알고 있다. 걱정하지 마라.』

그렇게 말한들 걱정된다고.

그게, 그리폰이잖아.

◇ ◇ ◇ ◇ ◇

우리는 그리폰 영역 안에 있다.

지금 그리폰의 모습은 보이지 않는다.

이대로 모습을 보지 않고 그리폰의 영역을 빠져나갈 수 있다면 좋겠다만.

그리폰의 영역에 들어선 지 사흘째.

결국 그리폰이 모습을 드러냈다.

펄럭펄럭 커다란 날개를 펼치며 우리 앞에 한 마리의 그리폰이 착지했다.

나로 말할 것 같으면, 너무 놀라서 목소리도 내지 못했다.

눈앞에 나타난 그리폰을 보고 솔직히 찔끔할 뻔했다.

그리폰은 아무튼 커다랬다.

독수리의 상반신과 사자의 하반신을 가진 그리폰은, 페르보다 한층 더 컸다.

그 커다란 그리폰이 갑자기 엎드려 고개를 숙였다.

『펜리르 님, 부탁, 있습니다.』

"마, 말했어?!"

사람의 말을 하는 마물은 페르 정도라고 생각했었기 때문에 놀랐다.

스이는 염화를 할 수 있지만 그것은 나와 사역마로서 계약을 맺었기 때문이고, 페르와 염화를 할 수 있는 것도 스이와 마찬가지로 페르가 내 사역마이기 때문이리라.

그리폰도 말할 수 있구나…….

『그리폰이라서 사람 말을 할 수 있는 것이 아니다. 이 그리폰이 특별히 지능이 높은 것이다.』

"아, 그렇구나."

『사람 말을 막힘없이 말할 수 있는 것은 이 몸과 에이션트 드래곤(고대룡) 정도다.』

과연.

『펜리르 님, 말대로, 사람 말, 할 수 있다, 나만.』

그럼 사람 말을 할 수 있는 그리폰은 이 그리폰뿐인 거구나.

『무리의 대장, 되기 위한, 시련, 나와, 싸워, 주세요.』

으응?

그리폰 무리의 대장이 되기 위한 시련으로써 페르와 싸우고 싶다는 건가?

『강한, 펜리르 님, 싸운다, 모두, 나, 인정한다.』

강한 펜리르와 싸움으로써 무리에게 대장으로 인정받을 수 있다는 말?

호오, 이 그리폰 꽤 근성 있잖아.

『좋다. 상대가 되어주마. 다만, 이 몸은 봐주거나 하지 않는다.』

『안다.』

나랑 스이는 자리를 피했다.

페르의 등에서 내릴 때 귓가에 대고 "죽이지 마"라고 말했는데, 한 번 움찔했을 뿐, 대답은 하지 않았다.

봐주지 않는다고 했는데, 저 그리폰 괜찮으려나?

여차할 때는 그걸 쓰자.
스이 특제 상급 포션이다.
하지만 페트병 한 개 분량밖에 없는데.
저 커다란 그리폰이 그 정도 양으로 충분할지 걱정이네.
『스이, 상급 포션 만들어줄 수 있을까?』
『응, 있어.』
나는 만약을 위해서 페트병 하나 분량의 스이 특제 상급 포션을 만들어달라고 했다.
페르와 그리폰이 대치한다.
『그럼, 간다.』
페르의 그 목소리가 신호가 되어, 그리폰이 커다란 날개를 펼치고 상공으로 날아올랐다.
그리고 상공에 있는 그리폰에게서 무수한 검은 화살 같은 것이 발사되었다.
페르는 그것을 춤추듯 피했다.
그리폰에게서 발사된 화살을 자세히 살펴보니, 그것은 날개였다.
꽤 단단한지, 바닥에 굴러다니던 배구공 크기의 돌도 산산조각이 났다.
"우오오, 대단하다……."
이번에는 페르가 상공에 있는 그리폰을 향해서 마법을 날렸다.
저건 바람 마법인가?
상공에 있는 그리폰 주변에 작은 회오리가 발생했다.

그리폰이 회오리에 휩쓸려서 뱅글뱅글 돌고 있다.

게다가 회오리는 칼날처럼 날카로운지(마법 자체가 윈드 커터의 상위 버전인 느낌이 들었다), 회오리가 그리폰의 피로 붉게 물들어간다.

저 그리폰, 위험한 거 아니야?

"어, 어이, 페르 너무 지나치잖아."

『흥.』

회오리가 사라지고, 그리폰이 풀썩 지면으로 낙하했다.

나는 곧바로 그리폰에게 다가가 스이 특제 상급 포션을 뿌렸다.

『봐주지 않는다고 말했을 터다.』

그건 그렇지만, 정도라는 게 있는 거잖아.

뭐야 그 회오리. 그런 무서운 마법 쓰지 말라고.

『으으…….』

그리폰이 눈을 떴다.

"어이, 괜찮아?"

『그래…… 상처가………….』

"포션을 뿌렸으니까 상처는 괜찮을 거라고 생각하는데, 아픈 데 없어?"

『사람의, 약…… 비싸.』

"아, 그거라면 걱정하지 않아도 돼. 그것보다, 괜찮아?"

그리폰의 몸은 새하얗던 날개를 포함하여 전신이 딱할 정도로 새빨갛게 물들어 있었다.

『괜찮다, 고맙다.』

휴우, 다행이다.
스이 특제 상급 포션이 제대로 효과가 있었나 보다.
페트병 두 개의 양을 쓴 보람이 있었어.
『아무것도, 못 하고, 졌다…….』
그리 말하고 그리폰이 어깨를 떨궜다.
그리폰도 페르에게 이길 수 있을 거라고는 생각하지 않았던 것 같지만, 이렇게 아무것도 못 해보고 질 줄은 몰랐던 모양이다.
어찌 되었든 보스 캐릭터 급의 그리폰이니까.
이 세계에서도 강하다고 하는 마물일 터다.
그것을 마법 한 방으로 완패시켜버린 페르는…… 정말로 규격 외라니까.
응? 어라?
페르를 응시하다가 눈치챘다.
"아무것도 못 한 건 아닌데. 자, 저걸 봐."
나는 페르의 앞다리 쪽 어깨 근처 부분을 가리켰다.
페르의 백은색 털에 살짝 붉은 피가 번져 있었다.
"그리폰의 공격으로 입은 최초의 상처일거야. 전설의 마수 펜리르에게 살짝이지만 상처를 입혔다고. 그렇지? 페르."
『크으으읏, 분하지만 그렇다.』
페르의 말을 듣고 그리폰이 휙 고개를 들었다.
『내, 내가, 펜리르 님에게…………. 피요로로로로로로.』
그리폰이 갑자기 하늘을 향해 울었다.
상공을 올려다보자 수십은 되는 그리폰이 이쪽을 향해서 날아오고 있었다.

"우, 우와아, 뭐야?!"

한 마리만으로도 상당한 위압이 느껴졌는데, 그리폰이 수십 마리나 있는 모습은 압권이구나.

그렇다기보다, 엄청나게 무서워.

그리폰 집단은 페르와 싸운 그리폰의 뒤쪽에 착지했다.

그리고 고개를 숙였다.

『이, 몸, 인정받았다.』

오오, 그렇구나 그렇구나. 잘됐다.

『펜리르 님, 감사, 했습니다.』

응응, 이런 거 왠지 좋다.

『인간, 이거, 준다.』

그리폰이 자신의 날개를 몇 개 뽑아서 나에게 건네주었다.

포션으로 상처를 치료해준 답례인 걸까?

그리폰의 날개라니 비싼 아이템일 것 같은데.

감사히 받겠습니다.

『그리고, 인간, 너는, 다음 여기 지나도, 안 먹어.』

……응, 기쁘기도 하고 무섭기도 하고.

안 먹는다는 건, 그리폰은 인간을 먹는다는 소리구나.

그런 말을 듣고, 여기를 또 지나갈 리 없잖아!

"페르, 얼른 가자."

『그래.』

스이를 가방에 다시 넣고, 페르의 등에 올라탄다.

이런 곳은 얼른 작별해야지.

정말이지 사람 놀라게 하는 그리폰이라니까.

『그리폰의 영역을 빠져나왔다.』

"오오, 드디어."

그리폰은 그 말하는 그리폰이 페르에게 도전해 온 이후로는 한 마리도 보이지 않았지만, 사람을 먹는다는 말을 듣고 살짝 움찔움찔했다고.

이제 영역을 빠져나왔다고 하니 안심이다.

"숲을 빠져나가려면 앞으로 얼마 정도 더 가야 해?"

『여기까지 왔으니, 이제 얼마 안 남았다. 앞으로 사흘 정도일 거다.』

오오, 드디어 숲을 나가는 건가.

그러면 드디어 레온하르트 왕국인가.

……그런 거겠지?

"페르, 숲을 빠져나가면 레온하르트 왕국인 거지?"

『어느 나라인지 그런 건 모른다. 하지만 나는 동쪽 바다로 갈 때는 이 숲을 지나간다. 동쪽이 목적지라고 하지 않았느냐. 그렇다면 괜찮다.』

하아, 페르에게 맡겨둔 게 잘못이지.

페르의 이야기를 통해 추측하자면, 이 숲은 페넨 왕국 동부 일대에 걸쳐 있는 커다란 산림지대인 것 같다.

그곳을 페넨 왕국에서 동쪽을 향해 일직선으로 돌파해 왔으니, 숲을 빠져나간 곳은 아마도 레온하르트 왕국이리라고 예상하는

데…….

숲을 빠져나가면 누군가에게 물어봐야겠다.

사람을 만날 수 있으면 좋겠는데.

"오늘은 이 근처에서 야영할까?"

해도 저물기 시작했기에 페르에게 그렇게 물었다.

『그래, 배도 고프다.』

그야 고프기도 하겠지.

조금만 더 가면 숲을 빠져나간다고 듣기도 했고, 요즘에는 페르 등에 타는 것도 익숙해져서 페르에게 부탁해 속도를 아주 조금 높였으니까.

우음, 그러면 기운이 나는 음식이 좋겠다.

그렇다면, 그걸로 할까?

돈가스.

나는 이때다 싶으면 고기를 잔뜩 먹는데, 그럴 때는 반드시 돈가스를 고른다.

분명히 오크 고기가 아직 남았을 텐데…….

아이템 박스를 찾아보니 오크 고기가 있었다.

좋아, 여기서는 돈가스를 만들어서 페르를 기운 나게 해주자.

우선은 부족한 재료를 사야겠다.

어디, 소금 후추는 있고, 달걀도 있었지. 그리고 튀김유도 있으니까…… 없는 건, 빵가루랑 밀가루인가.

아, 그리고 중요한 양배추랑 돈가스 소스도 사야지.

인터넷 슈퍼에서 부족한 재료를 산다.

이것으로 재료는 다 갖춰졌다.

우선은 밥을 지어야지.

그리고 양배추를 채 썰어서 물에 담가둔다.

다음은 오크 고기를 두툼하게 썬 다음 칼등으로 두드린다.

그런 다음 오크 고기에 가볍게 소금과 후추를 뿌려주고 밀가루를 묻힌다. 이때 여분의 밀가루는 잘 털어준다.

그리고 풀어둔 달걀과 빵가루를 순서대로 묻히는 과정을 반복한다.

두 번 묻히면 겉이 바삭해지기 때문에 나는 늘 이렇게 한다.

다음은 기름에 넣어 양쪽 면이 옅은 갈색이 될 때까지 바싹 튀기면 완성이다.

돈가스에 칼을 넣었을 때, 바삭하는 좋은 소리가 났다.

맛있겠다~.

접시에 채 썰어둔 양배추와 돈가스를 담으면 끝.

"다 됐어."

페르와 스이가 곧바로 다가왔다.

돈가스 소스를 뿌리고.

"자, 먹어봐. 뜨거우니까 조심하고."

그렇게 말하자마자 페르가 덥석 물더니 『아, 뜨거』란다.

『좀 뜨겁지만 맛있구나.』

스이는 뜨거워도 괜찮은지 단숨에 돈가스를 흡수했다.
『응, 이거 맛있다.』
역시 이때다 할 때는 돈가스라니까.
호평을 받아서 나도 기쁘다.
그럼 나도 먹을까.
바삭.
오오, 오랜만에 먹는 돈가스 엄청 맛있어.
다음은 밥을 급히 입에 넣는다.
돈가스, 쌀밥의 콤보가 최고구나.
아, 된장국도 먹고 싶네.
분명히…… 아, 있다 있어.
인스턴트 된장국을 사둔 게 있었다.
아이템 박스에서 꺼낸 인스턴트 된장국을 만든다.
돈가스, 쌀밥, 된장국, 돈가스, 쌀밥, 돈가스, 가끔씩 양배추…….
하아, 맛있다.
『어이, 한 그릇 더 다오.』
『스이도.』
예이예이.
페르와 스이에게 재촉을 받으며 돈가스를 튀기고 튀기고 튀겨댔다.
앞으로 한 끼는 더 먹을 수 있을 거라고 생각했던 오크 고기가, 결국 마지막 오크 고기가 되고 말았다.

정말이지, 페르도 스이도 잘 먹는구나.

◇ ◇ ◇ ◇ ◇

페르가 속도를 올렸다.
나무들 사이로 푸른 하늘이 보인다.
"좋아, 빠져나왔다."
숲을 빠져나오자 넓은 초원이 펼쳐졌다.
한 달 반의 여행 끝에 드디어 숲을 빠져나왔다.
"하아, 이제 숲이랑도 안녕이구나."
초원, 기분 좋구나.
……아니, 여기는 어디야?
어디 길이 없나?
"페르, 이 근처를 다녀본 적 있지?"
『그렇다.』
"이 근처에 사람이 다니는 길은 없을까?"
『사람이 다니는 길 말이냐? 분명 여기서 조금 더 가면 있었을 터다.』
"그럼 거기로 가줄래?"
『어째서냐?』
"페르의 이야기대로라면, 여기는 레온하르트 왕국이라고 생각하는데, 제대로 사람한테 확인해두는 편이 좋을 거라고 생각하거든. 게다가 이제 슬슬 고기도 떨어질 것 같으니까 마을에도 들르고 싶어.”

『고기가 떨어진다고? 그건 큰일이 아니냐. 사람의 길이라고 했느냐? 바로 가겠다.』

아, 역시 페르한테 고기가 떨어지는 건 큰일인 거구나.

페르의 말대로 사람이 다니는 길에는 금방 도착했다.

다음은 이 길을 가다가 사람을 만나면 되는데…….

페르의 등에 올라탄 채 길을 나아가고 있으려니, 멀리로 마차가 보였다.

“아, 사람이다…….”

사람 목소리도 띄엄띄엄 들리는 것 같다.

이렇게나 떨어져 있는데도 들리는 것을 보면 무척 커다란 목소리를 내고 있는가 보다.

『저 마차, 도적에게 습격을 받고 있구나.』

뭐?

도, 도적?!

“페, 페르, 가서 도와줘. 오늘 저녁밥은 진수성찬으로 차려줄 테니까!”

순식간에 그런 말이 입에서 나왔다.

아무튼 머릿속에는 도와줘야만 한다는 생각밖에 떠오르지 않았다.

『그 말, 잊어버리지 말거라.』

그리 말하고 페르는 마차를 향해서 속도를 올렸다.

마차가 순식간에 눈앞에 있었다.

호위일 터인 모험가들이 질이 안 좋아 보이는, 그야말로 도적 같은 모습의 남자들과 싸우고 있었다.

도적 쪽의 수가 많아서 모험가들이 밀리고 있는 모양이다.

『귀를 막아라.』

페르가 말한 대로 귀를 막았다.

"크와———앙."

귀를 막았는데도 페르의 짖는 소리에 움찔 몸이 굳어지고 말았다.

제대로 그 소리를 들은 도적과 모험가들은 몸이 굳어진 채 움직임을 멈추었다.

가방에서 스이가 나왔다.

『주인, 왜 그래?』

"나쁜 녀석들이 있어서 페르 아저씨가 혼쭐을 내주는 거야."

『어, 그런 거야? 스이도 할래.』

"그럴래? 그럼 저기랑 저기에 있는 남자들 전부, 무기를 들고 있는 쪽 팔에 산탄을 맞춰줄래? 산탄은 작아도 돼. 무기를 들 수 없게 해줬으면 좋겠어."

『알았어.』

퓻, 퓻, 퓻, 퓻, 퓻.

"끄아아아앗."

"으어어어억."

"쿠허어어억."

"꺄아아아아."

"히이이이익."

스이의 산탄에 팔을 꿰뚫린 도적들이 비명을 질렀다.

스이의 산탄이 어째선지 진화해 있었다.

단순히 물대포처럼 쏜 것이 아니라, 산탄을 고속으로 분사하여, 그야말로 산탄 빔 같았다.

『도적들, 거기서 한 발짝이라도 움직이면 물어 죽인다. 알았으면 무기를 버려라.』

스이에게 공격당하지 않은 도적도, 이빨을 드러낸 페르를 보고 얼굴이 새파랗게 질렸다.

그리고 무기를 던져버렸다.

하지만 도적 중에 제일 덩치가 커다란 남자만은 페르의 말에 따르지 않고 도끼를 휘둘렀다.

"갑자기 끼어들어서 웃기는 소리를 내뱉지 말라고!"

노리는 것은 나였다.

순식간에 팔을 교차하여 머리를 감싼다.

서걱.

퓻.

아무리 시간이 지나도 오지 않는 공격에 눈을 떠보니, 나를 향해 덮쳐들던 도끼 든 남자가 토하고 싶어질 법한 끔찍한 모습으로 숨이 끊어져 있었다.

…………우웨엑.

정말로 토할 것 같다.

페르의 발톱 베기로 너덜너덜해진 데다, 스이의 산탄을 맞아서…….
어떤 모습일지 상상이 되리라.
도둑질이라는 범죄행위를 했으니 자업자득이라 할 수 있겠으나, 절대 이렇게 죽고 싶지는 않다.
도끼를 든 남자의 죽음을 보고 완전히 전의를 상실한 도적들은 바로 오랏줄에 묶였다.
도적들을 묶은 것은 부활한 모험가들이었다.
비교적 일찍 도움을 받았기 때문에 큰 피해를 당한 모험가는 없었다.
도적들을 포박한 다음, 모험가인 남자와 마차에 있던 상인이 나에게 말을 걸어왔다.
"저는 레온하르트 왕국 북서쪽 도시 카레리나에서 상인을 하고 있는 람베르트라고 합니다. 당신 덕분에 사람도 짐도 무사합니다. 도와주셔서 정말 감사합니다."
그리 말하고 깊숙이 고개를 숙인 것은 40대 중반의 풍채 좋은 아저씨였다.
"나는 이 상단의 호위를 맡은 모험가 파티 '피닉스(불사조)'의 리더 라슈다. 조력에 감사한다."
그리 말하며 고개를 숙인 것은 180센티미터를 넘는 키에 근육질인 그야말로 모험가 같은 모습을 한 30대 초반의, 적갈색 머리카락을 가진 남자였다.
"아뇨 아뇨, 우연히 근처를 지나던 중이라……. 저는 무코다라고 합니다."

"그럼 저쪽은 당신의 사역마입니까?"

주저주저하는 느낌으로 람베르트 씨가 페르와 스이를 바라보며 그리 물었다.

"네. 제 사역마입니다. 여러분께는 위해를 가하지 않으니 안심하십시오."

내가 그리 말하자 람베르트 씨가 안심한 듯한 표정을 지었다.

"저 사역마는 펜리르인가……. 소문은 진짜였군."

페르를 보면서 그리 중얼거린 것은 라슈 씨였다.

소문이라니, 벌써 그렇게나 퍼진 거야?

"떠도는 소문에, 펜리르를 사역한 모험가가 있다고 들었다. 누군가의 허풍이라고 여기고 신경 쓰지 않았었는데……."

뭐, 보통은 그렇겠지.

그래도 사실입니다.

여기까지 소문이 퍼졌다는 건, 들키는 것도 시간문제라는 건가.

라슈 씨는 페르를 보고 바로 눈치챈 것 같고.

역시 제일 큰 걱정은 페르에 관한 것으로, 페르가 있으면 또 귀찮은 일이 생기지는 않을까 하는 점이다.

레온하르트 왕국은 차별이 없는 비교적 자유로운 나라라고 들었고, 슬쩍 들은 이야기에 따르면 높은 랭크의 모험가들은 적극적으로 받아들이고 있다고 들었다. 고랭크 모험가들을 적극적으로 받아들인다면 엄청 강한 전설의 마수도 받아들여 주지 않을까 하는데. 그러기를 기대하고 있다.

페르는 전설의 마수로 엄청나게 강하니까 말이지.

그것을 이해한 레온하르트 왕국과 동맹국 엘만 왕국 안에서는 자유롭게 지내는 것이 나의 이상이다.

그렇게 되면 좋겠는데.

이제 와서는 어찌할 수도 없는 일이니, 뭐 되는 대로 대처하는 수밖에 없지만.

페르가 있으니 무슨 일이 있다고 해도 아마 어떻게든 되리라고 본다.

그리 생각하지 않으면 못 해먹는다고.

"그래서 여러분들은 어디로 가시는 겁니까?"

필사적으로 얼버무렸다.

내 입으로는 페르가 펜리르라고 말하지 않을 거야.

"우리는 카레리나로 돌아가는 중입니다."

큰일을 하나 끝내고 람베르트 씨의 본거지로 돌아가는 중인가 보다.

우리도 도시로 가고 싶은 참이었으니, 여기서는 같이 묻어 갈 수 없으려나?

『페르, 스이, 여기는 목적지였던 레온하르트 왕국인 모양이야. 우리도 그 카레리나라는 곳까지 가보면 어떨까?』

『고기 조달이냐. 나는 좋다.』

『스이도 좋아.』

페르도 스이도 찬성인 모양이다.

"람베르트 씨, 저기 실은 저희 레온하르트 왕국에 온 지 얼마 안 돼서, 이 근처 지리를 잘 모릅니다. 괜찮으시다면 카레리나까지 함께해도 될까요?"

내가 그렇게 말하자, 람베르트 씨는 웃으며 승낙해주었다.

"여러분이 계시면 마음 든든하지요. 저희야말로 잘 부탁드립니다."

그리하여 우리는 카레리나를 향해 출발했다.

번외편 무코다 씨의 느긋한 주말

꽃 같은 금요일이라는 말이 있다. 하지만 야근을 마치고 금요일이 끝나기 전에 겨우 집에 돌아온 나에게는 전혀 꽃 같지 않았다.

"뭐, 내일과 모레는 휴일이니까, 블랙보다는 나으려나."

요즘 시기는 바빠서 귀가 시간이 이렇게 늦어지고 말았지만, 이 시기가 지나고 나면 이렇게 늦게까지 야근하는 일도 없을 것이다.

월급도 적고 바쁠 때는 바쁜 데다 야근도 휴일 출근도 있기는 하지만, 블랙 기업까지는 아닌 직장을 나는 세간에서 말하는 새카만 블랙 기업보다는 낫다고 여기고 있었다.

저녁을 먹을 틈도 없었기 때문에 허기가 졌다.

우선은 밥이다. 밥.

나는 서둘러 양복을 벗고 편안한 옷으로 갈아입은 다음, 좁지만 내 나름대로 쓰기 편하게 정리해둔 주방에 섰다.

"뭘 만들까……."

냉장고 안을 보면서 생각한다.

귀찮기도 하니 역시 간단하게 휘리릭 만들 수 있는 걸로 할까.

분명 냉동고에 간 고기가 아직 남아 있었지. 그리고 감자랑 피망도 있었을 터다.

좋아, 정했다. 간 고기랑 감자랑 피망으로 일본식 카레 볶음을 만들자.

우선은 감자 껍질을 벗겨서 잘게 썰고, 피망도 씨를 제거하고 잘게 썰어둔다.

간 고기는 이번에 쓸 양 정도는 남아 있으니까 그걸 쓰자.

간 고기는 늘 랩으로 싸서 평평하게 만든 다음, 중간에 살짝 자를 선을 넣어서 판 초콜릿 모양으로 만들어 냉동시켜두었다.

이렇게 해두면 쓸 만큼만 그때그때 뚝 잘라내서 쓸 수 있기 때문에 편리하다고.

예열해둔 프라이팬에 기름을 두르고, 거기에 썰어둔 감자를 넣어서 투명해질 때까지 볶는다.

감자가 투명해지면 피망도 넣어서 더 볶아준다.

그 사이에 간 고기를 전자레인지에 돌려서 해동시킨다.

감자와 피망이 담긴 프라이팬에 해동한 간 고기를 넣고, 뭉쳐진 고기를 풀어가며 볶는다.

간 고기가 익으면 맛을 보며 카레 가루와 맛간장을 적당히 넣고 마지막에 소금과 후추로 맛을 조절하면 끝이다.

대접에 오늘 아침에 지어두었던 밥을 푸고, 그 위에 간 고기와 감자와 피망을 넣은 일본식 카레 볶음을 듬뿍 얹어주면…….

"간 고기와 감자와 피망을 넣은 일본식 카레 볶음 덮밥 완성. 간단하지만 엄청 맛나 보이네."

덮밥과 요즘 마음에 든 프리미엄 캔 맥주를 들고, 오래 써서 낡은 좌식 의자에 서둘러 앉는다.

그리고 눈앞의 테이블에 늘 놓여 있는 노트북의 전원을 켠다.

노트북이 작동할 때까지의 시간 동안 캔 맥주를 따서 우선 한 모금 꿀꺽.

"크, 맛있어. 역시 이 맥주 맛있네."

이런 게 작은 사치라는 거다.

"다음은 일본식 카레 덮밥이다."

젓가락으로 듬뿍 떠서 덥석.

"응, 맛나. 일본식 카레 맛이 밥과 딱 맞네. 감자의 아삭한 식감이 정말 좋다."

배가 고팠기 때문에 식사를 계속한다.

"좋아, PC도 준비 완료. 우선은 에온의 사이트부터."

완전히 단골이 되어버린 인터넷 슈퍼 사이트를 열었다.

밥을 먹으며 사이트를 보니 탑 페이지에 '홋카이도 페어 개최 중'이라는 커다란 문자가 춤추고 있었다.

"아, 홋카이도 페어네. 어디어디……."

홋카이도 페어란 타이틀을 달고 홋카이도산 어패류와 고기, 가공품, 채소를 팔고 있었다.

보고 있으면 이것도 저것도 다 맛있어 보이니 신기하다.

그중에서도 제일 내 눈을 끈 것은 가공품이었다.

"오징어 젓갈인가. 따끈따끈한 밥에 얹어 먹으면 맛있겠네. 그리고 이것도 맛있겠다."

젓갈 외에 눈의 띈 것이 홋카이도식 절임이다.

홋카이도식 절임은 정월 정도에나 먹지만, 꽤 좋아하는 편이다.

둘 다 밥에 잘 어울리는 건 물론이고 술안주로도 딱 맞는다.
혼자 살고 있으니, 양이 적당한 병에 담긴 제품도 괜찮겠다.
"으음, 좀 비싸지만 월급을 받은 직후니까 양쪽 모두 살까?"
가게 측이 노린 대로 넘어가는군.
하지만 맛있어 보이니까 어쩔 수 없다.
오징어 젓갈과 홋카이도식 절임을 따끈따끈한 밥에 얹어 한입 가득 먹는 모습이 머릿속에 떠올랐다. 상상한 것만으로도 군침이…….
안 돼 안 돼, 내일까지 참아야 해.
그리고 이것저것 생각하며 일주일분의 식재료를 장바구니에 넣었다.
"아, 아까 간 고기를 다 썼으니까 사둬야지. 그건 편하기도 하고. 맞다, 넉넉하게 사서 햄버그를 만들어두는 것도 좋으려나. 좋아, 그렇게 하자."
그렇게 생각하며 간 고기를 넉넉하게 구입했다.
"다음은……."
고기 메뉴를 보고 있으려니 저렴한 쇠고기 부위가 보였다.
"쇠고기 싸네, 사둘까."
바로 쇠고기를 장바구니에 담았다.
"그리고 냉동식품이네. 늘 먹는 만두는 반드시 사야 하고, 그리고 냉동 우동도 사둬야지. 그리고 냉동 채소 믹스. 이건 생각보다 여러 곳에 쓸 수 있으니 있어서 곤란할 것 없지. 다음은 아무것도 만들고 싶지 않는 날 먹을 필라프랑 나폴리탄을 사야지."

혼자 사는 사람에게는 무척 편리한 냉동식품을 장바구니에 담는다.

그리고 눈에 띈 식재료를 몇 개 더 장바구니에 넣었다.

"식재료는 이 정도면 되려나. 다음은 뭐가 있더라…………. 아, 그러고 보니 샴푸가 곧 다 떨어질 것 같았지."

나는 늘 쓰는 샴푸를 리필용으로 골라 장바구니에 넣었다.

"좋아, 이걸로 됐다. 계산하자."

나는 마우스 포인트를 '주문하기'에 맞추고 클릭했다.

배송은 시간 지정으로 해두었기 때문에 낮까지는 느긋하게 잘 수 있다.

에온 사이트를 보는 사이에 밥도 다 먹었으니, 목욕이라도 할까.

그 다음은 맥주를 마시면서 여유롭게 밀린 인터넷 소설이라도 읽자.

"아아, 개운하다."

푸슉, 꿀꺽 꿀꺽 꿀꺽 꿀꺽.

냉장고에서 꺼낸 프리미엄 맥주를 마셨다.

오늘 두 개째 맥주다. 평소에는 그다지 마시지 않지만, 내일이 휴일이니 별개다.

"역시 목욕 후에 마시는 맥주는 맛있다니까."

맥주를 한 손에 들고 다시 낡은 좌식 의자에 앉았다.

"그럼, 우선은 소설부터."

연재 개시 때부터 읽어온 인터넷 소설의 밀린 연재분을 단숨에 읽어간다.

"우와, 설마 이런 전개가 될 줄이야. 주인공인 용사의 할렘 요원이 배신해서 마왕의 할렘 요원으로 전직하다니. 작가도 마음 크게 먹었군. 뭐, 다음 내용이 어떻게 될지 흥미진진한 전개네."

방금 다 읽은 인터넷 소설의 감상을 중얼거리며, 다음 인터넷 소설을 찾기 시작한다.

"그러고 보니 이것도 밀려서 쌓였네. 읽어볼까."

요즘 빠져 있는 전국(戰國) 전생물을 읽기 시작했다.

전국 전생물은 전국시대의 역사상 인물로 전생하여, 전쟁이나 내정에서 대활약하는 내용이 많다.

전생하는 인간도, 역사상의 인물이라고는 하지만 좀 수수하거나, 역사상으로는 젊을 때 할복을 한 불운한 인물이라는 점이 또 재미있는 부분이다.

그것을 회피하기 위해, 앞으로의 역사 따위는 어찌 되든 상관없다 무시한 채, 현대 지식 치트로 최선을 다하는 것이다.

"마지막에 읽은 이후로 10화 이상 쌓여 있네. 바로 읽어야지."

전국 전생물을 다 읽고 맥주를 꿀꺽 마신다.

"현대 지식 치트 전개로군. 죽지 않기 위해서 초석(硝石)을 만들어서 대포까지 제작해버리다니, 가슴이 뜨거워지네. 역시 전국 전생물은 재미있어. 그럼 다음은 뭘 읽어볼까……. 아, 이것도 읽던 중이었지. 전형적인 이세계 치트 할렘물. 역시 할렘물은 남자의 꿈이니까, 읽고 싶어지지."

맥주를 홀짝거리며 읽던 작품을 이어서 읽어간다.

"후, 제일 마지막 연재분까지 따라잡았네. 역시 인기작, 재미있었어. 재미있긴 했지만, 할렘 요원이 열 명이라는 건 너무 많잖아. 지나치게 번뇌 전개잖아. 역시 할렘은 다섯 명 정도까지가 베스트지. 아니, 나는 애인도 없지만 말이죠. 하하하."

최근 3년 동안 이성 교제와는 인연이 없는 나는 푸념을 하고 말았다.

"하아, 그만 자자."

나는 일주일 만에 인터넷 소설을 만끽하고, 잠자리에 들었다.

"흐아암, 잘 잤다."

휴일이라는 핑계로 점심 무렵까지 푹 잤다.

욕실에서 간단하게 몸단장을 한다.

오늘은 외출할 예정이 없기 때문에 옷은 그대로 저지 차림이다.

할 일도 없어 멍하니 텔레비전을 보고 있는데 초인종이 울렸다.

딩동――.

"네, 나갑니다."

주문해둔 인터넷 슈퍼에서 배송 온 것이리라.

지정한 시간대로네. 문을 열고 상자를 받았다.

종이 상자를 열어 내용물을 확인한다.

홋카이도 페어에 낚여서 그만 사버린 오징어 젓갈과 홋카이도식 절임도 들어 있다.

"오늘 점심밥은 이거다."

밥만큼은 자기 전에 세팅해두었다.

확인한 식재료를 열심히 정리한다. 채소류는 냉장고로, 냉동식품은 냉동고에, 고기는 작게 나누어 랩으로 싼 다음 지퍼 백에 담아 냉동고에 넣는다.

"간 고기는 먼저 냉동할 걸 나눠둘까."

간 고기는 신선할 때 냉동하는 게 제일 좋다.

랩으로 감싸서 평평하게 모양을 잡고 나중에 자르기 쉽게 선을 만든 다음 냉동고에 넣는다.

"이제 만들어서 둘 분량만 해결하면 오늘 일은 끝이네. 만들기로 했던 건 햄버그였지? 그리고…… 싸서 무심코 사버린 쇠고기 부위가 있으니까 조림이라도 만들까. 그거라면 밥반찬으로 딱이니까. 다음은, 오이를 소금과 다시마로 절여두는 것도 괜찮겠다. 아, 그 전에 밥이지 밥."

점심때 지어지도록 타이머를 맞춰둔 전기밥솥을 열어보았다.

하얀 김이 오르고, 그 너머에는 윤기가 흐르는 고슬고슬하게 지어진 하얀 쌀밥이 있었다.

"역시 갓 지은 밥은 좋구나~."

밥그릇에 갓 지은 밥을 담고, 오징어 젓갈과 홋카이도식 절임이 담긴 병을 들고 정위치인 좌식 의자에 앉았다.

"잘 먹겠습니다."

우선은 오징어 젓갈을 따끈따끈한 흰밥 위에 얹어서…….

"맛있어."

두툼해서 씹는 맛이 있는 오징어와 순하면서도 깊이 있는 맛을 가진 흰밥의 조화가 정말로 발군이었다.

역시 홋카이도 페어에서 취급할 만한 상품이다. 평소에 사는 오징어 젓갈과는 전혀 달라.

가격도 그 나름대로 비싸기는 했지만, 맛에는 전혀 불만이 없다.

첫 번째 그릇은 오징어 젓갈을 충분하게 만끽했다.

"다음은 이거지."

오징어 젓갈 다음은 홋카이도식 절임이다.

이것도 흰밥 위에 듬뿍 얹어서 덥석.

"이것도 맛나."

고추가 들어가 매콤하면서도 달콤한 간장 양념에 절여진 다시마와 오징어의 맛이 더해진, 큼직한 청어 알의 오독오독한 식감이 참을 수 없다.

"이거 큰일이네. 밥이 쑥쑥 들어가잖아."

덥석덥석 먹다 보니 두 그릇째도 비워버렸다.

"후, 맛있었어."

차가운 차를 마시며 후우 한숨을 내쉰다.

오징어 젓갈과 홋카이도 절임은 오늘과 내일 술안주로 결정이다.

아, 오징어 젓갈은 감자 버터구이에 올려도 괜찮겠다.

오늘 밤 술안주로 감자 버터구이 오징어 젓갈 올림을 만들자.

"그럼, 밥도 다 먹었으니 얼른 빨래를 할까. 그 다음은 만들어 둬야 할 것들을 만들어야지."

◇ ◇ ◇ ◇ ◇

"좋아, 햄버그는 완성이네. 다음은 쇠고기 조림이군."

햄버그는 재료의 모양을 잡아서 랩으로 감싼 다음 지퍼 백에 담아서 냉동고에 넣는다. 하나는 오늘 밤 저녁밥을 위해 냉장고에 넣었다.

그리고 가격이 싸서 무심코 클릭해버렸던 쇠고기로 조림을 만든다.

그건 밥반찬으로 딱 맞고, 주먹밥 속 재료로도 좋다.

무엇보다 만들기 간단하다는 점에서 고마운 메뉴다.

프라이팬 하나로 만들 수 있을 정도다.

우선은 예열한 프라이팬에 참기름을 두르고 쇠고기 조각을 색이 바뀔 때까지 살짝 볶는다.

보통은 식용유로 해도 괜찮지만, 나는 참기름을 쓴다. 참기름을 쓰면 향긋해져서 더 맛있다.

이어서 쇠고기 조각이 담겨 있는 프라이팬에 물, 간장, 맛술,

술, 설탕, 튜브에 들어 있는 생강을 넣고, 거품을 걷어내면서 물기가 사라질 때까지 조리면 쇠고기 조림 완성이다.

생강을 그대로 쓰는 편이 풍미가 있겠지만, 나처럼 튜브에 담긴 생강을 써도 전혀 문제없다.

조림은 식으면 뚜껑이 있는 용기에 넣어서 냉장고에 보관한다.

조금 시간을 두었다 먹는 편이 양념이 더욱 배어들어 맛있다. 그대로도 물론 맛있지만 먹기 직전에 깨를 뿌려도 맛있다고.

마지막은 오이 다시마 소금 절임이다. 이것도 엄청나게 간단하다.

오이를 얇게 썰어서 다시마, 소금과 함께 비닐봉지에 투입. 그 비닐봉지를 잘 흔들어서 오이와 다시마를 섞이게 한다. 그리고 30분 정도 절여두면 완성이다.

그대로 먹어도 맛있지만, 이것 역시 먹기 직전에 참기름을 살짝 뿌려주면 훨씬 맛있어진다.

비닐봉지는 지퍼 백 종류를 쓰면 그대로 보관도 할 수 있기 때문에 추천한다.

"좋아, 밑반찬은 이걸로 완벽해. 아, 이러저러하는 사이에 벌써 시간이 이렇게 된 거야?"

창밖이 어슴푸레해지고 있다.

"저녁밥 지어야겠네."

물론 오늘 메뉴는 햄버그다.

저녁에 먹으려고 따로 두었던 햄버그를 냉장고에서 꺼내 굽는다.

"응, 역시 집에서 만들면 이거지. 아무튼 데미글라스 소스가 제일 맛있다니까."

집에서 만드는 햄버그에는 케첩과 소스로 만든다고 하는 데미글라스 소스가 의외로 잘 어울린다. 밥에도 어울리고, 집에서 만든 햄버그라면 역시 이 맛이다.

오늘 곁들일 것은 브로콜리와 붉은 파프리카를 전자레인지에 돌린 데운 채소다.

100엔 숍에서 산 간단하고 편리한 전자레인지용 조리기를 쓰면, 씻고 자르고 전자레인지에 돌리기만 하면 되니, 엄청나게 간단하다.

이것 덕분에 데운 채소를 먹을 기회가 늘었다.

데치고 볶고 하는 것보다 영양 손실도 적기 때문에, 혼자 사는 사람에게는 간단 편리한 감사한 물품이다.

"후우, 맛있었어. 그럼 그동안 녹화해둔 영화를 볼까."

지상파 첫 방송이라며 화제가 되었던 영화를 녹화해두었다.

미국 코믹스를 영화화한 액션 영화라고 하는데, 꽤 재미있는 모양이다.

"그럼 그 전에……."

주방으로 향해서 맥주와 안주를 준비한다.

술안주는 당연히 그거다. 감자 버터구이에 오징어 젓갈 올림.

감자는 잘 씻어서 껍질째 랩으로 싼 다음 전자레인지에 돌린다. 뜨거울 때 가운데 칼집을 내고 거기에 버터와 오징어젓갈을 얹으면 완성이다.

냉장고에서 꺼낸 프리미엄 맥주와 감자 버터 오징어 젓갈 올림을 들고 자리에 앉는다.
"좋아, 재생이다."
감자 버터 오징어 젓갈 올림을 한입.
"크으, 맛있어어."
포슬포슬한 감자에 버터와 오징어 젓갈의 짠맛이 어우러져서 맛이 발군이다.
그 짠맛을 맥주를 꿀꺽 삼켜 함께 흘려보낸다.
영화 오프닝이 시작되었다.
"오, 시작한다."
맛있는 술과 안주를 한 손에 들고 영화를 본다.
소박하지만 사치스러운 시간을 보내며 밤이 깊어간다.

"흐아암~ 오늘도 잘 잤다."
아침이라고도 할 수 없는 시간에 일어나 욕실에서 몸단장을 마친다.
오늘도 저지 착용 중이다.
"해야 할 일은 어제 다 했으니까, 오늘은 하루 종일 느긋하게 인터넷이나 할까~ 흐흥♪ 아, 그 전에 밥이지."
점심때가 다 되어가니, 아침 겸 점심이다.
"뭘 먹을까…………. 좋아, 우동으로 하자."

어제 인터넷 슈퍼에서 배송된 냉동 우동을 바로 쓰자.

우선은 냄비에 물과 맛간장과 천연 조미료를 넣고 끓여서 우동 국물을 만든다.

그 사이에 냉동 우동을 전자레인지로 해동한다.

끓은 우동 국물에 해동시킨 우동을 넣어서 한소끔 끓이고 대접에 담는다.

"여기서 어제 만들어둔 쇠고기 조림 등장. 이걸 우동 한가운데에 토핑하고 깨를 살살 뿌려주면 자작 고기 우동 완성~."

페트병에 담긴 차와 고기 우동을 들고 오래 애용해온 낡은 좌식 의자에 앉는다.

노트북을 기동시키고, 고기 우동을 먹으며 인터넷 소설 사이트를 순회한다.

"어디어디……."

순위를 살피며 재미있어 보이는 소설을 찾아다닌다.

마침 우동을 다 먹었을 무렵에 재미있어 보이는 작품을 발견했다.

"오, 이거 재미있을 것 같은데."

완결된 작품으로, 아직 읽어보지 못한 소설이지만 줄거리를 보니 재미있어 보였다.

첫 페이지를 열어 읽기 시작한다.

조용한 방에 마우스를 클릭하는 소리만이 울려 퍼진다.

"후, 다 읽었다. 꽤 재미있었어."

결국 끝까지 단숨에 읽어버렸다.

내용은 이세계에 전이한 주인공이 치트를 가지고 나 엄청 강하다아아 하는 이야기였다. 전형적이라고 하면 전형적이지만, 재미있었다.

"이세계 전이라. 치트가 있다면 이세계에 가고 싶다—— 하고 생각했던 시절이 나한테도 있었지. 응."

하지만 지금은 그런 마음은 생기지 않는다.

그도 그럴 것이, 역시 일본이 편하잖아. 이 생활을 버리다니, 나로서는 불가능하다고.

"어제 오늘 휴일이라고 밖에 한 발자국도 안 나갔는데도 이 쾌적한 삶. 최고잖아. 역시 내 집이 제일이야."

요즘 휴일은 쭉 이런 느낌으로 느긋하게 지내는 것이 내 일상이다.

이 쾌적한 생활은 버리지 못할 것 같아.

뭐, 이세계 전이 같은 일이 있을 리도 없지만 말이지.

"이세계 전이 같은 비현실적인 일보다도 지금 생활을 유지할 수 있도록 돈을 벌어야지. 내일부터 또 열심히 일하자."

그런 식으로 생각했었는데, 설마 다음 날 이세계로 오게 될 줄이야. 이때는 전혀 생각지도 못했다.

후기

여러분 처음 뵙겠습니다. 에구치 렌이라고 합니다. 웹에서부터 읽어주신 분도 책으로 처음 이 작품을 읽어주신 분도 모두, 이 《터무니없는 스킬로 이세계 방랑 밥》을 선택해주셔서 진심으로 감사드립니다!

이것이 작가로서 첫 서적화입니다만, 제가 쓴 작품이 이렇게 책의 형태를 갖추고 세상에 나오다니 감개가 무량합니다. '소설가가 되자' 사이트를 발견한 것이 1년 반 정도 전으로, 글을 보던 사이에 나도 써보고 싶다는 가벼운 마음으로 소설을 쓰기 시작했습니다. 이 작품도 '이런 이야기면 재미있을지도'라고 떠오른 것을 가벼운 기분으로 쓰기 시작한 것이었습니다만, 그것이 이러저러 하는 사이에 랭킹이 오르고 독자님들도 늘기 시작했습니다……. 당혹스럽기도 했지만, 독자 여러분에게서 반응이 돌아오는 것은 무척 기뻤습니다. 그러는 사이에 서적화 제안이 들어왔고, 이렇게 책이 나오는 꿈같은 이야기가 실현되었습니다.

이것도 가볍게 작품을 공개할 수 있는 '소설가가 되자'와 이 작품을 읽어주신 독자 여러분 덕분입니다. 그리고 이 작품을 위해 멋진 일러스트를 그려주신 마사 선생님, 담당해주신 S 님과 I 님, 오버랩 출판사의 여러분, 정말로 고맙습니다.

마지막으로, 앞으로도 무코다와 사역마들의 느긋하고 훈훈한 이세계 모험담 《터무니없는 스킬로 이세계 방랑 밥》을 잘 부탁드립니다.

다음 권에서 다시 만날 수 있기를 바랍니다.

여러 가지로 장난이 지나쳤는지도 모르겠는데……

아, 《터무니없는 스킬로 이세계 방랑 밥》 발매 축하드립니다!!

터무니없는 스킬로 이세계 방랑 밥 1

돼지고기 생강구이× 전설의 마수

2023년 8월 15일 1판 6쇄 발행

저 자 에구치 렌
일러스트 마사
옮 긴 이 정대식
발 행 인 유재옥
본 부 장 조병권
담당편집 박치우
편집 1팀 김준균 김혜연
편집 2팀 정영길 조찬희 박치우 정지원
편집 3팀 오준영 이해빈
편집 4팀 전태영 박소연
디 자 인 김보라 박민솔
라이츠담당 김정미 맹미영 이윤서
디 지 털 박상섭 김지연
발 행 처 ㈜소미미디어
등 록 제2015-000008호
주 소 서울시 마포구 토정로 222, 403호 (신수동, 한국출판콘텐츠센터)
판 매 ㈜소미미디어
영 업 박종욱
마 케 팅 한민지 최원석 박수진 최정연
물 류 허석용 백철기
전 화 (02)567-3388, Fax (02)322-7665

ISBN 979-11-6190-012-4 04830
ISBN 979-11-6190-011-7 (세트)